子爵と出自を知らぬ花嫁

キャサリン・ティンリー　作

さとう史緒　訳

ハーレクイン・ヒストリカル・スペシャル

東京・ロンドン・トロント・パリ・ニューヨーク・アムステルダム
ハンブルク・ストックホルム・ミラノ・シドニー・マドリッド・ワルシャワ
ブダペスト・リオデジャネイロ・ルクセンブルク・フリブール・ムンバイ

MISS ROSE AND THE VEXING VISCOUNT

by Catherine Tinley

Published by Harlequin Japan,
a Division of K.K. HarperCollins Japan, 2025

キャサリン・ティンリー

RITA 賞受賞作家。機知に富んだ心温まるリージェンシー・ロマンスを得意とする。少女のころからハッピーエンドの恋愛小説を読んだり書いたりすることが大好きだった。言語聴覚士、国営医療サービス事業の運営、慈善団体代表など多彩な職歴を経て、現在は子育て支援事業に携わっている。夫と子供たち、犬と猫とともにアイルランドで暮らす。『伯爵と永遠のワルツを』で RITA 賞のベスト・ヒストリカル・ロマンス賞を受賞。

主要登場人物

ロザベル・ヘーメラー・レノックス……三つ子の末妹。愛称ローズ。
アナベル・ジョージアナ・レノックス……ローズの上の姉。愛称アンナ。
イゾベル・ジュディス・レノックス……ローズの下の姉。愛称イジー。
マリア・レノックス……三つ子姉妹の母親。故人。
ミスター・マーノック……三つ子姉妹の後見人。弁護士。
レディ・アシュボーン……ミスター・マーノックの妹。
ジェームズ・アーサー・ヘンリー・ドラモンド……レディ・アシュボーンの甥。
アシュボーン子爵。
レディ・ケルグレーヴ……英国社交界の重鎮の老婦人。
レディ・メアリー・レントン……ローズの親友になる令嬢。
レディ・レントン……レディ・メアリーの母親。伯爵夫人。
アグネス……寄宿学校の使用人。
ミスター・フィリップス……ジェームズの親友。
ミス・フィリップス……ミスター・フィリップスの妹。
クラウディオ王子……アンダーナッハの王子。
ミセス・サックスビー……スコットランドの名門出身のレディ。
ガーヴァルド伯爵……独身の貴族。

プロローグ

一七九一年二月、スコットランド

　走って！　マリアはもつれる足で、とにかく先を急いだ。不安げに肩越しにちらりと振り返る。いつ彼らが追ってきてもおかしくない。もし今度この姿を見られたら気づかれてしまう。そうしたら自分も、まだおなかのなかにいる子どもも危険にさらされる。そう、愛《いと》しいあの人と同じように――。

だめよ！　彼のことを考えるだけで、いろいろな感情があふれ出し、圧倒されそうになる。

　悲しみ、苦しみ、どうしようもない喪失感。

　今は強くならなければ、彼の子どものために。

　またしても我が身の不運を嘆かずにはいられない。本当についていない。乗合馬車でたどり着いた同じ宿屋に敵の大型四輪馬車がやってくるなんて。慌てて宿屋の中庭から細い路地へと飛び出した。彼らが何かの理由で、すぐ自分たちの馬車に戻ってきたりしませんようにと祈りながら。

　宿屋の小さな窓から、彼らの馬車に刻まれた紋章が見えたのは不幸中の幸いだった。すぐに外套《がいとう》とボンネットと小さな手提げ袋《レティキュール》を手に取り、ちょうど彼らが中庭から宿へ入ってくるのと同時に、こっそり通用口から中庭に逃げ出した。でも愚かにも、彼らが入ってきたときに一瞬振り返ってしまい、一人の女と目が合った。冷たいブルーの瞳。ありがたいことに、女の視線はすぐにマリアを通り過ぎた。

　でも、見られてしまった。

　あの女が突然気づくかもしれない。先ほど目が合ったのが何者なのか。なぜ一人で、こんな格好をしてこんな場所にいるのか。あの女に気づかれたら一巻の終わりだ。

　これは不運のせいではない。自分の見通しが甘かったのだ。ここはエジンバラ手前にある最後の停車場、グレート・ノース・ロード。ほとんどの馬車がここに停《と》まる。マリアが乗ってきたような乗合馬車はもちろん、彼女の敵が乗っていたような豪華な個人用馬車も。思えば、今までの停車場でも、彼女を知る誰かと顔を合わせてもおかしくなかった。とにかく、今日あの宿屋で宿敵と顔を合わせたのは、大きな災難としか言いようがない。

　ふと気づくと、どこまでも続く野原と生け垣の真ん中にいた。村の曲がりくねった道の先に何があるかもわからないまま、ひたすら逃げ続けてきた。敵から少しでも離れたい一心だった。

　彼らは私を追ってきたのだろうか？　もうすでに真実を知られてしまったの？　それとも、ここで出くわしたのは運命のいたずら？　彼らはニュータウンにある屋敷に向かっているのかもしれない。私は一度も訪ねたことがないけれど、いつか訪ねたいと望んでいた屋敷に。我が家になるとさえ思っていたあの屋敷に。マリアはぶるりと体を震わせた。今まで抱いていた夢がこれほど急に破れてしまうとは。それもこれもすべて、優しさという仮面をつけた悪者たちのせいだ。

　乗合馬車の乗客たちは今も、あの宿屋で軽食を楽しみ、休憩室で体を休めていることだろう。休憩時間は二十分。もし時間内に戻らなければそのまま出発すると運転手から告げられた。あんな小さな宿屋では、たとえ十分でも敵から隠れることなどできない。だから乗合馬車での旅をあきらめて、別の方法でエジンバラへ向かおうと決めたのだ。

　前方に四《よ》つ辻《つじ》が見えた。道標にそれぞれの行き先が書かれている。リントン、ギフォード、レノックスラブ、そして今、私がたどり着いたハーディントン。

レノックスラブ。

一瞬考え込んだ。

レノックス、ラブ、マリア・レノックス。

心のなかでうなずく。悪くない名前だ。

道標を通り過ぎた。選んだのは、より細くて静かそうな道だ。この道の先に、もう誰も住んでいない小屋か納屋があるだろう。一晩か二晩、そこに隠れて危険が過ぎ去るのを待てばいい。

道の途中でも耳をそばだてる。追っ手の足音が聞こえないだろうか？　彼らがこんなやぼったいドレス姿の女を気にかけるはずがない。そんな理性の声が聞こえ、少し慰められた。しかも手に持っているのは、女中用の外套と古ぼけたボンネットだけだ。それでもなお、恐怖は少しも和らがない。もし私の正体に気づいたら、彼らはすぐピンと来るだろう。いったい今、何が起きているかに。

この数カ月、ずっと身を隠してきた。まだ私を愛してくれる人たちと一緒に逃げ続けてきた。でも、このままだと彼らも危険にさらすことになる。だから正しいか間違っているかわからなくても、この道を選ぼうと心に決めた。忠実な使用人を手放し、自分の決意を誰にも伝えないまま、スコットランド行きの乗合馬車の切符を買ったのだ。

彼はいつだってこの国を愛していた。ここで一緒に暮らそうと何度話してくれたことか。前に一度、二人でスコットランドへ旅したこともある……。マリアは頭を振った。彼への熱い想《おも》いがこんな破滅を招くなんて。

不意に道の真ん中で立ち止まった。

私のトランク！

乗合馬車の屋根にしっかりくくりつけられたままだ。もはや取り戻せない。今頃は短い休憩時間を終え、運転手は乗客全員に座席に座るよう声をかけているだろう。一瞬でも私を探してくれるだろうか？　いいえ、それはない。あの馬車が終点エジンバラに到着したら、御者と手伝いの少年が私の私物を売り払い、価値のないものは捨てるだろう。

彼らにとっては、なんの価値もない。

両親の細密画も、彼からの手紙も捨てられてしまう。一通の手紙を除いてすべて。レティキュールに触れ、なかで羊皮紙がかすかにたてる音に安堵《あんど》した。遠くへ逃げてくれと書かれた、最後の手紙。だから言われたとおりにした。何も考えずスコットランドへ向かっていた。何もかもががらりと変わってしまう前、彼が幸せな子ども時代を過ごした町へ。

ぎこちない手つきで、レティキュールのなかを確認する。祖母から贈られたイヤリングは木製の小箱に入ったたまま、そこにある。もう一つ、折り畳んだベルベットの布も無事だとわかり、ほっとため息をついた。中身は無事だ。私のトランクに入っているものと同じくらい貴重な宝物だ。唯一無二であるがゆえに、私に破滅をもたらすかもしれない。でも失うわけにはいかない、絶対に。

「私の本当の宝物はあなたよ」膨れたおなかにそっと話しかける。「今はあなたが私のすべて。もう他には誰もいないから」愛する人はもはやいない。自分の家族にも背を向けた。応えるかのように、突然おなかに痛みが走った。どんどん痛みが増していく。恐ろしさに大きくあえいだ。早すぎる！　どう見積もっても、みごもってまだ七カ月と少しなのに。

「だめよ！」鋭い痛みがおさまるとすぐに再び歩き始めた。赤ちゃんは温かさを、避難できる場所を必要としている。こんな何もない場所で、最初で最後の子どもを産むことなんてできない。二月の風は身を切るよう。自分の息が白いのが見える。今夜はひどく寒くなるだろう。

太陽が西へ傾くなか、どうにかもう一キロほど歩いた。おなかの痛みはおさまったりまた始まったりしている。ここ何日かこんな状態だ。〝偽陣痛〟というらしい。なるべく気にしないようにしていた。でも妊娠した時期から考えると、出産はまだ先なのに、痛みがどんどんひどくなる一方だ。そのたびに恐れと不安が募り、歩みを止めてしまう。でも、もう恐れない。おなかの大きさからすると、この子はもう十分大きくて健康だ。今が生まれるときだと決めたのだろう。何ものもこの子を止められない。

　立ち止まると、右側に堂々たる入り口があり、大きな通用門が開かれている。よく手入れされた私道が招き入れてくれるかのようだ。ふと錬鉄製の扉に刻された紋章が目に留まった。鷲《わし》が守ってくれるように両翼を大きく広げている。その瞬間、心を決めた。ここならば小屋でも納屋でも、牛小屋でも薪《まき》小屋でもあるはずだ。安全なこの場所なら子どもを産める。

　砂利を踏みしめながら、私道に沿ってよろよろ歩いていると、そびえ立つ大邸宅がぼんやり見えてきた。赤砂岩の塀にがっちり守られ、無数の窓から温かなろうそくの灯《あか》りがこぼれている。マリアはしみじみ思った。私は一人ぼっち。寒いし、誰からも見捨てられている。すでに夕暮れが闇に染まり、あたりは真っ暗だ。自分の足元さえよく見えない。また強烈な痛みが走り、うめきながら歩みを止め、体を優しく左右に揺さぶった。

「そこにいるのは誰？」鋭い声が聞こえたと思ったら、面前にランタンを突き出された。まぶしい。

　それだけで十分だった。今まで必死に頑張ってきたところに、この衝撃に耐えられず、マリアはその場で気を失った。突然、世界が漆黒の闇に包まれた。

1

一八一二年二月、スコットランド、エルギン
ベルヴェデーレ・スクール・フォー・ヤング・レディース

「これで全部ですか？」

ローズはうなずいた。ベルヴェデーレ・スクールの雑用を一手にこなすメイド、アグネスがトランクのふたを閉める大きな音に飛び上がりながらも、感謝を込めてつぶやく。「ありがとう、アグネス。あなたと会えなくなるなんて寂しい」

「ご冗談でしょう？　あなたはようやく社会に出て、同じ身分の方たちと交流し、好きな場所へ行けるんです！　私やこの場所を恋しがる必要なんてありません。わくわくする冒険が待ち受けていますよ！」

わくわくする冒険？

約十一年間を過ごしたベルヴェデーレを去ると考えただけで、なんだか吐きそうになる。「イジーならそう考えるかもしれない。でも私はここに、何もかもよく知っているこの場所にいたい」

「確かにミス・イゾベルは冒険好きです！　あなたたち三人はまるで違います。問題を前にしたらミス・イゾベルは果敢に立ち向かい、ミス・アナベルは冷静に対処する。そしてミス・ロザベラは――」

「私なら、隅で縮こまって姉たちが問題を解決してくれるのを待つわ！」

アグネスは首を左右に振った。「いいえ、あなたは自分が問題を解決したらまわりの人がどんな気持ちになるかを考える方です。ミス・アナベルが理性、ミス・イゾベルが力の人だとすれば、あなたは心の

人なんです」

「なんて嬉《うれ》しいことを言ってくれるの！」涙が目を刺すのを感じ、ローズは思わずアグネスを抱きしめた。「本当にありがとう！」

手袋とボンネットを身につけ、昨年裁縫の授業で手作りしたレティキュールを手に取ると、ローズは最後にもう一度振り返った。少女時代からずっと姉たちと過ごしてきた寝室。狭いベッドを三台並べ、一つしかない衣装だんすは三人で共有してきた。屋根窓から見えるのは空の一部だけだ。

二度と見られない光景かもしれない。

ローズは大きく息を吸い込むと、階段をおり始め、姉たちが待つ応接室へ向かった。

ロンドン

「三姉妹？　三人全員を受け入れるんですか？」ジェームズ・アーサー・ヘンリー・ドラモンド卿《きょう》は我が耳を疑った。もっと正確に言えば、彼はアシュボーン子爵であり、貴族のなかでも人気が高い生粋の紳士だ。

「兄のイアンが私に頼み事をするなんてめったにないことなの。だから――」ジェームズの反応を見て、彼のおばであるレディ・アシュボーンはうなだれた。「引き受けるべきではなかったと思う？」

「決定権はあなたにあります、おば上」身ぶりで美しい応接室を指し示しながら言う。「このアシュボーン・ハウスの女主人は、子爵未亡人であるあなたです。もちろん、ここへ誰を招くかはあなたが自由に決めるべきです。ただし――」

「ただし？」おばが心配そうに額にしわを寄せる。

「ただし、くすくす笑いをする少女たちを三人も、しかも一度に受け入れるとなれば話は別です。今まで結婚市場の少女たちにどれだけがっかりさせられたことか！　彼女たちときたら思わせぶりな態度を取ったり、本心を隠したり、意味のある言葉など一言も発しようとしません。いやはや、僕にはさっぱり理解できません！　どうしてその三人には社交界デビューを手伝う母親がいないんです？」

「三人の両親は亡くなっているの」おばは悲しげに答えた。「イアンは彼女たちの後見人なのだけれど、三人の社交界デビューの世話人にはふさわしくない。独身だしスコットランドを一度も離れたことがないんだもの。あなたでさえ、兄に会ったことが一度もないなんて！　私もここ最近だと、エジンバラで会った二回だけで……信じられない。最後にイアンに会ったのは、もう十二年も前のことなの？」

「実際、おば上に兄上がいたことも忘れかけていました。あなたがおじと結婚したとき、僕と両親、そしておじがあなたの家族になったんです」

「ええ、あれ以上すばらしい家族は望めなかったわ」おばは頭を振った。「私の夫も、あなたのご両親ももうこの世にいない。今の私の家族はあなただけ……そして兄だけなの。兄に頼み事をされたことなんてほぼないの。だから、今回は私が兄のために引き受けなくてはいけない、これは私が果たすべき義務だと思ったのよ」

義務。

家族の忠誠心がどれほど大切か、ジェームズもおばもよくわかっている。家名を受け継ぎ、絆《きずな》と名誉を守り続けることの重要性も。おばはジェームズの父親の兄と結婚し、レディ・アシュボーンとなった。だがおばは常に結婚前の姓に、そして唯一の肉親である兄に忠誠心を感じているようだ。

「お気持ちはわかります。でも彼は本気であなたがその三人全員に夫を見つけることを期待しているんですか？　それも今年のシーズン中に？」ためらいがちにうなずくおばを見て、不満げな声が漏れた。

「でも姉妹の場合は、順番に社交界デビューをさせるものでは？　長女が婚約するまで次女のデビューはさせないものでしょう？」不意に別のことが思い浮かんだ。「三人の持参金はどれくらいあるんです？」

　おばは顔をしかめた。「それがあまり多くはないの。でも兄が言うには、見目麗しくて感じのいい子たちだそうよ」

「それで彼の話を信じたんですか？」

　おばは目を見開いた。「そういうことを少し大げさに言う人もいるのは事実だけど……」

「少し？　お互い、さんざん言い合ってきたはずです。〝絶世の美女〟と言われる娘の多くがまあまあの器量にすぎず、本当に美しい娘の多くは……」

「甘やかされていて生意気で、ほんの少しのことで癇癪《かんしやく》を起こす。ええ、わかっているわ。でもどうすればいいの？　もう約束してしまったんだもの。兄は彼女たちを今月末にはロンドンへ行かせると言っているわ」

「やはり気が変わったと手紙を書いては？」

「もう遅すぎる。兄をがっかりさせるなんてできない。こうなったら、もう最善を尽くすしかない。結局のところ、今シーズン限りのことだもの」

　ジェームズはため息を押し殺した。二年前、おじの死去に伴って爵位を受け継いでからは、平穏な生活を楽しむようになった。屋敷のあれこれはおばが取りしきってくれるため、そういうことにはほとんど煩わされず、自分の興味のあることだけを気兼ねなく追い求めている。あの恐ろしい夜、同じ馬車の事故で両親とおじを一度に失ったせいで、思いがけず責任ある立場に立たされることになった。

　あの夜のことを思い出すと今もぞっとする。当日、おばは気分が優れず、パーティを欠席していた。一方の自分は友だちとどんちゃん騒ぎをしていたときに事故の一報を聞き、酔いが吹き飛んだ。事故現場に連れていかれ、目の当たりにした光景は生涯忘れられないだろう。横転して湖に転落した馬車も、そのなかから発見された愛する家族三人の遺体も。

あの夜を境に人生が変わった。それまで気苦労や心配とは無縁だったのに、慎重で注意深い男になった。かけがえのない一度きりの人生。しかも思っている以上に短い。自らの人生を謳歌《おうか》するのは大切だが、性急に、あるいは何も考えずに日々の決断を下すべきではない。残念ながら、今回のおばの決断は軽率と言わざるをえない。兄への義務感に駆られ、何も考えず引き受けてしまったようだ。

おばは一言、僕に相談すべきだった。

そうしたら、引き受けないように彼女を説得できたはずだ。とはいえ、もちろん、おばがアシュボーン・ハウスで招待客をもてなす権利は尊重したい。

ジェームズは内心ため息をついた。年頃の娘を社交界デビューさせる。しかも一人ではなく三人も。今年の社交シーズン中、彼の穏やかな生活はかき乱されるに違いない。それだけではない。心優しいおばが少女たちによって騒ぎに巻き込まれたり傷ついたりしないよう、この自分が手助けしなければ。

苦々しい気持ちのまま、心のなかでつぶやく。三人の小娘たちめ、大切なおばを少しでも困らせたら、この僕が黙ってはいないぞ!

スコットランド、エルギン

ローズは中年の弁護士ミスター・マーノックの事務所に座っていた。彼はローズたち三姉妹の後見人だ。これまでに何度、この事務所を訪れたかわからない。でも今回はいつもと雰囲気が決定的に違っていた。普段なら優しい笑みを浮かべ、面白いことを言うはずの後見人が、今日は冗談も口にせず、笑みを浮かべようともしない。イジーとアンナと視線を交わしながら思う。どうやら姉たち二人も同じ印象を抱いているようだ。

「ようこそ！　とうとうこの日がきたね」彼は三人の顔を見比べた。「さあ、誰が誰か教えてほしい」

彼にはいつも、ドレスの色を手がかりにすれば三人の見分けがつくと教えている。ローズにはアンナとイジー、自分の顔が全然違うように見えるが、何しろ彼女たちは一卵性の三つ子だ。見分けられるのはベルヴェデーレの教師と生徒たちだけで、他の人たちには〝三人で一つの存在〟に見えるらしい。今日のアンナはいつものように涼しげな青のドレスだ。瑠璃色の瞳と冷静沈着な態度をいっそう引き立てている。イジーは白いモスリンのドレス。裾と胴着《ボディス》に施された黄水仙と緑色の花々は、彼女自身の手刺《し》繍《しゅう》だ。

ローズはいつものピンク色のドレスだ。たまにラベンダー色やライラック色に挑戦することもあるが、それでも母から聞いた出産のときの話を忘れたことはない。〝お産のとき、助産師があなたの手首に巻いたピンク色のリボンを見てロザベラと名づけたの〟取り上げる赤ん坊が一人以上の場合、助産師にはその子たちの手首にリボンを巻く習慣がある。生まれた順番を間違えないようにするためだ。でもそれ以外にも、三人につけられた名前にはもう一つ特別な理由があった。

「あなたたちは三人とも本当に美しい」母はことあるごとにそう言ったものだ。「私にとって三人とも奇跡のような存在よ！　だから名前にその美しさを込めようと決めたの」

それでアナベル、イゾベル、ロザベラと名づけられた。どの名前にも、美しいという意味の〝ベル〟という言葉が含まれている。

「君たちのお母さんから……」ミスター・マーノッ

クの言葉に、ローズは居住まいを正した。彼は母のことを知る数少ない知人の一人だ。母に関することならどんなことでも知りたい。「十年以上前、長く生きられないと知ったミセス・レノックスから、娘たちの後見人になってほしいと頼まれた。それ以来、君たちの成長を見守れてありがたいと思っている」

沈黙が落ちるなか、ローズは気づいた。自分だけでなくアンナとイジーも彼の話を真剣に聞いている。

「昨日君たちは二十一歳になり、ベルヴェデーレ・スクールを出た。お母さんがどれほど君たちを愛していたかは、彼女がこの事務所で働いていた五年間で私もよく知っている。そこで今回、彼女から指示されたわけじゃないが、私は後見人として、君たちをロンドンへ行かせ、宮廷で謁見をし、社交シーズンを楽しめるよう手配した。私の妹レディ・アシュボーンが君たちを世話する。子爵と結婚したが今は未亡人なんだ」彼が誇らしげに言う。でもローズは後見人の話にショックを受けていた。

スコットランドを離れるなんて！　まったく見知らぬどこかへ出かける？　考えるだけでも恐ろしい……今までとはまったく別の場所へ？

「自分たちにそんな可能性があるなんて、考えたこともありませんでした、ミスター・マーノック」アンナが落ち着いた声で答える。「私たち、この近くで自分に合った場所を見つけようと話し合っていたんです。エルギンか、インバネスで」

「自分に合った場所？　君たちは働くつもりなのか？」ミスター・マーノックは恐怖に顔をこわばらせた。「ばかな！　君たちはまだ年若いレディだ。しかも、れっきとした貴族のレディの娘なんだ。仕事をしなければいけない労働者階級とは違う！」

「でも母は働いていたわ！」イジーが反抗的な口調で言う。「あなたのために仕事をしていましたよね！」

「君たちのお母さんはそうせざるをえなかった。とはいえ、彼女はもともと上流階級の生まれなんだ」

「でも」アンナはさりげなく尋ねた。「もし働かないとすれば、私たちはどうやって生きていけばいいんです？　今まではベルヴェデーレという家で、安心して暮らせました。確かに私たちは年若いレディですがお金を持っていません。だから三人とも、それぞれに合った仕事に就くのは当然だと思います。今までもそう話し合ってきたんです」

本当の話だ。ローズの夢は教師になること。ベルヴェデーレで、年下の少女たちに教えるのは楽しかった。実際、ロジー校長にもすでに話している。彼女も乗り気になってくれたが、まずは後見人の許しを得る必要があると言われた。

「そのことについては……」ミスター・マーノックが少し顔を赤らめた。ローズはふと思う。彼は何か隠そうとしているのでは？　でもなぜ？「そんなに多くはないが、君たち三人には持参金がある。それに私から、君たちがロンドン社交界にふさわしい装いができるよう、妹に準備金を送っておいた。そう聞いて行く気になってくれたかな？」

アンナは肩をすくめた。「私たち、大事なのは装いではなく、良識と理解力、そして他人への思いやりだと教えられて育ってきました」

「でも新しいドレスを着られるなんてわくわくします！」イジーが目を輝かせながら言う。「それに私は、ロンドンへ行けるのもすばらしいことだと思います」

ローズはありったけの勇気をかき集めた。ここで自分の意見を言っておかなければ。「私はここに残りたいです」

ミスター・マーノックは口をつぐみ、三人を見比べて頭を振った。「君たちのお母さんは強い意志を持った女性だった。だから君たちもそうだとしても驚きはしない。君たち自身で決めればいい。だが問題は、三人の意見が対立していることだ」

彼は正しい。イジーはロンドンへ行き、社交界デビューを果たし、大勢の他人と交流したがっている。それって王妃様への謁見も含まれるのだろうか？　そう思い至り、ローズは体を震わせた。正直に言えば、ベルヴェデーレ・スクールから離れたくない。生徒たちと愛する本に囲まれて過ごしたい。ベルヴェデーレは安全な場所だが、ロンドンがそうだとは思えない。

アンナをちらりと見てみた。考え込むような表情を浮かべている。一番上の姉は常に感情よりも理性を優先しようとする。今は後見人の計画のいい点、悪い点を冷静に判断しているのだろう。

ロンドン行きに反対なのは私だけらしい。

ミスター・マーノックはそれでこの話を終わらせようとはしなかった。大きくうなずくと、机の引き出しを開けて折り畳んだ三枚の紙を取り出した。

「いいだろう。今の計画を聞いても行く気にならないなら、私からもう一つ、もっとその気になるような提案をしよう」

彼は三枚の紙を、ローズと二人の姉たちが見ている前で、カードのようにシャッフルした。

「実は、こうなることを期待していたんだ。私自身の好奇心を満たすために……」

彼は三人の前に紙を一枚ずつ置いた。無作為に置いたのは明らかだ。

「お母さんから、君たちが二十五歳になるまで、あるいは結婚するまで後見人を務めてほしいと頼まれた。そのとき彼女から密封された小包を渡され、後見人を終えるまで絶対に開けてはいけないと言われたんだ。ひどく謎めいている。頭のいい君たちなら、ロンドンで何か答えを見つけてくれるんじゃないかと思ってね。彼女は自分のことを話したがらなかったが、間違いなく英国人だ。一度だけ、何年も前に社交シーズンを過ごしたとうっかり漏らしたことがある。つまり彼女は貴族、それも英国社交界の最高位にあたる一族の生まれということだ」

「私たちの父親については何か言っていませんでしたか？」イジーが興味津々の様子で尋ねる。

ミスター・マーノックは肩をすくめた。「彼が亡くなったこと以外、何も話さなかった。君たちはお父さんのことを覚えているのかい？」

ローズは記憶をたどろうとした。今までも、三人で何度もそうしてきた。でも何も思い出せなかった。何一つ。

三人とも同い年ではあるが、昔のことを一番はっきり覚えているのはアンナだ。エルギンにやってきたのは五歳のとき。それ以前の記憶は三人ともぼんやりしている。もちろん母のことは鮮明に覚えている。三人が十歳のとき、肺結核で亡くなった。ローズは喉に込み上げてきた熱い塊を飲み込んだ。

「父のことは三人とも全然覚えていません」アンナは答えた。「私たちがここに引っ越してきたあと、父は母と手紙のやり取りをしていたのかしら？」

「そうは思えない。彼女は最初から自分は未亡人だと話していた。だからそのときすでに彼は亡くなっていたはずだ。君たちもよく知っているとおり、彼女がここへやってきたのは君たちが五歳のときで、十歳になったときに私が君たちの後見人になった」

しばし沈黙が落ちる。母を失ったあの悲しみを忘れられるはずがない。ミスター・マーノックの優しさも三人の悲しみを癒《いや》せず、結局彼の法律事務所の隣の小さな借家から、町外れにあるベルヴェデーレ・スクールに移り住み、そこを我が家としたのだ。

彼が口を開いた。「やや芝居がかかったやり方を許してほしい。だが、こうするしかなかった。金庫にある小包は開けないでほしい、という君たちのお母さんの意思を尊重したい。だがその一方で、君たちももう立派な大人なんだから、自分たちの出自をもう少し知りたいと思うのは当然だと思っている」息を吸い込んで、改まった口調で続けた。「そこで、ここに三つの冒険を用意した。三人に一つずつだ。もちろん断ってくれても構わない」

イジーは後見人が言い終わるのも待たずに、前に置かれた紙を手に取ってすばやく読むと叫んだ。「私たちの父親の名前を探し出す？　でも、どうやって？」

ミスター・マーノックは肩をすくめた。「正直に言うと、私にもわからない。やるかどうかは君たちしだいだ」

アンナは前に置かれた紙を読んで眉をひそめると、きちんと折り畳んでレティキュールへしまい込んだ。「母がエルギンにやってきた理由を探り出す？　まあ、これは難しい課題だわ」

ローズは震える手で自分の紙を取り、目を通した。後見人の几《き》帳面《ちょうめん》な手書き文字が並んでいる。

〝君の冒険は、君たちの母親が何者か見つけ出すことだ。彼女の家族や生い立ちについて調べてほしい。レノックスと名乗る前、彼女はなんという名前だったのか？　彼女はロンドンで社交シーズンを送ったことがある。それに君たち三姉妹は彼女のおもかげはあるが、彼女の目はブルーではなくはしばみ色だった〟

母の瞳を思い出し、たちまち胸が苦しくなる。緑の細かな点が入り混じったはしばみ色の瞳。亡き母への思慕の情がどっと込み上げてきた。ロンドンへ行けば答えが見つかるだろうか？　教師になる計画を延期して英国へ行くのは勇気が必要だ。

でも母が何者か、わかるかもしれない。私が何者かも。

アンナもイジーもこちらを見つめている。

私に自分たちの意見を押しつけたくないのだろう。

私自身が決めなければ、でも、本当にできるの？

母はとても強い人だった。五歳の娘三人を抱えながらも、エルギンでどうにか自活していた。それからわずか数年後、じわじわと近づく死を前にしても、母は自分の死後も娘たちが守られるようにと、後見人になってほしいとミスター・マーノックを説き伏せた。母が直面した試練の数々に比べたら、ロンドンへ行くことはどうってことない。

せめてそれくらい恩返しがしたい。母の本当の名前を突き止め、彼女の思い出を大切にしたい。

ローズはミスター・マーノックと目を合わせてうなずいた。「姉たちもロンドンへ行くなら、私もこの冒険に挑戦して母が何者か突き止めたいです。本当にできるか自信はないけど最善を尽くします。アンナとイジーの助けを借りてもいいでしょうか？」

アンナは手を握りしめ、イジーは喜びに目を輝かせている。二人とも、三姉妹のなかでローズが一番引っ込み思案なのを知っている。つまりローズがロンドン行きに同意すれば三人とも賛成ということだ。

「もちろんだよ！」ミスター・マーノックは答えた。「三人で協力して三つの冒険に挑んでほしい。異なる視点に立ったほうが成功のチャンスも広がる」

「確かに」アンナが同意した。「三つとも難しい課題だけど、三人で力を合わせたらいつもうまくいくから」

「冒険を始めるのが待ち遠しいわ。私たち、いつロンドンへ出発するのかしら？」イジーが尋ねる。

「そうと決まればぐずぐずしている必要はない。妹からはすでにいつでも受け入れると返事が来ている。出発は来週の木曜日でどうだろう？　それまでの数日間、君たちが同じ宿屋に泊まれるようにしよう」

「完璧です！」イジーが答えた。彼女の興奮がローズにもひしひしと伝わってくる。でも同じ気分にはなれない。今感じているのは紛れもない緊張と不安だ。成功する自信なんてまるでない。それでもこの冒険に大きな意味があるのはわかっている。母についてもっと知るために、できる限りのことをしたい。

　ロンドンが待っている。巨大で、一度も行ったことのない、恐ろしい街が。でも今のローズには、その街へ行くべき理由がある。

　姉たちがいてくれる。私たち三人なら、この冒険を達成できる。最愛のママのために。

2

ロンドン

　三姉妹を乗せた馬車がとうとうアシュボーン・ハウスの前に停車したのは、かなり遅い時間だった。暗闇に包まれた館のまわりには、ローズがこれまで慣れ親しんできたみずみずしさや開放感がまるで感じられない。スコットランドでは夜でも星がまたたき、そうでないときでも夜空一面を覆う雲や冷たい雨が見えたものだ。まだ三月初めだというのに、ロンドンは生暖かい。あたりには煙が立ち込め、悪臭が漂い、建物がひしめき合うように立っている。都会のエジンバラでさえ、これほど息苦しくは感じなかった。

最後の休憩所に立ち寄ったのは数時間前のことで、そのあと三人ともなんとか眠ろうとした。馬車で旅を始めてからすでに二週間以上が過ぎている。ゆったりした旅のペースだ。おかげでローズも少しずつ馬車の揺れや短い休憩時間に慣れてきた。毎晩新しい宿屋に宿泊するもの珍しさにも。ミスター・マーノックが最善を尽くしてくれたおかげで、旅は割と順調に進んでいる。ただグランサムでは、イジーが〝傲慢でがさつな〟紳士と口げんかになる寸前だったがどうにかおさまった。誰にも目撃されずにすんでよかった。イジーはとかくそういう出会いが多いのだ。

ローズと同じく、イジーも最後の休憩所からずっと眠っていない。彼女も緊張や心配を感じているのでは？　一瞬そう疑ったが、ランタンの灯《あか》りに照らされたイジーのいきいきした表情を見てすぐにそんなことがあるはずないと気づかされた。

「アンナ、着いたわよ！」イジーは長姉の肩を揺さぶり、窓の外を眺めた。「すてきなお屋敷ね！」

アンナはあくびをして背筋を伸ばすと、まっすぐに座り直した。「さあ、二人ともレティキュールは持った？　ボンネットをかぶって！」

御者が馬車の扉を開けて階段を用意する間、三人は身支度を整え、そろいの赤い外套《がいとう》を手に取った。

「レディ・アシュボーンが感じのいい人であることを願うわ！」馬車の階段をおりながらローズはつぶやいた。目の前にはこれ以上ないほど威圧的な光景が広がっていた。開かれた屋敷の扉の脇にお仕着せ姿の背の高い従者が立ち、三人が入るのを待っている。

なんて堅苦しいの！

「お兄さんに似ていたら、彼女は絶対に感じのいい人に決まっているわ」アンナが冷静に答え、ローズの緊張を和らげようとした。

そう、そのとおり！

ミスター・マーノックは心優しい人だ。その妹も思いやりのある人なのだろう。

姉たちに続いて屋敷に足を踏み入れたローズは、たちまちその優美さ、豊かさ、贅沢《ぜいたく》さに圧倒されそうになった。まだ玄関ホールに入っただけなのに。アシュボーン・ハウスは、くつろげるベルヴェデーレとも、ごちゃごちゃしているミスター・マーノックの事務所とも全然違う。タイル張りの床もサイドテーブルも磨き込まれ、壁には何枚も絵画がかけられ、正面には壮麗な大階段が伸びている。左、右、上、下。ローズはあらゆる方向へ視線を走らせたが、目の前の光景のすべてを仔細《しさい》に観察することなどできそうにない。

ボンネットと外套をメイドに預け、三人は従者のあとから階段をあがり始めた。ベルヴェデーレは応接室が一階にあり、そこでよく面会に来たミスター・マーノックと話したものだ。それに彼の事務所もひんぱんに訪ねていたため、事務員のミスター・バルモアとミスター・レッドバーンとも顔なじみだった。ローズは小さくため息をつく。今では、二人ともはるか遠くにいるように思える。

もちろん、ロンドンでは貴族が招待客を二階にある応接室で迎える風習があるという話は聞いている。路上の光景や臭いから遠ざけるためだ。でもローズにはすべてがもの珍しく思えて仕方がない。従者は背の高い扉の脇に立つと、三人の名前と生まれた順番まで確認し、その間ずっと表情を少しも動かそうとしなかった。やがて無表情のまま扉を開けて訪問客の紹介をした。

「ミス・レノックス、ミス・イゾベル・レノックス、ミス・ロザベラ・レノックスのお越しです！」

そのとおり。二十分早く生まれただけでもアンナは長女。〝ミス・レノックス〟と呼ばれるにふさわしい。イジーとローズは〝その妹たち〟という扱いだ。

なんて堅苦しいんだろう！

女主人のレディ・アシュボーンは三人を出迎えるべく、すでに立ち上がっていた。四十歳を越えているはずだが若々しく、礼儀正しい笑みを浮かべている。けれど三人がお辞儀をする間に、彼女は笑みを消してまばたきをし、驚きの表情を浮かべた。「そんな……三つ子だなんて……。イアンったら言い忘れたのね」頭を振りながら言葉を継ぐ。「ごめんなさいね！　あなたたちがそっくりの三つ子だなんて知らなかったの」近づいてきて手を差し出した。

「どなたがミス・レノックスかしら？」

「私がアナベルです」アンナは前に進み出ると女主人の手を取り、再び短くお辞儀をした。「いつも青いものを身につけています。こちらは妹のイゾベル」

イジーはレディ・アシュボーンに笑みを向けた。

「私はほとんどいつも緑色と黄色のものを身につけるようにしているんです！」

「そしてこちらが三女ロザベラです。母によれば、ローズはイジーの三十分後に生まれてきました」

ローズは女主人の手を取り、お辞儀をしながら内気そうな笑みを浮かべた。

「それで、あなたはいつもピンクのものを身につけているのね？」

「はい、そうです」

「ローズピンクね！　あなたの名前を最初に覚えられそう！　それにしても三つ子だなんて！」レディ・アシュボーンは部屋を横切り、二本ある壁の引き綱のうちの一本を引っ張った。「紅茶でも飲みましょう。ショックから立ち直らなくてはね。さあ、座ってちょうだい」

　三人は腰をおろし、軽い夜食として紅茶とケーキを頂きながら、レディ・アシュボーンの質問にできる限り答えた。〝いいえ、家系についてはほとんど知りません。父方も母方もです〟・〝はい、旅は楽しかったし、とても順調でした〟〝いえ、ロンドンは初めてです〟

「あなたのお兄様、ミスター・マーノックはすばらしい後見人です」アンナが言う。「十年以上も優しさと寛大さを示してくれたことに、私たち、心から感謝しているんです」

「そうでしょうとも、イアンはいい人だもの」そのときだけ、レディ・アシュボーンはスコットランド訛《なま》りの英語になった。「どうしても結婚しようとしないから、兄が父親になることはないと悲しんでいたの。もうずいぶん前に、孤児たちの後見人になったとは聞いていたけど、あなたたちを学校にまでは通わせていなかったんでしょうね」

「いいえ、そんなことはありません！」イジーはすぐに答えた。「彼は私たちをエルギン郊外にあるベルヴェデーレ・スクールに通わせてくれました。それによく面会にも来てくれたんです」

「ベルヴェデーレ？　私の子ども時代に、そういう名前の古い邸宅があったのは覚えているわ。つまり、あの建物が学校になったのね？」

「母が亡くなって以来、私たちにとって安心できる我が家でもありました」アンナが言う。「先生たちは良識があって優しくて、私たちもそれなりの教育を受けました。ただ……まさかロンドンの社交シーズンに参加するとは考えてもいなかったので、そのための十分な知識が備わっているとは思えません。あなたをがっかりさせたくないので、私たちはこのまま誰とも交流しないほうがいいと思うんです」

　ローズは自分も何か話さなければいけない気がした。私にとって、誰かと交流するのは一番やりたくないことだ。シーズンには参加しなくても、この居心地がいい屋敷に滞在していたら、レディ・アシュボーンが母に関する情報を得る手助けをしてくれるはず。「同感です。ロンドン滞在中、私たちはここで静かな時間を楽しめれば満足です」

「あら！」レディ・アシュボーンは困ったような顔をした。「まさか若いお嬢さんたちから、社交シーズンに参加したくないと言われるなんて思いもしなかったわ！」

「この二人は……」イジーが口を開いた。「あくまで自分の意見を言ったまでです。私は舞踏会でダンスを踊ってみたいし、劇場にも行ってみたいです。それに美しいドレスも着てみたいわ！」

「そうでしょうとも！　ねえ……」レディ・アシュボーンは片手を上げた。「あなたは……イゾベルよね？」

「はい。すぐにおわかりになるかと思いますが、私は率直な物言いをします。現実的なのがアンナ、臆病なのがローズです」

臆病？　私は断じて臆病なんかじゃない！

二、三年前にも、ローズはそう言われてむきになって反論したことがある。実際、自分は臆病者ではない。ただ慎重なだけだ。用心深くて控えめで、何か言わなければいけないときでも言葉数が少ないだけ。でも、必要とあらば勇気を出せる。と言っても、無茶をするわけじゃない。それに実際に行動に移すまでに、自分を励ますための時間がちょっとばかり必要なだけ。イジーを横目で見ながら口を開いた。

「確かに、そういう機会はとても興味深いものでしょう。でもベルヴェデーレでの教育がいかに優れていても、貴族の方たちの輪に加わるには準備不足だともわかっているんです」

「あら、ベルヴェデーレではどんな教育を受けたの？」

ローズは胸を張って答えた。「ギリシャ語とラテン語には自信があります。フランス語、スペイン語、イタリア語、ドイツ語も話せます。代数学、天文学、論理学もいい点数でした。歌と演劇もできます。それにイジーは優秀な芸術家でもあるんです」

「なるほど」女主人はやや困ったような表情だ。

アンナが加わった。「行儀作法や家計管理、刺繍《ししゅう》の授業も受けました。三人とも裁縫の腕は確かです。ただ……」

イジーが目を輝かせながら続けた。「ミスター・デブレットの貴族名鑑に載っている方たちの名前はほとんど知りません。だって私たちにとって、そういう名前は意味がないからです。それにダンスの授業では、ロンドンで人気のあるダンスではなく、スコットランドのカントリーダンスを中心に習っていました」

「なるほど」今や女主人の眉間にはしわが刻まれている。「あなたたちが受けた教育は、若いレディではなく若い紳士にふさわしいように聞こえるわね」

「どうしてです？」アンナは困惑した様子だ。

「今教えてくれたなかには、明らかに、女性に必要な能力だと思うものもあったわ」女主人は指を折って数え始めた。「たとえば家計管理、刺繍、行儀作法、音楽。でもそれ以外は……一つ助言させてね。まわりの人たちに、読書や学問が大好きだという印象を与えるのは感心しない。殿方はもちろん、レディのなかにも不愉快に思う人がいるから」

三人は驚いたように目を見交わした。衝撃から最初に立ち直ったのはアンナだ。「おっしゃるとおりにします。もしあなたがふさわしくないとお考えなら、やはり私たちは無理に社交界デビューしないほうがよいのではありませんか？」

「そうね、少し考えさせて。さあ、長旅でさぞ疲れたでしょう。そろそろ休んだほうがいいわ」

女主人が再び呼び鈴を鳴らすと、いかにも有能そうな中年女性がやってきた。家政婦のミセス・コルビーだ。メイドを三人も引き連れている。

　メイド三人が短くお辞儀をするのを見て、ローズは心の底から驚いた。あんぐりと口を開けないようにするのに精一杯だ。信じられない。まさか私たち一人ずつにメイドがつくなんて。間違ったことのように思えてしまう。ベルヴェデーレで何年も世話になったアグネスは友だちだった。でも目の前にいるメイドたちは、揃《そろ》いの制服姿で無表情なままだ。感情を押し殺しているかのように。

　三姉妹は女主人におやすみの挨拶をし、ミセス・コルビーの案内で三階へ向かった。その階に家族の寝室があるのだ、という淡々とした説明を聞きながら。「ミス・レノックス」家政婦は廊下の左にある一番手前の扉を開け、身ぶりでアンナに入るよう促した。

　そんな！　別々の部屋で寝ないといけないの？　絶望的な気分でローズが見守るなか、アンナは部屋に入り、一緒に入ったメイドが扉を閉めた。

「ミス・イゾベル」

　イジーもやはりメイドを引き連れ、二番目の部屋に姿を消した。

「ミス・ロザベラ」家政婦に感謝の言葉を告げ、なかへ足を踏み入れる。贅《ぜい》を凝らした華やかな寝室だ。大きな四柱式ベッド、暖炉、家具は優雅なフレンチスタイル。壁は淡い金色で、窓にかけられたカーテンもベッドカバーも金色を帯びた黄色だ。

　黄色？　イゾベルにふさわしい部屋だわ！

　メイドはお辞儀をすると、ローズが服を脱ぐ手伝いを申し出た。「荷解《にほど》きは済んでいます、ミス」

　ベッドの上になじみのあるネグリジェが広げられている。数カ月前、エルギンの小間物店で買った柔らかなモスリン生地で、ローズ自身が仕立てたものだ。姉たちも同じガウンを仕立て、細かな刺繍で違いがわかるようにしてある。「ありがとう」見知らぬメイドにボタンを外され、コルセットを緩められ、ネグリジェを着せられるのはどうにも落ち着かない。こういう身支度はずっと姉たちとやってきた。自分たちでボタンやリボンを扱えるようになってからずっとだ。

「お座りください」メイドに示された鏡の前の椅子に腰をおろし、ヘアピンを引き抜かれ、長い髪にブラシをかけられるのをじっと見つめる。金髪、青い瞳、まっすぐな鼻、きれいな歯並び。姉二人にそっくりだ。そのとき初めて気になった。私の見た目ってどうなのだろう？　他人から見て魅力的なのだろうか？　三つ子というだけで、周囲からはいつも驚きの目で見られてきた。見分けがつくのはベルヴェデーレ関係者だけ。ミスター・マーノックでさえ区別できなかったのだ。

ベル、ベラ、ミス・レノックス。いつもそう呼ばれてきた。みんな、三人の誰と話しているかわからないせいだ。姉たちとベルヴェデーレの少女たち以外の相手から、ローズという名前で呼ばれたこともほとんどない。

ましてや、一人で寝たことなんて一度もない。

メイドはローズのドレスとブーツを手に取って退室した。〝汚れを落とすため〟だという。ようやく肩の力を抜いた瞬間、部屋の隅に置かれたトランクに気づいた。すでに空っぽだ。衣装部屋の扉を開けると、わずかばかりの衣類がかけられていた。ドレス三枚、ペチコート二枚、手袋、予備のボンネット、室内履き二足。丈夫な赤い外套と飾り気のない麦わら帽子は階下にある。今日着ていたものはすべてメイドが持ち去った。

私たち三人は彼女にどう思われているのだろう？　〝彼女〟が意味するのはレディ・アシュボーンなの

かメイドなのか、自分でもよくわからない。でも一つだけはっきりわかっていることがある。ここでの生活は、今までとは大きく異なるものになるだろう。そして私はそれが気に入らない。

なるべく早くエルギンへ戻ろう。早いに越したことはない！

何もかもが新しいここでの生活を生き延びるには〝エルギンに帰れば懐かしい生活に戻れる〟と自分を励ます必要がある。そう考えるだけで落ち着く。

衝動に突き動かされるように、ローズは寝室の扉を開けた。アンナとイジーはもう寝ただろうか？　それともまだメイドと一緒にいるの？　耳をそばだててみたが物音一つ聞こえない。勇気を出して、つま先立ちで階段の踊り場まで出てみた。ふかふかの絨毯《じゅうたん》が敷かれた長い廊下には、陶器の花瓶が置かれたサイドテーブルや大理石の鏡像、優美な燭台《しょくだい》が等間隔に飾られている。これほど多くのろうそくを一度につけるなんて。こんな贅沢な暮らしにいくらかかるのか、考えるだけで頭がくらくらする。

寝室はどれも広く、イジーの部屋の前までたどり着くのに二十歩もかかった。足を止めて耳を澄ましてみる。扉はどっしりしていて、なかから何も聞こえない。そのとき視界の隅に何かの動きをとらえて顔を上げたところ、階段をのぼってくる何者かと目が合い、たちまち体が凍りついた。

男性だ。若くてハンサムな。しかもフォーマルな上着にベストと半ズボン《ニー・ブリーチズ》を合わせ、いかにも裕福な貴族らしいいでたちだ。クリスマスの時期、年に一度、付き添い役の教師と一緒に、ミスター・マーノックの家の食事会へ招かれたときには、後見人も同じ格好をしていたものだ。でも目の前にいる紳士は、ミスター・マーノックのようにおなかがでっぷり突き出ていない。それに顔にしわも寄っていない。この紳士はまるでベルヴェデーレの芸術書で見た、ミケランジェロの彫刻作品のよう。それかラファエルの。

心臓が高鳴り、口から飛び出そうだ。呼吸が浅くなり、体が震えている。衝撃と驚きのせいだ。それと自分でもよくわからない何か別のもの、そう、今まで感じたことがない感情のせいもある。彼は――彼は本当に美しい。

それなのに私ときたら、ネグリジェ姿で立ち尽くしたまま、男性をぼんやりと見つめている！　そう気づいたとたん、くぐもった叫び声をあげ、自分の寝室を目指して駆け出した。なかへ入って扉を閉め、目を閉じて背中をもたせかける。呼吸も胸の鼓動も速いままだ。どうしても頭のなかから男性のイメージを振り払えない。

彼のイメージが細部までくっきりと、心のなかに刻みつけられたかのようだ。濃い色の豊かな髪、驚きに見開かれた目、ローズの頭からつま先まですばやく視線を走らせる様子。それに幅広のネクタイ《クラヴァット》を緩めようとかけた手を、こちらと目が合った瞬間に凍りつかせた様子。

いったい誰だろう？　レディ・アシュボーンの息子だろうか？　いや、どう見ても彼は二十代後半くらいに見えた。レディ・アシュボーンが五十歳以上のわけがない。

どうしてもっと慎重にならなかったの？

今、心から切実に必要としているのはアンナの現実的な一面だ。一瞬の激しい感情に屈して、我を忘れるなんてイジーみたい！

ローズは息を吸い込み、真実に向き合った。寝室から出たのは大胆さのせいではない。弱さのせいだ。そういう意味では、臆病なローズそのもの。一人が怖かっただけなのだ。姉たちも一人きりの状態に違和感を覚えていたはず。でも私と違い、二人とも強い意志の持ち主だった。どちらも寝室から出てこなかったのがその証拠だ。

自分を責めつつ寝室のろうそくを吹き消し、ナイトテーブルの灯りだけ残して、ベッドによじ登った。もうくたくただ。でもすぐには眠れそうにない。初めての寝室だし、アンナとイジーの寝息が恋しいから。でも、それだけじゃない。ほとんど裸同然の格好で、あの男性と出くわしてしまったせいでもある。ベルヴェデーレにいた男性は使用人の二人だけで、何かを修繕する必要がない限り、絶対に階上にある寝室には来なかった。その場合だって、ベテラン教師たちがいっさいの手配を取りしきっていた。

いいえ、それ以上の理由がある。どうしても脳裏に彼のイメージが浮かんでしまうからだ。まさに生身の芸術作品のごとき男性が、あんなふうに私を見つめるだなんて。思い出しただけで、またもや鼓動も呼吸も速くなる。いったい私はどうしてしまったの？

まだロンドンに着いたばかりだというのに。

どういうわけか、心のどこかでわかっていた。今夜を境に、私は前の自分には戻れないだろう。もう二度と。

ジェームズは笑いを噛《か》み殺《ころ》しながら自分の寝室に向かっていた。おばの招待客たちが到着したらしい。実際、階段をあがっていたとき、偶然愛らしいレディに出くわした。まったく予期せぬ出会いに心臓がとくんと跳ねた。それは今も続いている。

おばを厄介事から守ってみせる。その決心は少しも変わらない。だが少なくともあの女性に関して言えば、今は僕が優位な立場にある。あの叫び声がそのいい証拠だ。ネグリジェ姿で見知らぬ男と突然顔を合わせ、さぞ彼女は動転し、衝撃を受けたに違いない。

よし、いいぞ！

普段から、結婚する気満々のレディたちと個人的につき合ったりはしない。積極的に誘いかけてくる未亡人たちや、すでに世継ぎをもうける務めを果たして退屈している妻たちを相手にしている。郊外で開かれるホームパーティは、そういう出会いに事欠かない。世継ぎ、さらに次男をもうけた妻たちのなかには、ジェームズのような未婚の紳士とベッドで戯れたいと願うレディはたくさんいる。去年の社交シーズンだけでも、そういうレディと三人出会った。今年もせめて同じ人数のレディと逢瀬《おうせ》を楽しみたかった。

〝とにかく慎重であれ〟それが今の僕のモットーだ。自分に関するいかなる噂《うわさ》も立てられたくない。だから相手選びには慎重を期しているし、あらゆる振る舞いにも細心の注意を払っている。ロンドンの売春宿で変な病気をもらうリスクは冒せない。それに未亡人や貴族の妻たちを妊娠させるリスクも。だから万全の〝予防策〟を取っている。

一つだけ確かなのは、未婚の処女には興味がないことだ。今は結婚など想像もできない。ただ、いつかは妻をめとり、世継ぎをもうけなければいけないのは百も承知だ。僕の気を散らすことのない従順な妻を選び、条件のいい結婚をするつもりだ。自分の爵位と富を守るために。

次男である父の一人息子ゆえ、ジェームズは子どもの頃から爵位の継承など期待されたことがなかった。けれども、おばに子どもができないまま歳月が経《た》つうちに、いつか自分がこの家の当主になり、責任を負うかもしれないと考えるようになった。それでも大好きなおじが健康であるうちは、オックスフォードで自由気ままな生活を謳歌《おうか》していた。しかしそのおじが突然亡くなり、さらに最悪なことにジェームズの両親も同じ馬車の事故で命を落としてしまった。

あとに残されたのはレディ・アシュボーン一人だけ。子どもはいない。四十歳を越えても、夫が事故死するその日まで妊娠をあきらめていなかったのに。悲しいことに、おばの夢は叶《かな》わなかった。

重たい責任を背負い込むことになり、今はその責任を真面目に受け止めている。いつかこの屋敷を取りしきる妻を見つけ出さなければならない。

ジェームズはため息をついた。そんな相手は見つかりそうにない。ここ数年というもの、結婚市場に対する嫌悪感はいやますばかりだ。特にあの特別な社交場、オールマックスが嫌でたまらない。両親が死ぬ前でさえ、オールマックスや結婚市場を避けていた。ロンドンにある賭博場や酒場のほうがよほど気が楽だったからだ。今では舞踏会や夜会に出席しているものの、本気で妻探しをしているとは言いがたい。

それでも、いつかは結婚相手を決めなければいけないのはわかっている。ただ、そんな重要な決断を下すなど不可能に思える。いかなる計画を立てても、自分の内なる警戒心が危険や間違いを察知して叫び出すのだ。

たっぷりと時間をかけて、結婚計画を練るしかない。

先ほどの若いレディを思い出した瞬間、足の付け根がこわばった。ほどかれた金髪、美しい顔、それにあのネグリジェ！　首から足首まで包み込んだ慎み深いデザインなのに、ひどくそそられた。わずかなろうそくの灯りだけでも、彼女が女らしい曲線の持ち主であることは一目瞭然だった。

彼女は知るよしもないだろう。モスリンのネグリジェが、あれほど体の線をあらわにするとは。いや、もっと正確に言うならば、男の想像力をこれほどまでにかき立てるとは。すっかり欲望をあおられてしまった。一糸まとわぬ姿の彼女は、さらに魅力的に違いない。

今夜、一つの疑問に答えが出たことになる。レノックス姉妹のうち、少なくとも一人は〝平凡で退屈〟なタイプではない。つまり、もう一つの〝美しいがひどく甘やかされた〟タイプということだ。

3

ローズはメイドに案内され、階段をおりて朝食室へやってきた。寝不足で頭がぼんやりしている。昨日まで長距離を旅してきたのだから、死んだように眠るはずだったのに。エルギンを出発して二週間、宿屋でも馬車でもほとんど寝られなかった。昨夜こそぐっすり眠れると期待していたのに。

姉たちが恋しかった。それに見知らぬあの紳士も。脈絡のない夢を見て奇妙にも体がかっと熱くなり、夜中に何度目覚めたかわからない。ようやく朝になってやってきたメイドに起こされ、顔を洗う手伝いをされ、朝食のための着替えの手助けをされたことにほっとしたほどだ。

ただメイドの手を借りて着替えている最中、彼女の表情が気になって仕方なかった。裾に自分で施したローズピンクの刺繍《ししゅう》以外、なんの飾り気もない地味なドレスを、メイドはどう見ているのだろう？ ロンドンで流行している装いは、スコットランドの田舎のそれとは全然違うはずだ。

レディ・アシュボーンも同じことを考えていたらしい。最後に朝食室へやってきたイジーが座った瞬間、こう宣言した。「朝食は自分たちで好きなものを取ってきて食べてちょうだい。食事が終わったら買い物に出かけましょう！」

イジーは満面の笑みだ。「古いボンネットやドレスを生まれ変わらせるために、新しいリボンや飾りが欲しかったんです。生地を買ってもいいかも。私たち三人とも、裁縫が得意なんですよ」

女主人は含み笑いをした。「私の屋敷にいる限り、あなたたちにドレスを手縫いさせたりするものですか」体をぶるりと震わせ、言葉を継ぐ。「考えただけで身震いするわ！ あなたたちのデビューにふさわしい装いをさせるようにと、兄から十分なお金が送られてきているの」

「でも」アンナが驚いた表情を浮かべた。「ものすごくお金がかかるはずです。宮廷用ドレスを一枚仕立てるだけで何千ポンドもかかると聞きました。しかも私たちは三人もいます！」

「それが何か？ 兄が気前よく送ってくれたお金を最大限活用すべきだわ」

ローズは頭を振った。「それが正しいことだと思えません。私たちの母は裕福ではありませんでした。エルギンに住んでいる間、ミスター・マーノックはそんな母を事務係として雇ってくれていたんです。母は前の仕事でも貯金はしていたはずですが、三人分のドレスを仕立てられるほどの大金だったとは思えません」

女主人は目をぐるりと回した。「いつまでもクエーカー教徒みたいに〝何も受け取れない〟と言い続けるつもり？　私にはわかる。後見人になると決めた日からずっと、兄はあなたたちを被後見人ではなく、自分の娘だと考えてきたはず。兄とはひんぱんに手紙をやり取りしていたわけではないけれど、いつもあなたたちのことを書いていたもの。でも正直に言うと、兄が三人のロンドン訪問を望んでいるとは思わなかったけれどね。ロンドン行きを頼む手紙で、兄はあなたたちを手放しで褒めていた。文面から、兄の愛情と誇りがひしひしと伝わってきたわ。兄はあなたたちを貴族のレディとしてデビューさせるべきだと訴えていた。あなたたち三人の持参金はそんなに多いわけではないけれど……ほら、結局、兄も裕福な地主じゃなくて弁護士だから。兄もその点についてはっきり書いていなかったけれど……とにかく、私にもあなたたち三人がデビューに〝ふさわしい〟レディだとわかったんですもの。だから、この話はこれでおしまい。もう何も言わないでちょうだい！」

三人は押し黙り、朝食を取りに向かった。選んだのははちみつの粥《ポリッジ》、パン、チョコレート。レディ・アシュボーンがおいしそうに食べているニシンの燻製《くんせい》や牛肉とは対照的なメニューだ。女主人は食事をしながら、今日三姉妹を連れていく予定の場所の名前をずらずらとあげ始めた。仕立屋、婦人用帽子店、小物類専門店、ブーツ作りの職人の店などなど。

「あなたたちのデビューは社交界に衝撃を与えるはず」女主人は満足げな笑みを浮かべた。「あなたたちのライバルは誰になるかしら？　レディ・レントンは今年、おとなしいお嬢さんをデビューさせる予定なの。ミス・シャーロットが今年のダイヤモンドだって誰もが噂《うわさ》しているけれど、何せ父方が商売人の家系だから。あなたたちが彼女たち全員を打ち負かすのが今から楽しみだわ！」

　女主人がにやりとするのを見て、ローズも姉二人も笑みを返さずにはいられなかった。レディ・アシュボーンは誰からも影響を受けず、それでいて心優しい。そしてとにかく陽気だ。その明るさが周囲にまで伝わってくる。彼女が話している人たちが誰なのかも、〝今年のダイヤモンド〟がどういう意味なのかも、ローズにはさっぱりわからない。それでも、目の前に冒険が待ち受けているみたいな気分になってくる。アンナとイジーが両脇にいてくれる限り、どんな冒険も乗りきってみせる。社交界にデビューすれば、母について知る手がかりを得る機会も増えるだろう。ローズは勇気を振り絞り、口を開いた。

「私たちを優しく迎えていただき、本当にありがとうございます、レディ・アシュボーン。お兄様のお気持ちには本当に感謝しています」

　女主人はローズを見つめた。「正直を言えば、今回の話を引き受けたあとに多少の不安を感じなかったわけじゃないの。でも、あなたたちは礼儀正しく立派な振る舞いをしている。きっとデビューもうまくいくはずよ。だけど今後は三人ともすなおさが必要だと思う。あなたたちは英国貴族について何も知らない。たとえ自分たちにとって無意味に思えることでも、私の指示は尊重する必要がある。わかってくれたかしら？」

　三人とも同意した。今の言葉を聞いて、ローズはやや不安になった。見知らぬ場所で、大勢の人の目にさらされながら、自分たちが知らない独自のルールや期待に従えるだろうか？　本当にうまくできるの？

「もちろんです。経験豊かなあなたのご指示に従います」アンナが答えた。いつものことながら冷静な口調だ。

ローズはイジーを盗み見た。三人のうち、規則や制約が一番苦手なのがイジーだ。ベルヴェデーレでも何度も教師と揉《も》めていた。今もやや反抗的な表情を浮かべてはいるが、イジーは賢明にもアンナとローズと同じようにうなずいた。

もう一つ、ローズを不安にさせていることがある。昨夜見た、あの殿方は誰なのだろう？　彼のことが頭から離れない。しかも思い出すたびに、体があの出会いの瞬間と同じ反応を示してしまう。

きっとショックのせいで、私はまだその衝撃から立ち直れていない。

彼は何者なのだろう？　今から数カ月間、ここでレディ・アシュボーンと暮らすのに、未亡人だということ以外何も知らない。彼女があの殿方の母親ほど歳《とし》を取っているとは思えないし、友人とも思えない。もしかしていとこ？　亡き夫方の？

レディ・アシュボーンが片手で頭を軽く叩《たた》いた。

「面白いことを思いついたわ！」口をつぐんで眉根を寄せる。「少し考えさせてね……レッスンが必要よ。ダンス、音楽、立ち居振る舞い……三人一度となると……大変だわ」そこで突然にやりとした、その表情を見て、ローズが息をのむ。「計画変更よ！」女主人は高らかに宣言した。「町へ出かけるのはやめて、ダンスと音楽の教師をここへ呼びましょう。あなたたちのダンスや歌、朗読の能力を見きわめさせて。宮中で拝謁を賜るまでにはあと二週間しかない。その時間を有効に活用しないと」

「つまり」アンナが眉根を寄せた。「王妃様との謁見まで、私たちを誰にも会わせないと？」

「そのとおり！　なんて賢いの！」女主人は手をこすり合わせた。「二週間後のデビューまで、あなたたちの存在は秘密にしておくの。そうすればあなたたちの準備に集中できるし、ちゃんとしたレディに仕上げられる。デビュー前の娘を持つ母親や祖母、おばたちは世話役として、何カ月もかけて準備するのに、私には二週間しかないんだもの。屋敷を訪問したり、ガンターズでアイスクリームを食べたりして、時間を無駄遣いするわけにはいかないわ」

「アイス？　ぜひ食べたいです！」イジーが挑むような発言をした。ただし笑みは浮かべたままだ。

レディ・アシュボーンは笑みを返した。「あら、気が合うわね。大丈夫、今はだめだけどアイスは食べられるわ」頭の横をとんとんと軽く叩きながら続ける。「私はロンドンで一番賢い女性ではないかもしれない。それでも、あなたたちがデビューした瞬間、周囲がどんな反応をするかはありありと想像できるの！　誰もあなたたちがそっくりな三つ子だって知らないほうが、ずっと面白くなるに決まっている」

女主人が計画を練り始めたため、ローズは今の話について考えた。名案に思える。二週間レッスンを受ける……私たちだけで？　この贅《ぜい》を凝らした屋敷から――当然、図書室もあるはずのこの屋敷から、一歩も出ないで過ごす？　他人と顔を合わせなくてもいいの？　すばらしい話だ。両肩から力が抜けていく。来たるべき試練を丸々二週間も先延ばしできるなんて！　夢見心地で想像してみる。読書をしたり、姉二人と優しいレディ・アシュボーンとだけ一緒に過ごしたりする二週間を。

アンナは頭を傾《かし》げた。「つまりこのお屋敷で、私たちだけで過ごしていいんでしょうか？」

突然ローズは現実に引き戻された。この屋敷にいる、昨夜見たあの男性は何者だろう？

女主人ははっとした。「ジェームズがいたわ！　あの子に秘密を守らせないと。最近新しく子爵になった私の甥《おい》で、ロンドン滞在中はここで暮らしているの。私を追い出してもいいのに、優しい子だから、家事を切り盛りする代わりに彼が結婚するまではここの女主人でいて構わないと申し出てくれたのよ。執事と家政婦に命じて、使用人たちに噂話を禁じさせなくては。話が漏れたら計画が台無しだわ」そこで彼女は立ち上がった。全身からいきいきとした生命力が感じられる。「朝食が済んだら応接室で計画を練るわよ！」

レディ・アシュボーンのあとをついていく間も、ローズは先の女主人の言葉を思い出していた。まだ結婚していない甥。私たちの滞在中、彼もこの屋敷にずっといる。たちまち不安になった。殿方が近くにいるのには慣れていない。あの男性とあまり顔を合わせずに済みますように。たとえ彼の見た目が、かのミケランジェロの創作意欲をかき立てたモデルにそっくりだとしても。

あの男性の記憶を振り払いながら、昨夜と同じ応接室へ足を踏み入れた。陽光を浴びて、さらに華やかに見える。金の縁取りがされた、高さが六メートルもある天井。シルクのカーテンがしつらえられた、街路を見おろす三つの背の高い窓。しかも暖炉は一つだけではない。二つもある。冬にこれだけ広い応接室を暖めるには二つ必要なのだろう。壁には額縁入りの絵画が並べられ、あちこちに優美な長椅子や椅子、テーブル、スギ材の机が配されている。レディ・アシュボーンは書き物机の蓋を下げると、三人それぞれに紙、ペン、インクを手渡し、テーブルに座って仕立屋、靴職人、婦人用帽子店に手紙を書くよう指示した。手紙が早く届くほど準備にもすばやく取りかかれると言い、目を光らせている。

女主人は三人の美しい手描き文字を褒めつつ署名をし、従者を何人か呼びつけてそれぞれの宛て先に届けるよう命じると、今度は家政婦に自分の寝室にあるモード雑誌『ラ・ベル・アサンブリー』を全部持ってくるよう命じた。手を揉み合わせ、今後の仕事について熱心に考えている様子だ。

「雑誌を見て、好みの装いを教えて」

ローズは立ち上がって家政婦に礼を言うと、雑誌の山から一冊を手に取り、再び腰をおろしてページをめくり始めた。そのうちに気づかされた。私も他のレディたちと同じようにファッションに興味があるらしい。たとえ本の虫でも。姉たちと同じく感嘆の声をあげ、自分の好みを女主人に伝え始めていた。

女主人が喜びに顔を輝かせている。「三人の好みはわかったわ。なんて楽しいのかしら！　今度は――」

そのとき扉が開かれ、一人の男性が入ってきた。昨夜の殿方だ。とたんにローズの口のなかはからからになり、両手が冷たくなった。

記憶のなかよりも、実物ははるかにかっこいい。

信じられない！

「おば上、お邪魔でなければいいのですが、どうしても――」

彼はつと足を止め、礼儀正しく立ち上がった三姉妹を見て目をぱちぱちさせた。

「驚いたようね」レディ・アシュボーンがつぶやく。「ジェームズ、私の招待客を紹介してもいいかしら？　こちらが私の兄の被後見人ミス・レノックス、ミス・イゾベル・レノックス、ミス・ロザベラ・レノックス」彼は気づかなかっただろうが、ローズは女主人がドレスの裾の色を確認しながら三人を紹介したのに気づいた。「レディたち、私の甥のアシュボーン子爵よ」

三人が揃《そろ》ってお辞儀をすると、彼はまた目をしばたたいた。レディ・アシュボーンが手を叩いている。

「完璧に揃っているわね！　すばらしい芸当だわ。もう一度やってほしいくらい」

「いえ、これは芸当ではありません」イジーが言う。

「ただ私たちは一緒にいるのでよく――」

「何かをするタイミングが重なるんです」アンナが

説明を補った。

「私たち、仲がいいんです」ローズも説明した。

「あなたたち、運がいいわね。いつも他の二人がいてくれるんだもの」女主人は力強く答えた。「さあ、ジェームズ、座って。昨夜の様子を聞かせてちょうだい。どんなふうに過ごしたの？」

彼は肩をすくめた。「いつもと変わりません。ただロンドンに到着した人が増えているせいで、昨夜の紳士クラブは大盛況でした」

よく通る声だ。ローズの全身に震えが走る。

膝の上で両手を重ね、震えを隠す。三人のうちの一人なのがありがたい。昨夜出くわしたのが誰かわからないはず。そうでないと恥ずかしすぎる。

「ジェームズ、今夜もクラブで食事するの？」

彼は少し眉根を寄せた。「いいえ、お邪魔でなければ、今夜はここで食べます」

「邪魔だなんてとんでもない！　いつでも大歓迎よ。そもそもここはあなたのお屋敷なのだから」

「ありがとうございます」彼は優しい目でおばを見つめ、三人に視線を移した。「僕のおばの兄上がデビューさせたがっているのは君たちだね」

ローズは彼の表情が少し厳しくなったような気がした。いや、自分の思い過ごしだ。おばに向ける子爵の眼差しには明らかに敬愛の念が感じられる。きっとその違いだけだろう。

気づかれなかったことに安堵《あんど》するあまり、大胆にも真っ先に答えた。「はい。私たち、お二人には心から感謝しています。ミスター・マーノックは最高にすばらしい方です。それにレディ・アシュボーンは温かく迎えてくださいました。私たちには分不相応なほどの歓迎です」

「君たちに何が分相応なのか、僕にはなんとも言えないが」子爵がつぶやいた。ローズは思わず目を見開いた。彼の言葉はさまざまな意味にとれる。でも今のは絶対にあてこすりだ。まばたきを繰り返す。突然、衝撃と怒りが込み上げてきた。

「それなら」よく考えもせず、とっさに答えていた。「結論が出たら教えてください。あなたの判断を聞くのを、私たち三人とも楽しみにしています」

私ったら、何を言っているの？

普段なら、どうしても必要なとき以外はよく知らない人に話しかけたりしない。胸の鼓動と脈拍がいっきに速まったせいで、いつもの振る舞いができなくなっているのだろう。

一時的に頭が変になる病気にかかってしまったのかも。

姉たちも驚きの表情を浮かべている。妹のいつもとは違う大胆な発言を聞き、何事かと警戒を募らせているようだ。一方で、子爵はあざけるような笑みを浮かべた。「〝判断は差し控えておくこと〟というわけだな？」

シェイクスピアの『ハムレット』からの引用だ。ローズは負けじと引用で応じた。「ええ、それに〝思ったことを口に出すな〟です」生意気な、不機嫌そうな言い方になった。全然私らしくない。

口を閉じて！　必死に自分に言い聞かせる。

レディ・アシュボーンは舌打ちをした。「ジェームズ、引用遊びはもうやめにして。うんざりするわ。私が嫌いなのを知っているでしょう？」

従者が戻ってきて、先の手紙に応えて商人が到着したと告げた。それも一人ではなく二人もだ。

「彼らをここへ！」女主人は振り返るとつけ加えた。「少し外してくれるかしら、ジェームズ。これからドレスの仕立てなの」

子爵は立ち上がった。「二、三時間ほど紳士クラブへ行ってきます。夕食には戻ります」

彼がお辞儀をする間、ローズは女主人と目を合わせ、あることを伝えようとした。彼女はすぐに理解してくれた。「ジェームズ、美人《ベル》たちのことは他言無用よ」

「ベルたち？」彼は三姉妹を一瞥《いちべつ》し、尋ねた。

「ええ。デビューの日まで彼女たちのことを誰にも知られたくないの。私も友だちに、若いレディが三人訪ねてくることは話したから、すでに彼女たちの存在は知られている。でも実際に到着するまで三つ子だとは知らなかったから、社交界の誰一人、三人の姿を見た者はいない。そこで、デビューまでベルたちを隠しておくことにしたの」

子爵は一瞬困惑したように眉をひそめたが、すぐにしかめっ面をやめた。「なるほど、これはあなたのゲームなんですね、おば上」頬にえくぼが浮かんでいる。ローズはなすすべもなく、彼の笑顔をうっとり見つめた。「でしたら、全力で応援しますよ！」彼はそう請け合った。

子爵が再びお辞儀をして立ち去ったあとも、ローズはあれこれ考えずにはいられなかった。いったい彼は何者？　あんなにハンサムなのに、私たち三人を見下すような判断を下したあの男性は？　それでいて個性豊かでユーモアもあるあの殿方は？　そもそも、なぜ私はそんなことばかり考えてしまうのだろう？

4

ローズは姉たちと一緒に控えの間に座り、拝謁の順番を待っていた。心臓が早鐘を打ち、両手は汗をかいているのに、口のなかはからからだった。巨大な両開きの扉の向こう側にいるのはシャーロット王妃、さらには英国王室の方々だ。今まで、王妃も皇族も現実の存在ではなく〝概念〟としてとらえてきたが、今日すべてが変わろうとしている。これから王妃様その人に拝謁を賜るのだ。

　アシュボーン卿《きょう》と彼のおばに付き添われて馬車に乗り、とうとうセント・ジェームズ宮殿の外にずらりと並ぶ馬車の列の先頭までたどり着いたときには、どこかほっとしていた。この謁見が早く終わるほど、冷静さを取り戻せる。

　子爵は彼女たちを控えの間に残し、議会室へと行ってしまった。細長いその部屋は、今ではデビューするレディたちが王妃に拝謁する謁見室として使われている。彼はお辞儀をして幸運を祈ると告げ、彼女たちにまんべんなく視線を向けると〝三人とも美しい〟とそっけない口調でつけ加えた。さすがの彼も、今日ばかりは誰が誰だかわからないに違いない。

　そう考えるとローズはほっとした。当然ながら、子爵はレディ・アシュボーンから三姉妹を色で見分ける方法を伝授された。おかげでこの二週間は、姉妹三人を間違えることがなかった。ただローズは、彼が自分に向けてくる視線が、姉たちに向ける眼差《まなざ》しとは少し違うことに気づいていた。ユーモアと、何か別のものが感じられる。興味のような、それか温かみのようなものが。不思議なことに。

　攻撃的な態度を取ってしまった最初の朝以来、自分を戒め続け、彼とはただの同居人として接するよう努めてきた。他の人よりも気になっていることもうまく隠せているはずだ。

ただし、正装に身を包んだ今日の彼がことのほかすてきなのは認めざるをえない。

あるいは、体にぴったりした上着とブリーチズ姿の若い男性はみんな、格好よく見えるものなのかもしれない。言うまでもなく今日になるまで、私が見たことのある正装姿の男性は子爵とミスター・マーノックだけだけれど。

ここにやってくるまでの馬車のなかは相当な息苦しさだった。アシュボーン卿が所有する馬車は大型だが、何しろ五人も乗り込んでいる。しかも、そのうち三人がふんわりと裾が広がったドレスを着込み、羽根飾りのついた背の高い帽子までかぶっているのだ。

こんな誇張されたドレス姿で、私たちはさぞ滑稽に見えているはず。今この瞬間もローズはそう考えていた。でも子爵は美しいと言ってくれた。今まで美しいと言われたことなんて一度もないのに。

王妃への拝謁には、世話人としてレディ・アシュボーンが付き添ってくれている。ここへ来るまでに女主人から拝謁の詳細についてもう百回以上は聞かされ、ローズの不安は募るばかりだ。

それでも、きっと大丈夫。夢見心地のまま、心のなかでそうつぶやく。

「ねえ！　あなたたち、聞いてちょうだい！」そして今、レディ・アシュボーンが低い声で何かささやくのを聞き、ローズは現実に引き戻された。控えの間にはもうほとんど人がいなかった。すでに他のレディたちは拝謁を済ませたのだ。「自分で自分を褒めてあげたい気分！　今さっき、宮廷の召使頭と話す機会があって、あなたたちの拝謁の順番を一番最後にできたの。でも、さほど難しい仕事じゃなかったわ。だって普通、誰も最後になんて呼ばれたくないもの。後ろになるほど、王妃様は退屈されてしまうし、デビューする娘たちも緊張と不安で惨めな気分になるだけ」

「でも、あなたは私たちを一番最後にしたかったんですか？」ひどく困惑した様子でアンナが尋ねる。

「そうよ。そのほうが大きな衝撃を与えられるもの。最初か最後。そのどちらかしかない。中間はありえない。私にはそうわかっていたの」レディ・アシュボーンは三人全員を見つめた。「緊張と不安で惨めな気分になる？　いいえ、私の女の子たちに限ってそんなことはない！」声に誇りをにじませながら高らかに宣言する。「だってあなたたちは白鳥の群れのように落ち着いているもの！」

それは、あなたに私の膝の震えが見えていないからです！

とはいえ、他のレディたちが自分よりもずっと緊張していたのは確かだ。ロンドンの慣習をほとんど知らないのは、かえっていいことなのかもしれない。それに、このデビューの瞬間を恐れながら何年も過ごす必要がなかったことも。しかもベルヴェデーレで立ち居振る舞いを学んでいたおかげで、緊張していても冷静さを装えている。

もちろん、姉二人がいてくれることも大きい。いつだって助け合える。

他の少女たちははるかに大変な思いをしているのだろう。家族の期待を一身に背負ってただ一人、王妃の待つ謁見室に足を踏み入れるのだから。

最後から一つ前の順番のミス・チョーリーが母親に付き添われて謁見室に入り、扉が閉められた瞬間、レディ・アシュボーンはベルたちに向き直った。全身から興奮が伝わってくる。

「さあ、あなたたち、ヴェールを脱いで！」ヴェールをかぶるという名案を思いついたのは、凝ったドレスを用意してくれた仕立屋だった。今日は三人とも、馬車をおりる直前から分厚いヴェールをかぶっている。薄くて上等な生地のため、息苦しさは感じない。だが顔を隠すには十分な厚さだ。他の少女や母親たちが興味深げにこちらを見ていたものの、三つ子であることは誰にも気づかれていない。宮廷のメイドの助けを借りながら、レディ・アシュボーンは三人のヴェールを脱がせ、ドレスをまっすぐに直すと、一メートル二十センチもある長い裾を伸ばし、三人を並ばせた。

「あなたはアンナね？」真ん中にいる長女がうなずく。イジーはその左側、ローズは右側の一歩下がった場所に立った。「忘れないで、ゆっくりと歩くのよ」もはや女主人の助言は必要ない。この三日間、アシュボーン邸の舞踏室で腰に長いカーテンを巻きつけ、ティアラの後ろに羽根飾りをつけてみっちり練習してきた。

　拝謁用のドレスは純白のサテンをふんだんに使い、レディ・アシュボーンの注文どおり、三着ともほとんど同じデザインだ。無数のガラスビーズがちりばめられ、光を浴びてドレスそのものがダイヤモンドのように輝いている。でも三人のティアラに埋め込まれているのは、レディ・アシュボーンから借りた本物のダイヤモンドで、その効果は絶大だ。自分がこれほど美しい装飾品をつけているのが、ローズはまだ信じられなかった。ドレスはほぼ同じデザインだが、ティアラは少し違う。といっても、その違いに気づけるのは身につけている三人だけだろう。

　従者が両開きの扉を開けるのを待つ間にレディ・アシュボーンが言った。「普通ティアラは花嫁のためのものだけど、そのティアラがあればこそドレスと羽根飾りも完璧になる。三人とも本当に美しいわ」

「ありがとうございます」声を揃《そろ》えて答えた。

　実際の自分たちが美しいかどうかはわからない。でもローズは、今夜の自分が美しいと思えた。

　謁見室からざわめきが聞こえるのに気づき、ローズは頭を上げ、深呼吸をした。目の前で扉がゆっくりと開かれていく。さあ、いよいよ出番だ！


　ざわつく廷臣たちの間に立ち、ジェームズはどうにか笑いをこらえていた。おばの計画の全貌が明らかになる瞬間が待ち遠しい。謁見が始まってからすでに二時間が経《た》ち、大広間に立つ人びとは明らかに焦《じ》れている。王妃を一瞥《いちべつ》したところ、ミス・チョーリーが遠く離れた玉座に向かって歩き出しているのに、取り巻きのレディたちとのおしゃべりに夢中だ。

　ちょうど今、控えの間でミセス・チョーリーと宮廷の召使頭が口論になりかけた場面を目撃したところだ。母親は、娘の到着が最後になったのは、ソーホーのタウンハウスからやってくる途中、馬車が事故にあったせいだと必死に訴えていたが、召使頭はミス・チョーリーの拝謁は最後で、順番は変えられないの一点張りだった。そこへジェームズのおばが優しげな表情を浮かべ、自分たちがミス・チョーリーに順番を譲ると申し出たのだ。チョーリー母娘が、この申し出をこれ幸いとばかりに受けたのは言うまでもない。

　まったく、おば上にはかなわない！　おばがベルたちを解き放った瞬間、チョーリー母娘はさぞ悔しがるだろう。

　控えめに言っても、この二週間は楽しかった。屋敷で三姉妹と夕食をともにするのは一度だけのつもりだった。彼女たちが心優しいおばにどう接するか見きわめるために。だが結局、一晩のつもりが毎晩になった。当然だろう。そっくりな三つ子を見分けるには、それだけの時間が必要だったのだ。

　色の違いを助けに見分けられるようになると、べルたちの印象が少しずつ違うことに気づいた。長女アンナは冷静で理知的で、一瞥したり眉をひそめたりするだけで他の二人を黙らせることができる。次女イゾベルは感情を抑えるのが苦手で、強情な面がある。社交界にデビューしたら、彼女が最も反抗的な振る舞いをするだろう。イゾベルには今後も目を光らせておく必要がある。

　三女ローズは……頭のなかで彼女の姿を思い浮かべてみる。彼女はジェームズをひどく落ち着かない気分にさせる。理由はわからない。三姉妹がいると、ついローズを探してしまう。それは彼が一番話しかけているのが彼女だからだ。やりすぎないよう注意しているつもりだが、自信がない。ジェームズは一瞬だけ眉をひそめた。ローズにばかり話しかけていないことを願うばかりだ。

　本人も含めて三人とも、ローズのことを一番〝おとなしい〟と言っている。だがジェームズにはそうは思えなかった。確かに、深い物思いに沈んでいるように見えるときもある。だが最初の日、彼に早まった判断をするなと挑んできたのは、あのローズだ。その後も、おばの食事室で和やかに話し合いをしていると、ローズは自分の意見をしっかり主張することが何度もあった。三人のなかで一番本好きなのは間違いなくローズだ。だが文学趣味《ブルーストッキング》と言われるレディたちのように野暮ったいわけではない。とにかく彼はベルたちとの会話を楽しむようになった。

　会話の大半はファッションにまつわるものだった。当然だろう。アシュボーン・ハウスに仕立屋や帽子職人や靴職人が大挙して押し寄せてきたのだから。もちろん、彼ら全員がおばの秘密を死守すると誓った。ベルたちが歌とダンスのレッスンで大変だったのも知っている。彼女たちの準備が間に合っていればいいのだが。今は切にそう願う。今後、舞踏会や音楽会が果てしなく続くことになり、自分が彼女たちの付き添いを頼まれるのは目に見えているからだ。

今まで習慣に従って生きてきた。朝食は自分の部屋で一人で食べる。朝の明るすぎる雰囲気はどうも苦手だ。朝食後はおばの応接室を訪ね、すぐに外出して、その日の気分で友人を訪ねたり、ボクシング・サロンやフェンシング・スタジオに通ったり、儀礼的な訪問をこなしたりしたあと、夕食に間に合うように屋敷へ戻る。議会での任務は真面目にこなしているため、ウェストミンスターでかなりの時間を過ごす場合もある。ここ一年ずっと、摂政制度について熱い議論が交わされてきたが、統治不能である国王には、息子を摂政王太子にするしか選択肢がなかった。

ジェームズはため息をついた。おばの招待客たちのせいで、今年の社交シーズンは自由気ままな生活を送れないだろう。だが、おばには自分が必要だ。彼女がそのことに気づいていてもいなくても。おばがこの世で一番愛する人たちを一度に三人も失ったのはまだ二年前のことなのだ。深くうなずき、改めて思う。僕にとって、おばは大切な存在にほかならない。この世でただ一人の家族だ。そんなおばが誰かに利用される姿など見たくない。この僕が絶対に阻止してやる。

王妃の前まで来たミス・チョーリーと母親はお辞儀をし、わずかに言葉を交わすと後ろへ退いた。ジェームズはとっさに、大広間の奥にある両開きの扉を見ずにはいられなかった。どういうわけか少し緊張している。三姉妹がつまずいたり、気を失ったら、恥をかくような振る舞いをしないで済むようにと祈るような気持ちだ。もちろん、おばのためだ。扉が開かれた瞬間、彼は固唾をのんだ。

5

宮廷の召使頭の声が響いた。「王妃陛下、紳士淑女のみな様、本日最後の、デビューを迎えたレディたちをご紹介します。レディ・アシュボーンの兄上ミスター・マーノックの被後見人、ミス・レノックス、ミス・イゾベル・レノックス、ミス・ロザベラ・レノックスです！」

ローズは姉たちとともに前へ踏み出した。先導するアンナのドレスの裾を踏まないよう、十分な距離を保ちながら背後から歩を進めた。左右にいる大勢の人たちがこちらを見つめているのがわかる。廷臣たち、デビューした他の女の子たち、彼女たちが見ている。ローズは視線をまっすぐ保ったまま、姉たちに合わせた完璧なリズムで歩くことだけに集中した。ひどく不思議な気分だ。頭の羽根飾りが動くたびに揺れるのも、本物のダイヤがはめ込まれたティアラがずっしりと重いのも、ドレスの長くて重たい裾を引きずる感じも。

優美に、冷静に、慌てずに。

姉たちとアシュボーン・ハウスの舞踏室で予行演習したとき、心のなかでこの三つの言葉を唱えようと話し合った。おかげでローズも周囲の視線を気にせずに済んでいる。

大広間は豪《ごう》華《か》絢爛《けんらん》そのものだった。天井が高いうえに、どこまでも長く伸びている。ローズの左側にある三つの高窓から明るい陽光が差し込み、三人の姿を照らし出していた。かけられたカーテンはさまざまな濃淡がついたローズピンク色。いい兆候だ。

ローズはさらに歩みを進めた。頭上にある玉座は天蓋に覆われ、その背景幕も金の組《く》み紐《ひも》があしらわれたローズピンク色だ。王妃様のかたわらには取り巻きのレディたちが座っているが、ローズは王妃だけを一心に見つめ続けた。

　周囲の音が少しずつ変化するのがわかった。最初は騒がしかったのに、今では喧騒《けんそう》が消えつつある。三人の名前が呼ばれたときはざわついていた大広間が、長い通路の真ん中までやってくる頃には奇妙な静寂に支配されていた。

　そう、私たちは三つ子。ローズはうんざりした気分で考えた。驚かれるのには慣れている。

　皮肉なことに、よくある反応のおかげで気が楽になり、あっという間に玉座にたどりついた。

　アンナの右側に最後の一歩を踏み出すと、左側でイジーが同じように踏み出し、三人は一列に並んだ。アンナがお辞儀を始めると、同じタイミングで、同じ深さでお辞儀をした。そのときも王妃から片時も目をそらさないように注意する。

「まあ」王妃は胸元が大きく開いたブロケードサテンのドレスで、フランス風の装いだ。肘まである袖にはレース飾りがあしらわれ、首には高価そうなエメラルドのネックレスをかけている。ローズはふと、王妃の装いは最新の流行ではないと思った。母が若い頃に流行《はや》っていたデザインをほうふつとさせる。

　ママが私たちの父親と初めて出会ったときも、こんなドレスを着ていたのだろうか？

　集中して。今は余計なことを考えてはだめ！

　サテンの衣擦《きぬず》れの音から察するに、三人の背後から通路を歩いてきたレディ・アシュボーンもお辞儀をしているようだ。

「レディ・アシュボーン！」

「はい、王妃様」

「こんな魅力的な生き物たちをどこに隠していたの？　これほど可愛らしいものは見たことがないわ！　姉妹なの？　本当にそっくりね！」

「彼女たちは三つ子です」レディ・アシュボーンの答えにどよめきがあがった。

「三つ子！」王妃は手をひらひらさせた。「子犬しかありえないと思っていたわ！」

　忍び笑いが聞こえた。王妃の右側に立っている金髪の紳士だ。身につけた装具で皇族だとわかる。

なぜ彼はあんなに不機嫌そうなの？　ローズは不思議に思ったが、すぐに注意を王妃に戻した。今や立ち上がり、一同に話しかけようとしている。

　脇へ下がらなければ。今すぐに！

　ローズはドレスの裾に気をつけながら慎重に二歩下がり、体を半回転させた。右側にアンナが、左側にレディ・アシュボーンとイジーがやってきた。ありがたい。誰も裾を踏まずに済んだ。

　王妃はドレスを整えると口を開いた。「友よ、宣言しましょう。今シーズンのダイヤモンドを見つけたわ。しかも一人じゃなくて三人も！」身ぶりでベルたちに、みんなのほうを向くよう伝える。「お辞儀をなさい。そして私のそばに来てお座りなさい！」

　ローズは困惑しながら一同に向けてお辞儀をした。今回も姉たちと同じタイミングだ。大勢の人たちの拍手や歓声に戸惑ったが、どうにか表情を押し隠した。「すばらしい！」年配の紳士が叫んでいる。でもデビューした女性たちの多くは、彼の意見にすんなり同意できない様子だ。

　見世物になったような気分を味わいながら、ローズは取り巻きのレディたちが急いで空けた高座の一つに腰をおろし、王妃と礼儀正しい会話を交わした。といっても、王妃の話し相手はレディ・アシュボーンが務めた。はい、三人は孤児です。いいえ、私の兄は三人の母親や父親の家族について何も知りません。ただ母親が貴族のレディだったことしか――ここでレディ・アシュボーンは意味ありげにうなずいた。彼女たちの持参金は……それほど多くありません。ええ、三人とも優れた教育を受け、心優しい女の子たちなんです。

レディ・アシュボーンの誠実な受け答えを聞き、ローズは温かい気持ちでいっぱいになった。この女主人は、三人をデビューさせることで大きなリスクを背負ったのだ。私たちが成功するか否かで、彼女自身の名声にも影響が及ぶのは明らかだ。それなのに兄に頼まれたからというだけで、彼女自身の名誉を賭けてまで私たちをデビューさせてくれた。

彼女をがっかりさせるものですか、絶対に！

「最初に生まれたのはどなた？」王妃が尋ねた。

「私が長女のアナベルです」

「私はその二十分後に生まれました！」イゾベルがユーモアを交える。「次女のイゾベルです」

「その三十分後に生まれた三女のロザベラです」

「一度に三人も！　あなたたちの母親はさぞ大変だったでしょうね！」王妃はレディ・アシュボーンに向き直った。「さあ、もっと聞かせて」

「彼女たちは学校で〝ベラ〟や〝ベルたち〟と呼ばれていました。三人の見分けがつくまで、私たちも彼女たちをそう呼んでいたんです」

「ベラ、ベル、ベルたち。どれもぴったりの呼び方ね」王妃は体の向きを変え、先ほどの紳士に向けて片眉を上げた。彼はすぐに前に進み出た。

「クラウディオ、紹介するわ。レディ・アシュボーン、ミス・レノックス、ミス・イゾベル・レノックス、ミス・ロザベラ・レノックスよ」彼の会釈に、彼女たちは立ち上がってお辞儀を返した。

彼はとびきりのハンサムだ。

でもこれほどかっこいいのに、子爵のときのようにときめかないことにローズは気づいた。

なんて奇妙なことだろう。

「会えて光栄だ」男性が低い声で言う。でも彼の口調がおかしい。アクセントのせいではない何かが。

　いったい何が？

「レディ・アシュボーン、ベルたち」王妃が続けた。「彼はアンダーナッハのクラウディオ・フリードリヒ・フェルディナント王子。私の遠縁で、英国に落ち着こうと考えているの。そうよね？」

「まだ何も決まっていません」彼があいまいに答えると、王妃は声をあげて笑った。

「そうね、でも最後はいつも私の思いどおりになる。あなたも知っているでしょう？」レディ・アシュボーンと三姉妹に向き直って言葉を継いだ。「さあ、みんなと話してきなさい。年老いたレディ二人と一緒にいては夫なんて見つからないわ」

「王妃様、私たちはまだ年老いてはおりません。ですよね？」レディ・アシュボーンが目をいたずらっぽく輝かせながら言う。

　王妃は短く笑った。「若くもないわ、友よ！　あなたも私も、試練を乗り越えてきたんだもの」

「ええ、そうですね」彼女は共感するようにしみじみと答えた。ローズも今では、レディ・アシュボーンが二年前に夫を亡くしたことを知っている。もちろん、国王のお体の具合が悪いことも有名だ。アミーリア王女を亡くしてから特に体調を崩されたという。昨年、国王夫妻の末子であるウェールズ王子が摂政を務められることが決定した。

　王妃も数々の試練を乗り越えられてきたのだ。

　最高の地位にある皇族でさえ、病気や喪失感による心の痛みは避けられない。ローズは両脇に姉たちがいてくれるのを心からありがたく思った。

　あとは、ママさえここにいてくれたら！

　三人で立ち上がってお辞儀をし、玉座からおりた瞬間、いっきに周囲に人が集まってきた。四方八方からレディや紳士たちの褒め言葉が聞こえてくる。

　そのすべてに早口で応じ、三姉妹を紹介したり説明したりしたのがレディ・アシュボーンだ。ローズは頭がくらくらするのを感じた。紹介された人たちの半分も名前を覚えられない。

それでも数人は覚えられた。その一人が同じデビュー仲間であるレディ・メアリー・レントンだ。濃い色の髪で、弱々しい笑みを浮かべたレディで、自分の母親がレディ・アシュボーンと談笑する間、横でおとなしく立っていたが、ローズに三姉妹は本当に美しいと話しかけてくれた。

「褒めてくださって本当に嬉《うれ》しいわ」ローズは戸惑いながら答えた。美しい？　私たちが？「きっとすばらしいドレスと頭飾りのおかげね」レディ・メアリーを見つめる。整った顔立ちでサテンのドレスが似合っている。「私はあなたこそ美しいと思うわ。念のため、私はローズよ」

二人で笑い声をあげた。彼女となら仲よくなれそうだ。そこへアシュボーン卿《きょう》が加わり、突然鼓動が速まったものの、新しい友人を紹介した。

「君はローズだよね？」彼が見つめながら尋ねた。

口のなかがからからになったが、ローズはそれを無視し、ものといたげに彼を見た。「ええ。でも、なぜ私だと？」すぐに明るい表情を浮かべて続ける。「そうか、今さっき、レディ・メアリーに名乗ったのを聞いていたんですね？」

「違うよ！」彼がにやりとする。ローズはまた左頬に浮かんだ彼のえくぼに目を奪われた。「君たちが玉座に近づいている間に、ティアラの違いを覚えておいたんだ。君がつけているのは、おばが結婚二十四周年の記念日におじから贈られたものだ。まさかおじも、二十五周年の結婚記念日を迎えられないとは思いもしなかっただろうな」ティアラに視線を落として言う。「ローズカットのダイヤモンドが、金銀のマートルのセッティングにちりばめられている」もう一度ローズと目を合わせた。「マートルは愛の象徴なんだ」

ローズは手袋をはめた手を掲げ、ティアラに触れた。高鳴り出した鼓動を無視しなければ。

「お気の毒に。でも胸を打たれる話ですね」声が震えなくてよかった。子爵が話したのはレディ・アシュボーンと夫のことで、それ以外の誰でもない。そのとき、ある疑問が浮かんだ。「先代のアシュボーン卿はなぜお亡くなりに？」

「馬車の事故だ」彼は無表情でぴしゃりと答えた。

どうしよう！　子爵を動揺させてしまった。

謝らなくては。でもなんと謝ればいいのか考えている間に、楽団がカドリールの最初の旋律を奏で始めた。「踊ってもらえるかな？」子爵がお辞儀をしながら尋ねてくる。

「もちろん」ローズはけげんそうな目で彼を見た。

でもレディ・メアリーはどうするの？

彼女を一人にするのは正しくないように思える。

あたりを見回したとき、姉たちもそれぞれダンスを申し込まれているのに気づいた。何よりほっとしたのは、レディ・メアリーが近づいてきた男性のダンスの申し込みを受けたことだ。安堵《あんど》のため息をつき、子爵の手を取って舞踏場へと進み出る。ローズたちが王妃と話している間に、ダンスのために整えられた空間だ。まっすぐ目を上げて踊る準備が整ったことを子爵に伝えた。

彼が耳元でささやく。「断られるかと思った」

「まさか！　ダンスの先生から教わったんです」マダム・デュポンの上品な物言いをまねて言う。「レディたるもの、本当に具合が悪いとき以外、ダンスの申し込みを断ってはいけません。そうでないと、殿方は拒絶されるたびに惨めな姿をさらすことになってしまいます」

子爵の笑い声を聞いて安堵した。先の質問で傷つけたのではないかと心配だったのだ。「よかった！

今シーズンのダイヤモンドの一人に断られたら惨めすぎる！」

ダイヤモンド？　王妃様が口にされていた言葉だ。

「なぜ私が断ると思ったんです？」

「君の顔を見ていればわかる。僕がレディ・メアリーとも一緒に踊るべきだと言いたげだった」

ローズは驚いた。「そんなにわかりやすく顔に出ていたなんて。考えもしませんでした」

彼は意外そうな表情を浮かべた。「僕にもベルたちのことが少しわかってきたんだろう」

「私たちにもあなたのことがわかってきたように！」そう言い返しながら、ローズは思った。こんなふうに言いたいことを言える相手は他にはいない。でも、それは子爵が今一緒に暮らしているせいだろう。彼の前だと防御の壁を下げられる理由はそれだ。子爵には何かがある。私の心を惹《ひ》きつけ、とびきり大胆にさせる何かが。

カドリールを踊る間も会話を続けた。

「ダイヤモンドってどういう意味ですか？」

「今年の目玉《ダイヤモンド》という意味だ。君らの場合、ダイヤモンドたちになるな」

ローズは困惑顔になった。

「シーズンごとに、宮廷のレディたちはデビューした少女たちを判断するんだよ」

「本当に？」そう聞いてショックを受けた。

ローズの表情を一瞥《いちべつ》し、子爵は面白がるような表情でうなずいた。「判断の基準になるのは少女たちの外見、振る舞い、人間関係だ。もちろん持参金もね」冷笑を浮かべて続ける。「持参金が多いほどより美しい乙女というわけだ！」

意味がさっぱりわからない。ローズは先を促した。

「それでダイヤモンドというのは？」

「みんなに気に入られた乙女に与えられる賞賛の言葉だ。今年は王妃が先取りしてしまったがね。でも心配無用。誰も彼女には逆らえないから！」

ダンスの手順に従い、彼と離れた瞬間、姉の一人が視界に入った。隣のグループで、クラウディオ王子と踊っている！　本物の王子様と！

これって現実？　本当に起きていることなの？

ダンスの相手が子爵に戻ると、すぐに反論した。

「先ほどのあなたの意見は理屈に合いません」

「どういう意味だい？」彼が目を輝かせる。このやりとりを楽しんでいるらしい。

よかった。それは私も同じだ。「まず私たちはロンドンの誰にも知られていません。それに持参金もそれほど多くないし、誰かから美しいと言われたことは一度もありません」

「一度もないだって？」彼は頭を振った。「そんな大げさな」

「私はそんな物言いはしません！」少し考えてつけ加える。「今のは正しくありませんね。そういうときもあるから。でもこの瞬間は大げさなことなど言っていません！」

子爵は愉快そうに目を光らせた。ローズがすなおに認めたからだろう。いや、彼女も俗語を使ったのを面白がっているのかもしれない。

いずれにせよ、子爵はこの話題を続けるつもりらしい。「君の主張には二つ欠点がある」彼はローズの空いたほうの手を取り、ステップを踏んで一歩ずつ近づいてきた。彼の温かな息が顔にかかるほどの至近距離だ。

ローズの心臓が跳ねた。でも一瞬後には再び子爵と離れ、次のパートナーと踊る順番になった。

「一つ目」再び一緒に踊り始めると、子爵は平然と話を続けた。「誰にも知られていないのはいいことだ。目新しさは大きな衝撃となる。今日おばはその効果を最大限に利用した。二つ目は――」

再び二人は離れた。

彼はわざとやっているのね！

ローズは笑いが込み上げてくるのを感じた。

「最初から明らかにしていれば、持参金が少ないことは大した問題じゃない。あのおばのことだ。王妃に正直に伝えたに違いない。三つ目は――」

今回は予想できたため、子爵と離れてもローズは笑いを噛《か》み殺さずに済んだ。

「君たちが美しいと言われたことが一度もないという君の言葉は信じられない」

「なんですって？」嘘《うそ》つき呼ばわりされるのには慣れていない。まずはその点をはっきりさせたい。

「君たちはいくつだ？」彼はずばりと尋ねた。ローズが唇を引き結んだ。

「ありえない！　レディにそんな質問をするなんて」衝撃を受けたふりをしたのに、思わず笑みがこぼれた。「私たちは二十一歳です！」

「二十一歳？　デビューする少女たちのほとんどは十七歳だ」子爵は考え深げな表情を浮かべた。「なるほど。どおりで君たちは落ち着いているわけだ。彼女たちと違ってくすくす笑いもしない」

「私たちにはくすくす笑いができないとでも？　いいえ、私はおばあさんになってもくすくす笑いを続けていたいです！」答える隙を与えずに、先の話題を続けた。「誰にも知られていないのがなぜいいことなんです？　英国貴族は何より人間関係を重んじるはずなのに」

子爵は面白がるような表情を消した。「人間関係だけじゃない。英国貴族は育ちも重んじる。成り金は忌み嫌われ、そういう輩《やから》を相手にするのは、もう長く貧しい暮らしを余儀なくされている貴族だけだ。とにかく母方と父方の血筋、それに下品に見えない振る舞いができる能力も重んじられる」

「つまり、貴族は無作法な振る舞いと一般市民を嫌っているということですか？」

「嫌っているのではない。節度ある振る舞いを重んじているんだ。そんなに悪いことだろうか？」

ローズはあざけるような笑みを浮かべた。「ええ。すべて一方的な意見に聞こえます」

子爵は真顔になると厳しい声で言った。「一つ忠告させてほしい。貴族を批判するな。さもないと一瞬で彼らから背を向けられるぞ」

明らかな攻撃だ。しかも不当な。ローズは顎を上げた。「あなたからの忠告は必要ありません」

二人でしばし睨《にら》み合う。先ほどまでの楽しさが霧のように消えてしまった。ローズは怒りだけでなく心の痛みも感じていた。この男性を信頼し始め、好きになりかけていたのに。彼は一方的に判断を下す、偏見に満ちた人だったのだろうか？

そうなると、先のくすくす笑いの会話も全然違う意味に思えてくる。若い女性はくすくす笑ってさえいればいい。子爵はそう考えているのか？　彼女たちの個性の違いを認める気すらないのかも？　そもそもなんの権利があって私に忠告を？

重たい沈黙とともにダンスを終え、ローズは浅くお辞儀をし、冷たい表情のまま子爵から離れた。彼の表情からは何を考えているのかわからない。先ほどまでこの胸にあった豊かな感情が、今では大きな失望に取って代わっている。気づいたのだ。私は彼を好ましい男性だと思い込もうとしていたことに。

何を根拠に？　ハンサムな顔とすらりとした体つき？　彼のおばの屋敷で一緒に過ごした時間？　いい友人になれると思っていたのに、一瞬にして印象が変わってしまった。勝手に判断されたせいだ。判断されるのはどうにも気に入らない。

姉たちに慰めを求めようとしたところ、イジーがまっすぐこちらへ向かってくるのが見えた。

大変！　イジーが怒りで顔を真っ赤にしている。

「どうしたの？」

「まったくあの男、我慢できない！」

「誰が？」あたりを見回したが答えはわからない。

「あの王子よ！　すごく偉ぶってる！」

「アシュボーン子爵も！　私が小娘であるかのように忠告しようとしたのよ！」

　すぐにアンナも加わり、二人のいらだちの理由を聞き出すと冷静に答え始めた。イジーには〝王子は王子なのだから自分がすごく偉いと思って当然だ〟と言い、ローズには〝子爵はあなたのためを思って助言しただけ〟と言う。話を聞くうちに、ローズは怒りがしぼんでいくのを感じた。

「どうしたらそうできるの？」アンナに尋ねる。

「そうできるって何が？」

「あなたは一瞬で、よりいい気分にさせてくれる。今の私たちのように」子爵が間違っているという思いは消えないものの、彼が私のためを思ってアドバイスした可能性はある。

　私がちょっと過剰に反応しすぎただけかもしれない。

　それでも心の痛みも、彼に対する警戒心も消えないし、裏切られたような思いさえ残っている。

　私ったら、ばかみたい。突然こんな激しい感情に襲われるなんて不適切だし、どう考えても非常識なのに。

　姉は肩をすくめた。「全部の感情を取り払い、その下にある分別を探すようにしているだけ」

「いつも頼りにしているわ」ちらりと見るとイジーの表情も和らいでいる。アンナのおかげだ。ローズは明るく続けた。「でも今、私たちは宮殿に来て、宮廷用のドレスを着て踊っている。二カ月前、誰がこんなことを想像したかしら？」

「あんな傲慢な態度を耐え忍ぶくらいなら、学校に戻って裁縫しているほうがずっとましよ！」イジーが言い張る。「それにアンナ、あなたは間違ってる。

たまたま王子に生まれたからって、他の人を見下していいことにはならない！」

「イジー！」アンナは警告するように言った。まさにその王子が三人のほうへ近づいてくる。

彼は会釈すると、イジーの怒りの言葉など聞こえなかったかのように礼儀正しい笑みを浮かべた。

「ミス・イゾベルとはもう踊った」洗練された物腰でイジーのほうへ頭を傾けた。「あとの二人とも踊りたい」ローズからアンナへ視線を移し、ローズに戻した。「どちらが長女かな？」

アンナが名乗り出て王子とともに歩き去ると、ローズもイジーも紳士からダンスを申し込まれた。ローズは踊りながら、王子がイジーをちゃんと見分けていたことについて考えた。きっと彼女の顔に浮かんだ激しい怒りの表情のせいだろう。

少し気分がよくなったものの、怒りはまだおさまらず、胸の内で炎のように激しく燃えている。どうやら貴族とは傲慢な生き物らしい。驚きはしない。彼らは幼い頃から自分の考えが常に正しいと教わってきたのだろう。レディ相手に話し合う場合は特にだ。イジーもまだ怒りの表情を浮かべている。それと同じ怒りの感情がこの胸でもたぎっている。それはローズにとって思いがけないことだった。ベルヴェデーレの閉ざされた世界では怒りを感じる機会などめったになく、せいぜい姉妹で口げんかをするくらいで、それもときどきしかなかった。

英国貴族の世界は想像以上に大変そうだ。疲れるし、いらいらして頭がどうにかなりそう。
とにかく口を閉ざすことを学ばなければ。
本気で腹を立てて、子爵と言い争ってしまった。
しかも公の場で。いつもの自分らしくない。

イジーの様子を見て、突然共感を覚えた。姉は気性が荒く、物事をより深く受け止める。そのせいか、ときどき余計なことを口にする。自分とアンナは少なくとも、公の場で怒りを隠す術《すべ》を学んでいる――そう考え、顔をしかめた。

　でも今日はできなかった。

　どうしても子爵の姿を探してしまう。あたりを見回し、レディ・メアリーと踊る彼を見つけた瞬間、怒りに似た激しい思いが込み上げてきて自分でも驚いた。独占欲にも似た感情だ。

　子爵とはアシュボーン・ハウスでともに暮らしているし、楽しい夕食の時間を幾晩か過ごしたこともある。でもそれだけ。なんの意味もない。彼は好きな相手と踊る権利がある。理屈ではそうわかっているのに、それからずっと、彼があまたの若いレディたちと踊る姿を見せられ、いらいらは募るばかりだった。

　子爵なんて大嫌い！　彼とは意見が合わない。無作法だし、勝手な判断を下すし、私が子どもであるかのように話しかけてくる！

　それなのに彼の姿を目で追ってしまう。

　どうしてなの？　自分でも全然わからない。

　ジェームズはダンスのステップを踏みながらもまったく別のことを考えていた。

　忌々しいミス・ローズ。まったくもって腹立たしい。

　忠告したのは彼女の助けになればと思ったからだ。ミス・ローズは英国貴族と交流したことが一度もない。社交界の面々がどれほど意地悪か知るよしもない。

　一方で、ミス・ローズと姉たちは先ほど僕があげた有利な点をすべて持ち合わせている。劇的なデビューを果たし、持参金が少ない事実も包み隠さず伝えた。それにあの美しさ――不意に、ミス・ローズの長いまつ毛に縁取られた濃いブルーの瞳が脳裏に浮かんだ。完璧な顔立ちだ。しかもダンスの間にはユーモアと知性を見せた。あのピンク色の唇を嬉しそうに持ち上げながら……。

物思いを振り払い、レディ・メアリーに笑みを向け、彼女のダンスを褒めると、遠慮がちな答えが返ってきた。退屈でたまらない。その気持ちをどうにか押し殺した。デビューしたばかりのレディたちと踊るときはいつもこんな調子だ。彼女たちはほとんど何もしゃべろうとしない。失言を恐れているのだろう。そのせいで誰もがみんな同じに見え、個性が感じられない。

ミス・ローズ・レノックスとは大違いだ。彼女にまだ伝えていないことがある。その機会が失われてしまったからだ。たとえ三姉妹が有利な立場にいようと、貴族たちは彼女たちをこきおろすタイミングを待ち望んでいるはずだ。それができるなら、なんだってするだろう。仮に国王の子として生まれたら、フィッツロイのように公爵の爵位を与えられ、庶子の汚名をすすぐこともできたかもしれない。だがスコットランドの田舎出身の、デビューしたての三姉妹、しかも父親も母親も身元がはっきりしないとなれば、話はまったく別だ。

6

「バートン、新しく届けられた花をここへ」レディ・アシュボーンは執事に命じた。といっても、空いている場所はほとんどない。朝食後まだ一時間も経《た》っていないのに、すでに紳士たちからベルたち宛てにいろいろなブーケが届けられている。

「またお花が届いたんですか？」ローズと同じく、アンナも困惑している様子だ。「どなたから？」

　執事のバートンはお辞儀をし、レディ・アシュボーンに小さなカードを手渡すと立ち去った。

「ミスター・カービーからね」女主人は唇をすぼめた。「年収五千ポンドだし、ケントに美しい領地もあるけど恐ろしく退屈な人なのよ！」きまり悪そうに三人を見た。「私、今何か言ったかしら？」

　最初に衝撃から立ち直ったのはアンナだった。「今のおっしゃり方からすると、その方は真面目だけれど……あまり、その……」

「おすすめできないということですね！」イジーが宣言する。三姉妹が笑い出すと、女主人も加わり、笑いが止まらなくなった。

「あらまあ！」しばらくすると、レディ・アシュボーンはハンカチで目元を抑えた。「こんなに笑ったのはいつ以来かしら。三人ともありがとう」開いた扉から甥《おい》が入ってくるのを見て、言葉を継いだ。「おはよう、ジェームズ！　調子はいかが？」

「これ以上ないほどいいです」彼はきびきびした口調で答えた。「おはよう、レディたち」おばが握りしめているハンカチを見て、目を細める。「おば上、何かありましたか？」おばの隣にさっと座った。

　女主人は甥の膝を軽く叩《たた》いた。「なんでもないわ。

ベルたちと私で涙を流して大笑いしていたところ。こんなに楽しいのは本当に久しぶりよ」

彼は安堵《あんど》の表情を浮かべた。「どんなことで笑っていたんです？　ぜひ僕にも聞かせてください」

この段階ですでに、ローズは居心地の悪さを感じていた。私たちがどんなことで笑っていたかを聞けば、子爵からさらに批判されるのは明らかだ。あるいは忠告されるかも。しかも言われるのはレディ・アシュボーンだ。そんなことは絶対にさせない。

「でも話せば、あなたから非難されるかもしれません」辛辣な口調で言う。「だって私たちは英国貴族の振る舞いであれ、外見であれ、いかなる点も批判してはいけないんだもの。そうですよね？」

「当然だ。君たちにつられて、僕のおばがそんな不謹慎なまねをしないよう心から願うよ」

「そんな！」

「まさか！」

アンナとイジーが同時に声をあげる間も、ローズは無表情で座ったままだった。もちろん、今さっき四人で笑い合っていたのはあくまで悪気のないユーモアだ。不謹慎な話ではない。でも勝手な判断を下すアシュボーン卿《きょう》が同意するとは思えない。言い争いになって思いやりある女主人を困らせたくない。

レディ・アシュボーンは少し眉をひそめた。先のミスター・カービーの話題から気をそらしたくて、ローズは部屋いっぱいに飾られたブーケを指し示した。「閣下、このお花たち、美しいでしょう？」

「自分だけで勝手に結論を出して納得するほど見苦しいものはない。朝四時にコヴェント・ガーデンの西側界隈《かいわい》にいるようなものだ」

ローズはあんぐりと口を開けた。

自分だけで勝手に結論を出して納得する？

最初の日のように、考える間もなく、言葉が口を突いて出ていた。

「私があなたの注意を花に向けようとしたのは、自分だけで勝手に結論を出したせいだとおっしゃるの？　花が本当に美しいと思ったからではなく？」

彼は悲しげに頭を振った。「君らの崇拝者たちから贈られてきたに違いない。つくづく哀れだな」

女主人は甥の腕を軽く叩いた。「いい加減ふざけるのはやめて！　ベルたちが大成功を収めて一番喜んでいるのは私なのよ！」あたりを見回しながら続ける。「お店が開けるくらい届いているわね！」

ローズは先の子爵の棘《とげ》のある言葉を見逃す気になれなかった。何もわからないふりをして尋ねる。「閣下、あなたはそんな時間にコヴェント・ガーデンへよく行かれるんですか？」

間違いない。彼は一晩じゅう、あの歓楽街で大騒ぎしたり、女性の尻を追いかけたりしているのだ！

「僕は昼だろうと夜だろうと、いろいろな時間にロンドンのあちこちへよく行く。なぜそんなことをわざわざ尋ねる？　何か特別な理由でもあるのか？」

「何もありません」無邪気さを装って答える。「あなたのお好きなようにされたらいいと思います」

「言われなくても実際そうしている」尖《とが》った声だ。

「そうでしょうとも」同じ調子で答え、子爵と目を合わせた。一瞬でも目をそらすものですか。突然他のレディ三人が驚いたように目を見交わしているのに気づき、明るい声で続けた。「ところで、私が好きな花はピンクのチューリップです！」

「あら、ピンクといえばバラでしょう！」レディ・アシュボーンが競うように応じる。「私は、いつだってバラがお気に入りなの」

姉たちも会話に加わるなか、ローズは子爵の様子を確認した。うぬぼれた表情を浮かべて座っている。彼を不利な立場に立たせられなかったのが悔しい。

昨夜、子爵は親切心から助言してくれたのかもしれない。でも本当にそうかどうかは疑わしい。攻撃的な言い方だったし、私に対する批判が感じられた。彼の愛してやまない貴族たちもあらゆる点で完璧ではない、とほのめかしただけなのに！

実際、貴族は完璧にはほど遠い。私もばかではない。扇子の陰で誰かの悪口をささやくレディたちにも、自分の娘には見えないところで若い男性といちゃつく既婚女性たちにも気づいていた。十七歳ではなく二十一歳でデビューしたおかげだ。

子爵を好きになりかけていたなんて！　一瞬であれ、正気をなくしていた理由はわからないが、突然迷いから覚めた。今では子爵の本性がわかっている。独りよがりで、利口ぶった、自信過剰な男！　自分は私に忠告するにふさわしいと考えているのだろう。昨夜も今日も傲慢な態度だ。

自分の頭で考えなさい。ベルヴェデーレの優秀な教師たちからずっとそう教わってきた。立ち居振る舞いやマナーだけでなく、頭の回転の速さも鍛えられたのだ。自虐的なユーモアと心の広さを併せ持つスコットランド人に囲まれて育ってきたせいか、初めて出会った英国貴族がさほどすごい人たちに思えなかった。三人ともなるべく早くスコットランドへ戻ったほうがいい。

でも、まずやるべきことがある。舞踏室をくるくる回ったり、ハンサムな殿方たちの考えを気にしたりするよりもはるかに重要なことだ。デビューを果たした今、最愛の母に関する調査を始めなければ。

腹立たしい子爵を頭から追い出し、そのことについて考えてみた。ミセス・レノックスはいったい何者なのか？　昨日の私たちのように、母も謁見を済ませて社交界デビューをしたのだろうか？　貴族のレディが三つ子を産んだとなれば、二十年前とはいえ誰かが覚えているはずでは？　それとも母は妊娠が発覚する前にロンドンを離れたのだろうか？　手がかりが少なすぎる。自分たちの出生の秘密を知るには、ありったけの知性を振り絞らないといけない。

扉が開かれ、ローズは現実に引き戻された。従者が紳士二人の訪問を告げている。昨夜ベルたちと言葉を交わした殿方だ。出迎えるべく立ち上がる。

子爵はおばと三姉妹にお辞儀をした。「だったら僕は失礼する」部屋に入ってきた紳士二人と会釈を交わし、そのまま扉から出ていった。

レディ・アシュボーンは困ったようにベルたちをちらりと見た。「朝早くから求婚者たちが訪ねてくるだけで、ジェームズはもう限界なのよ」口の形だけでそう伝えると、くるりと振り返って訪問客たちを歓迎した。「ようこそ！　嬉《うれ》しい驚きだわ！」

それはほんの始まりにすぎなかった。その日は訪問客も花も途切れることなく、詩まで届けられた。次々とやってくる殿方と話し、褒め言葉をかけられるにつれ、ローズは元気がなくなっていくのに気づいた。部屋いっぱいに飾られた花々の香りが強すぎる。〝三美神のよう〟という褒め言葉にもうんざりだ。あと一度でも聞かされたら部屋から逃げ出し、復讐の女神《フューリー》のごとく叫び出すに違いない。

それでもおとなしく座り、会話のほとんどを姉たちに任せた。アンナとイジーは社交上手だ。自分はぼんやり笑みを浮かべながら、物思いにふけるだけ。こういうおしゃべりにはついていけない。

訪問客のなかにはレディもいた。多くは殿方たちの母親や妹だが、そうでない女性も何人かいて、レディ・メアリーもその一人だった。彼女が母親とともにやってきたのは午後遅くで、ローズはその頃には笑顔を浮かべすぎて、顔の筋肉が痛くなっていた。でも部屋を横切って近づいてくるレディ・メアリーには心からの笑顔を向けた。母親のレディ・レントンはすでにレディ・アシュボーンと熱心に話し込んでいる。

「レディ・メアリー、また会えて嬉しいわ！　昨夜とても楽しかったからまた話したいと思っていたの」

　レディ・メアリーは顔を輝かせた。「あなたね！　実はどの女性がミス・ローズ・レノックスかわからずに困っていたの」

「見分けるコツを教えてあげる」ピアノの脇にある長椅子に誘いながら、ローズは秘密を打ち明けるように言った。「私の好きな色はローズピンクなの。ほらね」自分のドレスを指し示す。ドレス全体に、ピンクの花模様がプリントされている。

　一人の紳士が長椅子の近くをうろうろしていたが、ローズは彼を無視した。殿方との会話はもううんざりだ。彼はレディ・アシュボーンか、私の姉のどちらかと話せばいい。

　レディ・メアリーは目を見開いた。「助かるわ！」

　この頃には、広々とした応接室には輪がいくつかできていた。女主人を囲んだ輪、三姉妹のそれぞれを囲んだ輪、それに暖炉や窓辺で会話している少人数の紳士たちの輪もある。

　まるでパーティみたい。応接室に訪問客たちが集っているだけなのに！　それだけこの応接室が巨大で立派だということだ。

「ミス・レノックス」レディ・メアリーが言う。

「ローズと呼んで！　ミス・レノックスはいっぱいいるから」突然、子爵の姿が脳裏に浮かんだ。それもしかめっ面だ。「それって許されるのかしら？　してはいけないこと？」

「もちろん、お友だちなら完全に許されることよ。私もあなたとお友だちになりたいわ」

　二人はしばしおしゃべりを楽しんだ。気の置けないレディとの何気ない話に心が慰められる。ローズはエルギンで過ごした子ども時代やベルヴェデーレでの日々を話した。レディ・メアリーは、彼女とは大きく異なるロンドンでの子ども時代や、サセックスにある実家での暮らしを聞かせてくれた。

「私の子ども時代は――」ローズが手で応接室を示す。「全然こんなふうじゃなかったの」

「ママがあなたたちの顔が誰かに似ていると言っていたわ」レディ・メアリーの何気ない言葉を聞き、心臓が跳ねた。彼女がさらに続ける。「ご家族はロンドンにいるの？　あなたたちのご両親は？」

「それがほとんどわからないの。後見人は私たちの母は貴族のレディだったと言っているけれど、残念ながら彼が知っているのは母の結婚後の姓だけ。ミセス・レノックスというんだけど、その名前に心当たりはある？」

「レノックス、聞いたことがない名前ね。あなたたちはロンドン生まれなの？」

「正直わからないの。でも違うと思う。五歳になるまでエルギン以外の場所で暮らしていたから、そこで生まれたんじゃないかしら。でも、肝心のその場所がどこだかわからないの！」ローズは肩を落とした。「私たちが十歳のとき、母が亡くなったから、母本人に尋ねることもできない」

「お気の毒に」レディ・メアリーは心から同情するような表情を浮かべた。「もしあなたたちが生まれる前にお母様がロンドンを離れていた場合、もしママがデビューしたときに彼女に会っていたとしても、すごく昔ということになってしまうわね」

「そうよね」感情を隠すには少し努力が必要だった。先ほどまでの希望と期待に失望が取って代わろうとしている。がっかりした声に聞こえなければいいのだけれど。「母について、どんなことでもいいから知りたいの。ミスター・レノックスと結婚する前の、旧姓とか」

レディ・メアリーは何か決意するように眉根を寄せた。「私のママに尋ねてみましょう」

二人は立ち上がり、彼女の母親が会話を終えるのを待ってから話しかけた。レディ・メアリーから母親に再び紹介されてお辞儀をしたとき、ローズはレディ・レントンの目つきが険しくなったような気がした。あるいは計算高い目つきと言うべきか。でも、きっと気のせいだろう。レディ・メアリーはローズたちが家族について何も知らず、母がベルたちの顔が誰かに似ていると言っていたのを思い出したのだ、と説明した。

「ええ、確かにそう言ったわ」レディ・レントンが言う。「でも、なぜだかわからないの。貴族において、レノックスは家名ではなく伯爵位を意味する。しかも、その伯爵はスチュワート家の血筋。だからデブレット貴族名鑑をいくら探しても助けにはならないわ」彼女は目を細めた。「今シーズンのダイヤモンドが、あの愚かなスチュワート家の血筋だとわかったら残念よねえ」

意味がわからなかったが、ローズは一縷《いちる》の望みにすがろうとした。「母の身元を知る手伝いをしていただけたら、それ以上ありがたいことはありません。どんなささいなことでもいいんです」

「そうよね」レディ・レントンは皮肉っぽい笑みを浮かべた。「それは誰もが知りたがっている真実だと思うわ。たとえ受け入れがたい真実だったとしてもね」

受け入れがたい？　どういう意味だろう？

レディ・レントンは娘に向き直った。「メアリー、何度言ったらわかるの？　まっすぐ立ちなさい！　それにヘアピンが緩んでいるじゃないの。早く直しなさい！」

彼女は赤面すると、ぎこちない手つきで緩んだピンを探し始めた。

「私に手伝わせて……ほら、ここよ！」ローズは彼女を励ました。「ヘアピンって本当にいらいらするわよね？　きっと私も姉たちもお互いのピンを永遠に直し合うことになると思うわ」

「ありがとう」レディ・メアリーが力なく答える。美しい顔からはいきいきした表情が失われていた。

「若いレディ同士の会話はもう十分したはずよ！」レディ・レントンは笑みを浮かべたが目は笑っていない。「思ったとおりね。今日ここには大勢の殿方が集まっていると思ったのよ。さあメアリー、ピアノの近くにいるガーヴァルド伯爵にはご挨拶したの？」

「いいえ、ママ」

「だったらご挨拶しに行きましょう。またお会いできてよかったわ、ミス・レノックス」

明らかに追い払われ、ローズは仕方なく体の向きを変えた。すぐに近づいてきたのはミスター・カービーと子爵の息子ジェフリー・バーンスタブルだ。レディ・アシュボーンの言葉どおり、一人目は退屈きわまりない男性だった。二人目は片眼鏡を持ち上げてローズの胸をじっと見つめ、気持ち悪いことこのうえなかった。

彼らを相手にする試練が二十分も続いた頃、助けの手を差し伸べてくれたのがイジーだった。ミスター・ガヴィガンという四十代の陽気な紳士に紹介したいから、と声をかけてくれたのだ。そのあとすぐに、ローズも同じ手でレディ・メアリーを救い出すことになった。暖炉脇の紳士につかまり、明らかに居心地悪そうな様子だったからだ。彼女の母親は同年代のレディ二人と熱心に話し込んでいる。

「ローズ！　助けてくれてありがとう。ミスター・フィッチが馬の話を延々続けるから困っていたの」

ローズはくすくす笑った。「ということは、あの人がミスター・フィッチなのね？　名前が多すぎて覚えきれないわ！」

「その気持ち、よくわかるわ。でもママには、結婚相手に一番ふさわしい独身男性だけに集中しなさいと言われているの。それだけでいいって」

「あなたのお母様は、一番娘のためになることを望んでいらっしゃるのね」

「そうね」彼女は肩を落とした。「ママは、伯爵の娘として生まれた以上、私は輝かしい結婚を望んで当然だと考えているみたい」

「もちろん、そうだわ」

少しの間があった。「お母様なしで大人になるのは、さぞ大変だったでしょうね？」レディ・メアリーは悲しい目になった。

彼女は話題を変えたいのだろう。その気持ちを受け入れたい。ローズは頭を振りながら応じた。「心配しなくても大丈夫。さっきも話したとおり、亡くなったのは十歳のときだったから母の笑顔も、はしばみ色の瞳もよく覚えている。ただ、そのあとすぐ母自身のことも、それに父の家族のことも何も知らないと気づいたの。父のことは全然覚えていないし、母も〝とてもいい人で心から愛していた〟ということ以外、話そうとしなかった。だからロンドンにいる間、両親について知ることができたら嬉しいわ」

「だったら、あなたはずっといる気はないの？」

「ずっといる？　ここに？」ローズは彼女を見た。「いいえ、少なくとも私はそうは考えていないわ」

レディ・メアリーは困惑顔だ。「でもあなたたち、ここには夫を探しに来たのよね？」

突然、ある濃い色の髪の紳士の姿が思い浮かんだ。

「夫を探しに？　いいえ、そんなつもりはないわ」

不安げな自分の声を聞き、いっそう混乱が募る。ここへ来たのは自分にまつわる真実を探すため。そうよね？　夫とは他のレディたちのための存在であり、自分のように学校を出たばかりの女性のためのものではない。たとえ二十一歳だったとしても。

それなのに〝夫探し〟という考えに対して、ローズのなかの何かが反応している。それも驚くほどの強烈さで。心がこれまでとはまったく違う、見知らぬ方向へ巻き取られていくようだ。めまいを感じ、とっさに長椅子の肘掛け部分を握りしめた。耳鳴りがして、脈が速まり、心臓が口から飛び出しそうだ。

だめよ！

そんな愚かな考えに心を奪われるわけにはいかない。ここへやってきた目的は、母が何者なのか見つけること。一瞬でも気をそらしてはだめ。その答えがわかったら、すぐにベルヴェデーレに戻って教師になるのだ。

どうしてあの男性のことを思い出したの？　好きでもなんでもないのに！

7

「よし！」

ジェームズはにやりとした。フェンシングの達人アンジェロ・ザ・ヤンガーから突きを認められたのだ。彼から教わった技術をようやく習得しつつある。

「今日はここまでにしよう。ありがとう」机から湿ったタオルを取り、顔と首筋を拭って、鏡の前でクラヴァットを結ぶと、ベストと上着に袖を通した。さらにマントとブーツ、帽子、杖《つえ》を身につけて外へ出る。こんな明るい気分になるのは久しぶりだ。軽く口笛を吹きながら、ボンド・ストリートをそぞろ歩き、顔見知りに会うたびに愛想よく帽子を掲げて挨拶をした。

「アシュボーン！」おじの名前を呼ぶのは誰だ？　そう考えて振り向いたが、すぐに思い出し、うつろな気分になった。僕のことだ。子爵という爵位と責任を一身に背負っているのは、この自分なのだ。

「ロバート！　久しぶりだな」がっちりと握手を交わして挨拶を終えると、友人から紳士クラブか、近くにある酒場へ行こうと誘われた。

　行きたい。だが首を横に振った。

「残念だが、やめておく。山のように仕事が残っているんだ。管財人の言いなりさ。悲しいことに、オックスフォード時代とは大違いだよ」

「確かに」大学時代の悪ふざけの数々を思い出し、二人でにやりとした。「だったら一緒に散歩でもどうだ？」ロバートが左の方向を指し示しながら言う。

　ジェームズはその申し出をありがたく受けた。二人してあれこれ話しながらグラフトン・ストリートを歩く。

　ロバートが新たな話題を持ち出した。「昨夜ロンドンに着いたばかりで誰とも会っていない。女王の謁見はどうだった？　君もその場にいたのか？」

　美しくも腹立たしいミス・ローズのことを思い出さないようにしながら、できるだけ短く答えた。だが友はこの話題を続けたがっているようだ。

「それで今年のダイヤモンドは誰なんだ？」

　体がこわばるのを感じたが、さりげない口調を心がける。「僕のおばが世話した三つ子だ。おばの兄の被後見人たちでね。それ以外だとレディ・メアリー・レントン、ミス・チョーリー、ミス・アンダートンあたりだろう」

「僕の妹も今年デビューなんだが怖《お》じ気《け》づいている。来週に謁見するんだ。今年のダイヤモンドにはなれないがそれなりに美しいし、心根も優しい。シーズンを無事乗り切ってくれるよう兄として祈るような気持ちだ」

「僕ら二人とも、今年はこれまでと違う立場でシーズンを見守ることになりそうだな。僕は、おばが三つ子の世話で頭を悩ませないよう願っているんだ。二年前、あんな試練を経験したばかりだから」

「本当だな。お互い、身内の女性をしっかり見守り、不屈の精神で舞踏会や夜会をこなすことにしよう」

アシュボーン・ハウスに到着すると、ジェームズは礼儀正しく友人を紅茶に誘った。だがロバートは笑みを浮かべて断った。

「君の仕事を邪魔するわけにはいかない。それにシーズン中、若いレディたちの付き添い役としてあちこちで顔を合わせるはずだ。こんな日がこようとはな！」

友人と別れてアシュボーン・ハウスに入るなり、ジェームズの笑みは消えた。両肩にのしかかる歴史の重みを感じずにはいられない。両親、おじ、そして祖先たちのために、子爵としての義務を果たすのだ。最愛の夫を亡くしたおばのためにも。

やらないわけにはいかない。

この二年はあっという間だった。今でも母の笑顔が見たくてたまらないし、賢かったおじに相談できたらいいのにとも思う。それに父を思い出すだけで胸が締めつけられる。いや、今は仕事をすべきときだ。悲嘆に暮れるべきときではない。ジェームズは両肩を怒らせ、図書室へ向かった。

「あなたは結婚相手を探しているんじゃないの？」

レディ・メアリーは心の底から驚いている様子だ。

「まさにそれが女王に謁見してデビューする目的なのに！」

「そうなの？」そう尋ねながらも、ローズは女王が夫について何か話していたのを思い出した。

「そうよ。あなたは今、結婚市場の一員なの」

「なんですって？」牛や魚、花の市場なら聞いたことがある。でも結婚市場とは？「それって何かを売り買いする、あの市場のこと？」

「ええ、そう呼ばれているの。確かにちょっと品のない呼び方よね。一年のこの時期、デビューのためにロンドンへやってくる独身女性たちを指してそう呼ぶの。それに花嫁探しのために、彼女たちと同じ舞踏会や夜会に参加する独身男性や奥様を亡くした男性たちのことも指しているわ」レディ・メアリーはにっこりとほほ笑んだ。「そんなに奇妙なことじゃないでしょう？」

「それを市場と呼ぶの？」ローズはそのことについて考えてみた。「なんだか私たち、家畜みたいね」

レディ・メアリーはきまり悪そうな表情を浮かべた。「今まで誰からも聞いたことがなかったの？」

「後見人からは、ロンドンの社交シーズンを楽しんでほしいと言われたわ。母もデビューをしていたはずだからって。だから社交シーズンを楽しむって、社交行事を楽しむことだと思っていたの。まさか私たち、絶対に夫を選ばなければいけないの？」

「そんなことはないわ」

「ああ、よかった！」

「でも、あなたは結婚したくないの？」レディ・メアリーは戸惑っているようだ。「自分の家庭を築いて子どもを持ちたいとは思わない？」

「そういうことはあまり考えたことがなくて」ローズは答えた。実際、思いがけない質問だった。結婚なんてまだ早いと考えていたし、自分が知る限り、エルギンには結婚相手にふさわしい殿方は一人もいなかった。たまに結婚について考える機会があっても、自分は一生しないだろうと思っていた。結婚自体を現実のものとして考えられなかったのだ。

少なくとも一カ月前までは、脳裏に突然ある紳士が思い浮かぶことなんてなかった。

レディ・メアリーは目を見開いた。「でも家計管理の教育は受けたんでしょう？」

「ええ。学校で一通り教わったわ。でも結婚しなくても、私自身の家計を管理する必要があるでしょう。私ね、教師になりたいと考えているの」レディ・メアリーから頭が二つある怪物を見るような目を向けられ、反論する。「あら、何かおかしい？　結婚市場に比べたら奇妙な考えじゃないはずよ！」

彼女は笑い出した。「本当にそうよね。私、今までそんなふうに考えたことがなかったの。でも、もしあなたの目を釘《くぎ》づけにする殿方が現れたら？」

その言葉にローズは眉根を寄せた。

「それか、もしあなたの心をつかんで離さない殿方が現れたら？」レディ・メアリーが目を輝かせながら続ける。「結婚する可能性はあるはずよね？」

「そうね。でも今までそんな人はいなかったから」

「だったら、あなたは結婚制度に反対なわけではないのね？　あなたのお母様だって、ミスター・レノックスと結婚されていたんだもの」

ローズはレディらしからぬ声をあげた。「その結婚がもっとうまくいけばよかったのに。たぶん父は最悪のタイミングで亡くなったのよ。娘を三人も遺《のこ》して、母を一人ぼっちにしたんだもの」

「殿方ってときどき心ないことをするわよね」

やや罪悪感を覚えてローズはつけ加えた。「もちろん、父は死にたくて死んだわけじゃないと思うの」

「ええ、もちろんだわ」

そのあとローズが結婚市場についてさらに詳しく尋ねると、レディ・メアリーは快く答えてくれた。招待客たちが帰る頃には、彼女との友情がさらに深まった気がした。

「望ましいのはオールマックスの入場券《バウチャー》を手に入れることらしいの。そこが結婚市場の頂点とも言うべき特別な社交場なんですって」ローズは声を尖《とが》らせ、“結婚市場”という言葉を強調した。

今、二人の姉と一緒にいるのは三つ並んだ寝室の真ん中にあるイジーの部屋だ。毎晩、レディ・アシュボーンと彼女の甥《おい》が部屋に戻ったあと、こうして姉妹だけで集まるようにしている。この屋敷にやってきて二日目の夜、ローズからそうしようと提案した。ただ前の晩、ネグリジェ姿でアシュボーン卿《きょう》と出くわした話は姉たちにも内緒だ。毎晩三人で集まるときには用心のため、ネグリジェの上からガウンを羽織るようにしている。

姉たちに秘密を作るなんて初めてだ。でも子爵に対する反応が自分でもよく理解できていない。あの衝撃の出会いについて話したら、姉たちから非難されないか心配だ。それに気づかれてしまうことも。気づかれるって何を？　彼に心惹《ひ》かれていること？　他の殿方とは違うときめきを感じること？　不本意だけど認めざるをえない。子爵に対するこの体の反応は、あの予期せぬ出会いのせいだけではない。でも今いったい何が起きているのかわからない。だって子爵に対するいらだちは消えていない。彼について考えると真っ先に感じるのは失望だ。

今夜はいつもと違い、子爵は夕食をアシュボーン・ハウスで食べなかった。きっと私と言い争いになったせいだ。なぜかそういう気がしてならない。

「そんな！」アンナもイジーも信じられないと言いたげな顔だ。先に尋ねたのはアンナだった。「つまり、その結婚市場とやらは、若いレディたちを競りにかけるための集まりなの？」

ローズはうなずいた。「紳士たちにとっては、若いレディたちを値踏みするための集まりってこと」

イジーは怒りの表情を浮かべた。「信じられない！」

「ここで大切なのは――」アンナが眉根を寄せる。

「純粋に現実的な視点に立つことだと――」

「出た、現実的！」イジーが茶目っ気たっぷりの目でローズを見た。

「現実的。アンナらしいわ」ローズはうなずき、にやりとして、鋭い一瞥《いちべつ》をくれているアンナを見た。「さあ続けて、親愛なるアンナ」

　アンナは目をぐるりと回した。だが妹たちにいらだつよりも、自分の意見を最後まで言うほうが大切だと考えたのだろう。「純粋に現実的な視点から見て、私たちが結婚するのは理にかなっていると思うの」

　なぜ？　そう尋ねようとしたがローズは口をつぐんだ。独身女性よりも妻や未亡人のほうがはるかに自由と経済的安定を手にしているのは、三人ともよく知っている。「でも私は今まで、そんな可能性について考えたこともなかった」

「それは当然よ」アンナが言う。「今まで私たちが顔を合わせる男性といえば、ずっと年上か年下ばかりだし……紳士でもなかった。そうでしょう？」

　そのとおりだ。まわりに結婚適齢期の男性もいるにはいたが、農夫や宿屋の主人たちだった。

　今ようやく気づいた。自分が階級を強く意識することなく育ってきたことに。

　でも驚くようなことではない。そういう階級差は当たり前のようにどこにでも存在するものなのだ。

　イジーも同じことを考えていたようだ。「私たちのママは貴族出身。そのことはすでにわかっている」三人で目を合わせる。今までは半分くらいしかわかっていなかったけれど、こうしてメイフェアで社交シーズンに参加してみて初めて、その事実の重みをひしひしと感じた。いわゆる上流階級の一員であることは取るに足らないこととは言えない。影響力、地位、富をすべて手にした人たちの一員なのだ。

「ママが何者なのか、答えを見つけ出さないとね」

イジーが言う。「ローズ、それがあなたの課題よね。今までに何かわかったことはある？」

ローズは顔をしかめた。「それがほとんどないの。レディ・メアリーのお母様のレディ・レントンは、私たちが誰かに似ていると思ったみたい。彼女はママと同じ頃にデビューしたのではないかと考えたんだけど、結局詳しい話は聞けなかったわ」

「私たち、うっかりママの弟と結婚したりしないように気をつけなくてはね！」アンナが茶目っ気たっぷりに言う。

「いちゃつく相手は、絶対にママやパパの血縁関係にない殿方だけにしないとね」イジーの言葉に、三人とも笑い声をあげた。殿方といちゃつく――少し前、エルギンにいたときは考えもしなかったことだ。

「でも真面目な話、どうやって用心すればいいの？ ママの旧姓もわからないのに？」アンナは眉をひそめたが、何かひらめいた様子でつけ加えた。「だけど外国の王子様なら絶対安心よね、イジー？」

イジーは彼女を睨《にら》んだ。「そんなことない。あの王子がうっかり漏らした話によれば、二十数年前、彼の父親はロンドンに住んでいたそうよ。そもそも、あんな傲慢な男とつき合うなんて考えられない」

まったく同感だったが、ローズはイジーの説明の誤りを指摘した。「でも王子の名前はレノックスじゃないわ！」フリードリヒだかなんだか知らないけれど、そんないかめしい名前を持つ誰かが、ミセス・レノックスという女性と結婚するはずがない。しかも二十数年前にロンドンにいたとき、クラウディオ王子の父親がすでに結婚していたのは明らかだ。王子はベルたちと同世代に見えた。

イジーは何か言いたそうに口を開いたが再び閉じると、淡々とした口調でアンナに尋ねた。「ローズにはあなたから話す？ それとも私から？」

ローズは二人を交互に見た。「話すって何を？」

「もう、本当にうぶね！」イジーが不満げに言う。

「ねえローズ、イジーが言いたいのはね」アンナは慎重に言葉を選んでいる。「夫がいないままママがスコットランドで暮らしていたのは、一度も夫がいなかったからだってこと」

「一度も夫がいなかった？」ローズはまばたきをした。「でも――まさか！」姉が何を言っているのか突然わかった。「レディ・レントンはレノックスが家名ではなく、スチュワート家の伯爵位を指すと言っていた。だから私たちが愚かなスチュワート家の血筋じゃないかと思ったみたいなの！　あのときは何を言われているのかわからなかった。でも今やっとわかった」母は結婚していなかったのかもしれない。そんな可能性については一度も考えたことがなかった。そういうことがありえると知っていてもだ。

「そうね。貴族のレディが未婚のままみごもったとなれば身の破滅よ。だからママは逃げ出して――」

「もしくは自分の家族から絶縁されたのかも――」

「ええ、子どもをみごもったせいで」

「子どもって、私たち？」ローズは口に手を当てた。

「ああ、なんてかわいそうなママ！」

「でも本当はそうじゃないかもしれない」アンナが注意する。「私たちには何もわからない。だからママが何者かを調べる第一段階は慎重にならないと」

「それを調べればパパにもたどり着けるはず。もしパパの家族がロンドンにいたら絶対に文句を言ってやるべきだわ！」イジーが怒りに目を光らせる。「なぜママはそんなひどい捨てられ方をしたの？　ママの家族のせい？　それともパパのせい？　そのスチュワート家というのが――」

アンナはたしなめた。「これはゴシック小説じゃない。実際の話なの。実際の生活とは常に――」

「現実的なもの？」ローズが補う。

「そう、小説より現実的なものよ。思い出して。私たちのパパは死んでいる。それにママはいつも彼をすばらしい人だと褒めていた。真実はもっとありふれているのかもしれない。ママは自分の家族に認めてもらえない相手と結婚しただけなのかも。でも、あれこれ推測しても無意味よ。だから推測するのはやめて、ママのことを覚えている貴族を探し出すことに集中すべきだと思う」

そのあと姉たちとおやすみの挨拶を交わし、裸足《はだし》で自分の部屋へ戻りながらも、ローズは混乱していた。最初は結婚市場、お次はこれだ。

「ミスター・レノックスなんていないのかも。

ママは卑劣な男に誘惑され、みごもったとわかったとたん、捨てられたのだろうか？　ありえる話だ。勝手な判断を下すつもりはないけれど、私自身、一部の紳士たちの傲慢さを目の当たりにしたではないか。それに昨夜も、ふざけて戯れている人たちをこの目で見たはずだ。

道徳を振りかざすつもりはない。エルギンでも、そういった話を見聞きしたことがある。肉屋の見習いの少年と〝関係を持った〟という噂《うわさ》のせいで、遠くへ追いやられた厨房《ちゅうぼう》のメイドがいた。なんでも〝関係を持った〟せいで〝興味深い状況〟に陥ったという。それに学校でも、ある紳士の庶子だという年長の生徒が二人いた。二人とも実の父親が学費を払ってくれることに感謝していたが、認知されないせいで良縁には恵まれないだろうと話していた。

でもまさか、自分にそういう可能性が当てはまるとは思いもしなかった。でも今は、その可能性を考えなければいけないとわかった。結婚市場で成功を収められるわけがないことも。庶子として生まれたレディに対し、ロンドン社交界の面々がいい顔をするはずがない。そう思い至り、気分が落ち込んだ。でも同時に、奇妙な解放感も覚えている。

私はもう彼らのルールに従う必要がない。

　ベッドに入りながら考える。ベルたちが庶子だとわかったら子爵はどう反応するだろう？　彼は社会のしきたりに厳しそうだ。おばにあの三人を追い返せと言うだろうか？　出自に関する真実を見つけ出したいという私たちの決意のせいで、思いがけない事実が明らかになるかもしれない。

　はっと息をのんだ。レディ・アシュボーンもその可能性について考えているのだろうか？　心優しい女主人は本当によくしてくれている。私たちが庶子だとわかったら、どれほど傷つくだろう？　マナーを重んじる世界のどこにも居場所がないとわかったら？　動揺を鎮められないまま、ローズはろうそくの火を吹き消した。

8

　翌朝の朝食の席で、ローズは不安を感じつつも、給仕を終えた従者たちが立ち去るのを待ってから、レディ・レントンの言葉を女主人に伝えた。

「本当？」レディ・アシュボーンは片眉を上げた。「それは期待が持てるわね。兄は私に、ミセス・レノックスの生い立ちについてはほとんど知らないけれど、名前はマリアだと教えてくれたわ」

　ローズは驚いた。「全然知りませんでした」

「私は聞き覚えがある気がします」イジーが考え込むように言う。「でもなぜかはわかりません。もしかして、母本人がそんな話をしていたのかも」

「当然ながら、私たちは母のことをママと呼んでいました」アンナが言う。「私たち以外の人からはミセス・レノックスと呼ばれていたんです」

「父が生きていたらママをマリアと呼んでいたんですね」イジーが言う。「ママ自身の家族も」

「でもママは一人ぼっちだった」ローズが声を震わせる。一人きりで、誰からも自分の名前を呼ばれることがなかった。胸の奥底から熱い塊が込み上げてくる。ママ、本当に悲しいわ。

「たしかマリアという名前だったと思うの。あとで兄の手紙を確認してみるわね」

「それなら私たちが母について調べても、あなたは気になさいませんか？　父について調べても？」

「ええ、ちっとも！」

「たとえ――」ローズがさらに震える声で言う。

「たとえ彼女が結婚していなかったことがわかっても？」イジーはローズが言えずにいた言葉を補った。

女主人は驚いた様子だ。「ということは、あなたたち、その可能性について考えたのね？」

「ええ」アンナが冷静に答える。「その場合、どんな意味があるのでしょうか？　私たちにとって」

「あと、あなたにとっても」ローズがつけ加えた。

「それは状況によるわね……」従者が茹《ゆ》でたての卵を持って戻ってきたため、女主人は口をつぐんだ。厨房《ちゅうぼう》の使用人たちも三姉妹の食の好みに慣れつつある。朝食にポリッジ、ロールパン、卵料理が多く出され、肉や魚の燻製《くんせい》が減った。「今日はあなたたちを連れていくつかの屋敷を訪問するつもりなの。昨日はうちにいたから、今日は私たちが訪ねる番よ」

三人は女主人が話題を変えたのに合わせた。使用人たちの前でややこしい話はしないほうがいい。レディ・アシュボーンが再びその話題を持ち出したのは朝食後、四人で応接室に移ったあとだった。

「先ほどの質問だけど、状況によるわ。貴族が何より忌み嫌うものが三つある。偽り、下品さ、血筋の悪さよ」突然扉が開かれ、アシュボーン卿《きょう》が入ってきた。「ジェームズ、ご機嫌いかが？」

甥《おい》と朝の挨拶を交わしたあと、レディ・アシュボーンは説明した。

「今ちょうどベルたちに貴族のルールを説明していたところなの」苦笑いしながらつけ加える。「いわゆる不文律を」

「ほう、それは興味深い！　ぜひ続けてください」

ジェームズはおばの近くにある椅子に座った。

なぜこんなに颯爽《さっそう》としているのだろう？　ローズがいらだちながら思う。彼のそばにいるといつも胸が高鳴り、息苦しくなる。とはいえ、彼を憐《あわ》れむ気持ちは変わらない。

子爵の顔立ちが性格と一致していればいいのに。もっとむっつりしていて独善的な顔であるべきよ。

不思議なのは、レディ・メアリーが結婚について話していたとき、彼のことが心に思い浮かんだことだ。

きっとロンドンで一番よく顔を合わせている紳士が、アシュボーン卿だからだろう。

「貴族は偽りを忌み嫌う」レディ・アシュボーンの声で現実に引き戻された。「本当の自分と違うふりをする人のことよ。女相続人を名乗っていたのにわずかな持参金しかない人とか。実際より自分を大きく見せようとして非難される人もいる」

「大きく見せる？」ローズが尋ねた。

「つまり、自分の美点や功績を大げさに強調する人のこと。自慢したり空いばりしたりして真実とは違うことを言う人たちね」女主人は三姉妹に笑みを向けた。「でもあなたたちはそんなことを心配する必要はない。マナーも非の打ちどころがないし、とても正直だもの。ただ――」彼女は声を落とした。

「兄からあなたたちの持参金はわずかだと聞いてい

る。三人もいるから仕方ないわよね。でも王妃様にはそのことを最初にお伝えしておいたわ。そうすれば、あなたたちに関して正しい情報が流れ、財産狙いの殿方も遠ざけられるから」

　ローズは体をぶるりと震わせた。「財産狙い？　本当に家畜市場と何も変わらないんですね」

　子爵は射るような目で彼女を一瞥《いちべつ》した。「〝判断は差し控えておくこと〟だ」以前の引用を使って忠告を始める。「爵位や領地への責任に悩む男もいるが、財産がないことに悩む男もいる。そういう男が花嫁選びをする際、持参金を重視するのは当然だ。そうしないほうがおかしい」

　ローズは子爵と目を合わせた。また胸がざわついている。その下のあたりまでずっと。体だけではない。乱気流のごとく強烈で激しい何かが心まで突き動かしている。怒り、不安、それとも興奮？　奇妙にもそのすべてがないまぜになっている。ようやくその何かの正体がわかった。いらだちだ。

「花嫁選びですって？　その件に関して、若いレディのほうに発言権はあるのかしら？」

「もちろん。求婚されても断ればいい。そんなに目くじらを立てて言うほどのことじゃない」

　冷静な答えを聞き、さらにいらだちが募る。「殿方にとってはそうかもしれません。でもレディにとっては？　存分に重要なことだわ！」

「誰もレディに、好きでもない相手と一緒になるよう無理強いしているわけじゃない」

「この前会ったなかには、若いのに二十歳や三十歳以上も年の離れた殿方と結婚しているレディたちがいました。彼女たちも、そういう相手と一緒になって幸せだと言いたいんですか？」

　レディ・アシュボーンが言う。「夫は二十二歳年上だったけど、私は心から愛していたわ」

「まあ！」ローズは弾《はじ》かれたように女主人を見て、

口に手を当てた。正直言えば、この場にいる他のレディたちの存在をほぼ忘れてしまっていた。「そんなつもりで言ったんじゃないんです。私の言葉で嫌な思いをされたなら申し訳ありません」

女主人はローズの腕を軽く叩《たた》いた。「そんなことないわ！　あなたたちがいてくれて感謝しているの。まるで母親気分で、とても楽しいわ！」

「私たちの母親にしてはあなたは若すぎます」

レディ・アシュボーンは含み笑いをした。「嬉《うれ》しいことを言ってくれるわね。でも私は十七歳でデビューし、十八歳で結婚した。あなたたちと同じか、もっと年上の子がいてもおかしくない」

またしても余計なことを言ってしまった。

口を開くたびに失言してしまう。恥ずかしさのあまり、思わず子爵のほうを見た。ものといたげに片眉を釣り上げられ、余計に悔しくなった。

歯を食いしばりながら心のなかで誓う。彼が同じ部屋にいるときは二度と口を開くものですか。話が聞こえる距離ならなおのこと。もともと誰かと一緒にいるときに積極的に話すたちではない。それを考えれば、さほど苦労せずに守れる誓いのはずだ。この戦いは、腹立たしいことに子爵の完全勝利だ。今後こんな屈辱は二度と味わいたくない。

姉たちはそんなストレスとは無縁の様子で、女主人の〝母親気分〟という言葉に笑みを浮かべている。二人の言い争いなど気にしていないようだ。

「では、下品さとはどういうことなんです？」イジーが先を促した。

女主人はため息をついた。「財産があって、有利な結婚をすることで社交界入りした人たちのなかには振る舞いがちょっと……見ればすぐにわかってしまうの。つまりね――」言葉を探す。

「おば上、あなたは、貴族は遠く離れた場所からでも、そういう下品さを嗅ぎ分けられるとおっしゃりたいのですね。貴族の間では評判がすべて。正気の人なら評判を気にかけずにはいられない」

自分の傲慢な物言いに、彼は気づいているのだろうか？

ローズはベルヴェデーレのメイド、アグネスを思い出した。農家の出身ではっきり物を言う彼女を見たら、尊大な子爵は〝下品〟だと判断するだろう。確かにアグネスはぶっきらぼうな言い方をするし、たまに農夫の言葉も混じる。そんなアグネスは下品なのだろうか？　ここロンドンではそうなのだろう。でもアグネスは温かくて善良な心の持ち主だ。優しいし寛大でもある。貴族はそういう彼女の一面をどう評価するのだろう？

「ジェームズ、そのとおりよ」レディ・アシュボーンは口を開いた。「宝石をつけすぎているのは明らかなサインだわ。もしくは、その日の目的に合わない宝石をつけているのも。でも話し方や歩き方、姿勢、その人自身の雰囲気に表れる場合もある」三姉妹それぞれの困惑した表情を見つめて言葉を継ぐ。「思ったよりも説明が難しいわ」

「いいえ、おば上はとてもうまく説明されています」彼女の甥がきっぱりと言う。

「つけ加えなければいけないわね。あなたたちの誰一人、下品さのかけらも感じられない」

「そう聞いて安心しました！　でも、どうしてかしら？」アンナが混乱したように言う。「私たちがベルヴェデーレで受けた教育と、何か関係があるんでしょうか？　あの学校の先生たちや授業と？」

「そう思うわ。先生が洗練された女性たちなら、適切な振る舞いのお手本となるに違いないもの」

「でも、学校だけではありません」イジーが言う。「覚えています。ママがいかに礼儀正しくて……」

「レディらしかったか！」アンナがつけ足した。

「そうね。兄の手紙にあるように、あなたたちのお母様は紳士の娘で、よい教育を受けていた。私たちにわからないのは、彼女の家族が誰だったのかということだけよ」

「ミスター・マーノックは、母が社交シーズンを過ごしたことがあると教えてくれました」

子爵は再び眉をひそめた。「レノックス家の歴史に関する情報がないのは知っています。でもおば上、この三人の経歴を何も知らないんですか？」

「ええ、全然！」女主人は明るく答えた。「そんな目で見るのはやめて！　あなたが何事にも慎重なのは知っているわ。でもあなたも、この娘たちがマナーも振る舞いも完璧なのは見てわかっているはずよ！　しかも母親は社交シーズンを過ごしている。彼女がレディだという明らかな証拠だわ」

〝マナーも振る舞いも完璧〟

子爵に鋭く一瞥され、どういうわけかネグリジェ姿で屋敷を歩き回っている姿を見られた瞬間を思い出した。たちまちみぞおちのあたりが熱くなり、その熱が全身に広がり、しかも体の下の部分が奇妙にうずき始めた。何もかも生まれて初めてのことだ。あんな目で見られるのも！

あの夜の私はマナーも振る舞いも完璧にはほど遠かった。今も屋敷のみんなが部屋に戻ったあと、アンナと一緒にイジーの寝室を訪ねている。

子爵は外出すると遅い時間まで戻ってこない。姉妹の寝室を行き来しても特に問題ないはず。

大丈夫。あの夜、出くわしたのが三人のうち誰なのか、子爵が知るはずない。ローズは自分にそう言い聞かせ、彼から目をそらした。

今回、会話の先を促したのはアンナだった。「母がレディだったのはわかっています。でも母の――私たちの家族については何もわかりません。あなたが三番目にあげた血筋にまつわることです。両親や先祖に関することですよね？」

「ええ。問題にぶつかるとしたら、そこよね。私も貴族名鑑を確認しているけれど、二十年ほど前、マリアというレディと結婚したミスター・レノックスは見当たらない。それはつまり……」声が小さくなる。

補ったのは彼女の甥だ。「君たちの母上が貴族でない誰かと結婚したか、誰とも結婚していなかったかのどちらかだ」冷静な声だ。でもローズには、彼の瞳に非難の色が浮かんだように思えた。

「ええ」三姉妹の予想も同じだった。アンナがいつになく不安げに言った。「だったら……私たちは王妃様に謁見すべきではなかったのでは？」

「その点に関しては大丈夫」レディ・アシュボーンは再び自信を取り戻した様子だ。「さっき話したように、あの日、王妃様からあなたたちの血縁について尋ねられ、私は正直に答えたの。私の兄はあなたたちの母親がレディだと考えているけれど、彼女の家族についても、ベルたちの父親についても何もわからないとね。だから王妃様は知っていらっしゃるわ。彼女の取り巻き連中のレディたちも。今週末には誰もが知ることになるはずよ」

イジーが唇を引き結ぶ。「誰もがね」

「私たちにとって、それはどういうことを意味していますか？　それにあなたにとって？」いつものように、アンナがずばりと問題の核心を突いた。

女主人は顔をしかめながら、考えをまとめようとした。

「それが意味するのは」子爵が厳しい声で答える。「持参金が少ないうえに庶子の可能性があるとなれば、君たちは誰もが羨むような相手からは求婚されなくなるということだ。実際、君たちはかなり年上の男性、あるいは社交界の底辺にいてレディとの結婚を望んでいる男性のなかから夫探しをすべきだろう」その場にいるレディ四人がはっと息をのんだ。

「それに僕のおばの評判も君たちにかかっている。誰かが噂《うわさ》になることや下品だと非難されることをしでかしたら、君たちが社交界から追放されるだけじゃない。僕のおばも、君たちと一緒に切り捨てられてしまうんだ！」

9

馬車は大通りを曲がり、静かな通りに入った。普段のローズなら、窓から見える邸宅や使い走りの少年たちの様子を楽しんだだろう。でも今日はちっとも楽しめない。自分の家系に関する先ほどの会話で頭がいっぱいだった。私は誰なの？

私はミス・レノックスだ。でも本当の名前は？　そもそもそんな名前があるのだろうか？　両親の結婚で正式に受け継いだ父方の名字が？　自分には姉たちがいる。幸運にもミスター・マーノックが後見人に、彼の妹がロンドンでの世話人になってくれた。でも私たち姉妹には他に誰もいない。祖父母も、おじもおばも、いとこも。家族の歴史がまるでない。

そもそも私たちの家族はどこの出身なのか？

スコットランドを愛しているし、今でも自分はあの国の人間だと考えている。でも、父も母も英国人の可能性があることにようやく気づいた。それにベルヴェデーレとエルギンを除けば、ここが自分の居場所だと思える場所がどこにもない。

私は誰なの？　再びそう考えてしまう。その答えがどうしてもわからない。

馬車が優雅なタウンハウスの前に停《と》まり、ローズはまたしても自分を奮い立たせた。人との交流が得意なイジーとは違い、社交界の面々を相手にしているだけでくたびれてしまう。しかも今日の午後だけで、これで五軒目の訪問だ。もはや限界に近づいている。これ以上紅茶を飲めるとは思えない。

レディ・アシュボーンはこちらの様子には気づいていないようだ。それだけ自分の感情をうまく隠せているのだろう。いいことだ。ロンドンでの生活では、本当の感情を隠さなければいけないことが多い。

御者が扉を開けて階段をおろすと、レディ・アシュボーンと姉たちとともに馬車からおりた。今日の三姉妹はそれぞれ好きな色を裾にあしらったドレスを身につけている。ローズのモスリンのドレスは全体はクリーム色でレース飾りも同じ色だが、裾とボディスと袖にはピンク色の小さなバラのつぼみの刺《し》繡《しゅう》が施されている。ミスター・マーノックは気前よく、ベルたちに新たな衣類一式を準備させてくれた。ドレスから内履き、ボンネット、パラソル、ネグリジェ、コルセット、ストッキングに至るまで。ただ一式買《か》い揃《そろ》える前に、姉たちと一緒に、たとえ古いドレスを着ていても誰にもわからないはずだとレディ・アシュボーンには意見してみた。

女主人は即座に答えた。「そういうことじゃないの！　私が間違えないためよ！」

だから三人とも渋々従った。ただ本音を言えば、ローズは新しい衣類を持てたことに心ひそかにわくわくしていた。一方で倹約家でもあるため、ものすごい出費だったに違いないと心を痛めてもいる。

実はレディ・アシュボーンに気づかれないように、三姉妹とも謁見用のドレスを解き始めていた。高価なシルバーの糸や美しいガラスビーズ、シルクサテンの生地を活用して、新しいドレスを仕立てるつもりだ。ローズの見積もりでは、二枚分のドレスが作れるだろう。謁見用ドレスは二度と身につけず、仕立て直しもしないと聞かされて驚いてしまった。

正面玄関で出迎えてくれた執事の案内で、応接室へと進んでいく。それが名誉なことだと、すでにローズも知っている。招待客は従者によって案内される場合がほとんどなのだ。この屋敷で、レディ・アシュボーンはさぞ尊敬されているに違いない。

ここはどなたのお屋敷だったかしら？

そう、レディ・ケルグローヴだ。レディ・アシュボーンの話によれば、貴族の間でかなりの影響力を持つ、高齢の未亡人だという。

両肩に力を込め、ローズは気を引き締めた。執事がレディ・アシュボーンに三姉妹の名前を尋ねるのを聞きながら、あたりを見回す。高い天井、金箔《きんぱく》貼りの石膏《せっこう》細工、巨大な暖炉、優美な家具、すべてがあるべきところに収まっている。アシュボーン・ハウスで暮らすようになって約三週間が経《た》ち、さらに今日四軒のタウンハウスを訪問したことで、英国貴族には家具に関して独特の好みがあると気づかされた。ローズが今までに目にした一番立派な部屋はベルヴェデーレの応接室だが、あの簡素な優美さとはまるで異なるスタイルだ。

執事は堂々とした態度ではあるが、優しい目をした年配の男性だった。彼の案内で広々とした階段を上り、贅《ぜい》を凝らした踊り場を進んでいく。ローズは自分に言い聞かせた。さあ、もう一度、デビューしたばかりの慎み深いレディの一人という役割をしっかり果たさなければ。

応接室へ足を踏み入れた瞬間、室内に三人いることに気づいた。他の訪問客か、レディ・ケルグローヴの家族かも。レディ二人と紳士一人に立ち上がって出迎えられ、三人の印象を心に刻みつける。

まずは高齢のレディだ。顔にはしわが寄り、レースキャップから灰色の髪をのぞかせているが、黒い瞳は鋭い。座っているときは猫背だったが、杖《つえ》の助けを借りて立った今は背筋を伸ばし、顎を高くあげている。若い頃、立ち居振る舞いの厳しいレッスンを受けてきたのは明らかだ。ドレスは流行最先端のデザインではないが、彼女によく似合っている。

「ありがとう、ブルックス」レディ・ケルグローヴが執事に言うのを聞き、ローズの不安は少し和らいだ。恐ろしそうだけれど、このレディは使用人に敬意を払っている。なかなかできることではない。

お辞儀をしながら、他の二人に注意を向ける。どちらもレディ・アシュボーンより年上だろう。たぶん五十歳以上。二人とも最先端の装いだ。紳士の上着、ベスト、クラヴァット、ブリーチズは流行《はや》りのデザインで、ブーツもよく磨かれており、前髪も眉にかかるくらいの長さだ。レディのほうは裾や袖、首のまわりにレース飾りをあしらった、深みのあるオレンジ色のラウンド・ガウンだ。帽子も揃いの布地で、やはり高価なレース飾りがついている。ロンドンに来てから出会った人たちに比べても、とびきりおしゃれだ。ただ、彼らの名前や関係性を思い出そうとしても、まったく思い浮かばない！

挨拶が終わると、全員が椅子に座り、レディ・ケルグローヴが紅茶を持ってくるよう命じた。その間、ローズは今日訪問して出会った人たちを思い出そうとした。忘れてしまいそうで恐ろしい。

ライト卿《きょう》夫妻は口数が少なく、たわいのない話しかしなかった。ミセス・アンダートンは口数が多いうえに退屈な話ばかりで、娘のミス・アンダートンは赤毛で傲慢だった。レディ・ジャージーはオールマックスに強いコネがあるようで、レディ・アシュボーンに入場券を送ると約束していた。結婚市場の究極の社交場なのだから、いいことなのだろう。

あと他には誰がいただろう。

ミセス・フィリップスと息子のミスター・フィリップスは笑みが優しく、娘のミス・フィリップスは寡黙だった。

そして、今ここにいるこの三人だ。レディ・ケルグローヴとサックスビー夫妻。紅茶が運ばれるとすぐに、レディ・ケルグローヴはレディ・アシュボーンに質問し始めた。三姉妹の出身は？　謁見の際、王妃は彼女たちになんと言ったのか？

サックスビー夫妻はしばらく噂話《うわさばなし》でレディ・ケルグローヴの興味を引こうとしていたが、女主人がレディ・アシュボーンと三姉妹から気をそらそうとしないのに気づき、とうとう次の約束を思い出したからと言って立ち去った。その瞬間、レディ・ケルグローヴがくわっくわっという笑い声をあげた。

「は！　ようやくあの人たちも気づいたみたいね。あれ以上一緒にいたら、私は失神の発作を起こしていたかもしれない。それとも、彼らに意地悪な仕打ちをしていたかも。病気よりもそっちのほうが手っ取り早く、つまらない客を追い出せるから！」

レディ・アシュボーンは含み笑いをした。「本当に悪い女性ですね、レディ・ケルグローヴ」

「私のことはよく知っているはずよ。八十四歳にもなれば、何を言ってもやっても許されるものよ」

イジーは目を輝かせた。「だったら八十四歳になるのが待ち遠しいです。二十一歳だと何を言ってもやっても許されないんですもの！」

「本当に？」レディ・ケルグローヴは鋭い声で答え

た。ローズが思わず息をのむ。

　イジーったら、そんな余計なことを……。

「しっかりした意見の持ち主のようね、ミス・レノックス。あなたはどのミス・レノックス？」

「イゾベルです」イジーがひるむことなく答え、女主人と目を合わせる。

　レディ・ケルグローヴが再びくわっくわっと笑い声をあげた。「八十四歳になってもうまくやれそうね、ミス・イゾベル！」

　老婦人はレディ・アシュボーンに視線を戻し、再び質問を始めた。今度は三姉妹の持参金や血筋についてだ。レディ・アシュボーンも彼女の甥《おい》も大げさに話していたわけではない。貴族にとって、本当にこれらは重要なことなのだ。

　だったらなぜ子爵にこれほどいらだっているの？

彼が正しくて私が間違っているから。自分をむき出しにされたような心もとなさを覚えているから。ベルたちのなかでも一番おとなしいのが本来のローズだ。思慮深くて、いつも落ち着いていて、知識も豊かで、自制心を発揮できるローズ。絶対そうだという確信がある場合にしか口を開かないローズ。

　ベルヴェデーレで教師たちの手伝いをして教えるのが好きになった。でも再び学ぶ立場に立たされ、すごく不安で落ち着かない。それに、子爵がわざといらだたせるような言動をするのも気に入らない。

「三人の両親について何か手がかりはあるの？」

　ローズは目の前にいる老婦人に注意を戻した。レディ・ケルグローヴは八十四歳。長いこと貴族社会を見てきている。何か役立つ情報を知っているかも。

「いいえ、貴族名鑑にレノックスという名前は一人も見当たりません」

「よくないわね。となると、商人か使用人？」

「はい、おそらく」

「今に始まったことではないし、今後も起きることでしょう。でも、この三人は礼儀正しいし美しい。少なくとも数人の目に留まってるはずよ」

ローズは目をぱちくりさせた。レディ・ケルグローヴは、まるで私たちがここにいないかのように遠慮ない話し方をしている！

「ねえサラ、ひょっとしたら」老婦人は続けた。「この娘たちは、あのガニング姉妹をも超える存在になるかもしれないわよ！」

ローズは姉たちと視線を交わした。老婦人が誰の話をしているのかわからない。

その様子に気づいたレディ・アシュボーンが説明する。「ガニングはデビューと同時に社交界に旋風を巻き起こした姉妹なの。確かデビューは……？」

「一七五〇年よ」レディ・ケルグローヴが答えた。「当時私はもう男爵と結婚し、二十二歳ですでに母親になっていた。娘のジュディスがその年の初めに生まれたの」ベルたちを鋭く一瞥《いちべつ》する。「二十一歳だというのに、あなたたち三人のうち一人も夫がいないとは！」遠い目をして続ける。「ガニング姉妹はエリザベスとマリアの二人姉妹だった。アイルランド出身で美貌と知性を兼ね備えていてね。エリザベスは一七五二年にハミルトン公爵と結婚し、彼の死後は再婚した。二番目の夫も結局は公爵領を相続することになってね。一生のうち、二人の公爵と結婚できる女性はそう多くないわ」

イジーは話に聞き入っている様子だ。「それで、妹のマリアはどうなったんです？」

「マリアは……」老婦人は一瞬悲しげな表情を浮かべた。「コヴェントリーと結婚したけれど、数年後に死んだの。あまりに若すぎる死だった。葬儀には彼女の棺《ひつぎ》を一目見ようと一万人も集まったと言われているわ」

マリア……。

ローズはふと考えた。そのマリアが母である可能性はないだろうか？　いや、どう考えても時代が合わない。母は一七七〇年頃の生まれのはず。ガニング姉妹よりずっとあとだ。それにマリアはよくある名前でもある。

「マリアはキティ・フィッシャーと熾烈《しれつ》なライバル関係にあったはず。キティがコヴェントリーと深い仲になったときは、公園で言い争いをしていたわ」

ローズは目を見開いた。深い仲？　それって――姉たちと再び視線を交わす。

「この娘たちの前でそういう話題はちょっと」ベルたちを見つめながらレディ・アシュボーンが言った。

「くだらない！」老婦人はきっぱり答えた。「デビューしたら、若い娘たちも現実の社会がどういうものか知るべきよ。私自身、もっと知っていればよかったのにと思ったもの。だから娘にも孫娘にも、もっといろいろなことを教えようと思ってきた。でも今ではもう叶わない夢物語だけれどね」再びレディ・アシュボーンを鋭く一瞥して続ける。「サラ、一つ忠告させて。この娘たちには十分に情報を与え、準備をさせること。彼女たちは容姿もいいし、行儀もいい。しかも世話人としてあなたがついている。ガニング姉妹は持参金もなく、デビュー前は舞台で芸を演じていたんだもの。それに比べたら、この娘たちは高貴そのもの。夫を望んで当然だと思うわ」

レディ・アシュボーンは感謝の言葉を述べると、そのあとすぐに三人を連れて屋敷をあとにした。ただ馬車に乗り込むと、レディ・ケルグローヴの最後の言葉に期待しすぎないようにと釘《くぎ》を刺した。「ガニング姉妹がデビューしたのは六十年も前の話よ。彼女たちの身に起きたことはきわめて異例だし、その後一度も繰り返されていない。今のロンドン社交界に関して言えば、甥の言葉が正しいと思うの」

やはり子爵が正しくて、私が間違っている。

でもローズは結婚を期待しているわけではない。

というか、自分なりの完璧な人生計画がある。エルギンへ戻り、ベルヴェデーレで残りの日々を過ごし、教える楽しみを満喫したい。

「それなら、私たちは立派な紳士からの求婚を期待すべきではないと？」アンナが低い声で尋ねた。

レディ・アシュボーンは顔をしかめた。「そうね。あなたたちに非嫡出子の可能性がある以上、良縁には恵まれないでしょう。職業階級の相手なら結婚の見込みもあるかもしれないけれど、貴族は無理。少なくとも、爵位のある紳士からの求婚はありえない」

「それっていいことだと思うんです」イジーが明るく言う。「だって、私たちがここへ来たのは夫ではなく、両親に関する情報を探すためですもの」

それ以上の目的がある。

私たちがここへ来た目的は、自分たちが何者か見つけ出すためだ。そう考えたとたん、ローズは胸に悲しみの波が押し寄せるのを感じた。今日会った人たちはみんな、何世代も前から続く自分の家族の歴史をさかのぼれるのだろう。

先のミセス・サックスビーは旧姓がフレッチャーだと言い、三姉妹がスコットランド育ちだと聞くと、フレッチャー一族がエジンバラに何代も所有しているグレンモア・ハウスを今は自分と夫が所有しているのだと話していた。スコットランド育ちにもかかわらず、三姉妹がその館を知らないと知り、ひどく気分を害した様子だった。

ミセス・サックスビーの表情を思い出し、ローズは考えた。誇り、富、家族の歴史がすべてなのだ。

私たちだって変わらない。少なくとも〝家族の歴史〟に関しては。

「母について知っていそうな人を思い出せないか、レディ・ケルグローヴに尋ねてみるべきだったでしょうか？」アンナが尋ねる。

「私もそれは考えたわ」レディ・アシュボーンが言う。「でも慎重にならなければ。まず私たちに必要なのはレディ・ケルグローヴやレディ・ジャージーのような社交界のリーダーたちに、ありのままのあなたたちを受け入れてもらうことよ。すでに王妃様には認めていただいている。それが大きな助けになるはずだわ。ただし、あなたたちの情報探しについてはもう少し辛抱が必要だと思うの。あなたたちを見るたびに、貴族たちから〝非嫡出子かもしれない〟と思われるのは避けたいわ」苦しげな表情を浮かべながら続ける。「こんなにはっきりと言ってしまってごめんなさい。でも言っておかないとね」

ローズはややためらいながらも、母についてレディ・レントンと交わした会話を繰り返した。レディ・アシュボーンが眉をひそめる。「そんなにおどおどしなくていいのよ。もしレディ・レントンが何か役立つ情報を覚えているなら、ぜひ知りたいものだわ」少し考えてから口を開いた。「ただ娘は可愛《かわい》らしいけど、レディ・レントンはかなり野心的な母親よ。娘をすばらしい相手と結婚させようと必死なの。あの娘ならそれが可能なはず」指を折りながら続ける。「爵位、富、家族の歴史、容姿、上品な立ち居振る舞い、すべて持ち合わせているから。あの娘にとって結婚の障害はただ一つ、母親なの。レディ・レントンを義理の母親にしてもいいと思える殿方がいたら、夫探しもうまくいくかもしれない」

今日最後の訪問先へ向かう間も、ローズは違和感を覚えていた。この場所に、この人たちといることがどうにもしっくりこない。もちろんレディ・アシュボーンは親切だし、レディ・ケルグローヴは興味深い人物だった。レディ・メアリーも心優しい。レディ・レントンは、レディ・アシュボーンの言葉どおり、内気な娘に良縁を望む野心的な人だった。でも典型的な貴族とは、サックスビー夫妻のような人たちのことに思える。自己中心的で、心が狭く、一方的に判断を下す人たちだ。

　子爵はどうだろう？　正直に言えば、彼がどんなタイプなのかわからない。とても謎めいている。最初は彼が好きになった。でも性急な判断を下す偏見的な一面を見て、今度は大嫌いになった。それでもなお、彼に惹《ひ》かれているのは否めない。考えるたびに心臓が跳ねる。かつてあれほど整った顔立ちの若い男性と親しくなったことがないせいだろう。

　きっと姉たちも子爵に同じ反応を示しているはずだ。そう考えて気分が落ち込んだ。二人の姉だって彼に惹かれて当然だ。姉たちの目は節穴じゃない。

　でも貴族のなかで、魅力的な男性が子爵一人というわけでもない。

　王子も、ガーヴァルド伯爵も端整な顔立ちだ。それに今日会ったミスター・フィリップスだって、とびきりのハンサムではないが魅力的だ。温かな笑みは、彼よりハンサムな紳士たちみたいに高慢ではないように思わせた。

　見た目のよさよりもむしろ、感じのよいマナーのほうがその人を魅力的に見せる。

　ふと気づくと、レディ・アシュボーンが今年は独身男性にとって当たり年だと話していた。「逆に独身女性にとっては、今年は不作だわね」

　三人ともほほ笑んだが、ローズはあまり笑う気になれず、心のなかでひとりごちた。

　それはいいことなのだろう。デビューした他のレディたちと違い、私たちは結婚を望んでいないのだから。

　それに、非嫡出子かもしれないのだから。たとえ自分の頭のなかでも〝庶子《バスタード》〟という言葉は使いたくなかった。それなのに、その言葉がどうしても脳裏から離れない。

ジェームズがアシュボーン・ハウスにひっそりと帰宅したのは夜明け前だった。大時計が午前三時を告げている。彼を迎え入れるために待機していた従者に感謝の言葉を告げ、ろうそくを手に大階段を上り始めた。今宵《こよい》、紳士クラブで耳にした会話を思い出してしまう。話題の中心は、おばが世話人となったベルたちだった。今まで若いレディをデビューさせる立場になかったため、居心地が悪くて仕方がなかった。

今夜は彼が輪に加わると、会話が途切れることが何度かあった。だが聞き耳を立てているだけで十分な情報は入手できた。まず貴族男性の多くが、ベルたちの美しさを認めていた。礼儀作法もだ。だが彼女たちの経済面となると、彼らはまるで異なる反応を示した。

「残念だ」ほぼ酩酊《めいてい》状態の紳士たちが、今夜同じ言葉を口にするのを何度耳にしただろう。「彼女たちの持参金がほとんどないとは。そして言うまでもなく血筋については……」その誇張した言い方を聞き、相手をぶちのめしてやりたい衝動に駆られた。

どうしてあんな不愉快な見方しかできないんだ？だが、認めざるを得ない。もしベルたちに個人的に関わっていなければ、自分もあの会話に加わっていたはずだ。僕は妻を探しているわけではない。結婚を考えるのは二、三年後でいいと考えている。だから求婚者の立場から、そういう会話に加わったことはない。むしろ傍観者として、毎年デビューするレディたちに何気なく判断を下してきた。

自分自身の結婚を急ぐつもりはない。まだ二十七歳で、考える時間はたっぷりある。今は子爵としての責務を受け入れている段階だからなおさらだ。大学時代は無鉄砲なことばかりしていたが、実は生まれつき慎重な性格だ。いざそのときがやってきたとしても、どうすれば結婚などという重要な決断を下せるのかわからない。

ただ結婚相手に望む要素は考えている。血筋、落ち着き、良識――それに美しさだ。ため息をついて首を左右に振る。

そんな相手はありえない！

本当に必要なときがやってきたら、どうやって適切な花嫁を選べばいいのだろう？

二階にたどり着くと立ち止まり、眉をひそめた。同じ階にある一室から灯《あか》りが漏れている。使用人がろうそくを消すのを忘れたのか？　思わず舌打ちをした。金の無駄だし、火事の危険もある。階上にある自分の寝室へは行かず、薄暗い廊下を進み、小さな灯りが漏れている部屋の前までたどり着いた。図書室だ。扉が開いている。さらに大きく扉を開けたが音はしない。

使用人はろうそくを消し忘れても、少なくとも扉の蝶番《ちょうつがい》に油をさすのは忘れていないようだ。

あたりを見回し、揺れる灯りを探す。

あそこだ！

オーク材のサイドテーブルの上で一本のろうそくが輝いている。近づくにつれ、肘掛け椅子に誰かが丸まっているのに気づいた。よく見ると、薄いモスリン生地にピンク色の花模様と〝R〟という文字が刺繍されている。

ミス・ローズ！

たちまち心臓が早鐘を打ち始めた。美しい女性の寝姿を見たせいだけではない。それが最近頭から離れない女性だからだ。優しい寝顔だった。長いまつ毛、形のいい唇。息をのむほど美しい。ほどかれた金髪が扇のように広がっている。

こちらに気づいたかのように、ミス・ローズがわずかに身じろぎをした。薄いネグリジェの下、女らしい曲線が強調され、どうしても目が離せない。

起こすべきか？　このまま立ち去るべきか？

ミス・ローズは寝苦しそうではない。しかも今夜は暖かい。このままそっと立ち去るべきだろう。だが時すでに遅し。ミス・ローズの膝の上に置かれた読みかけの本が床に落ち、驚くほど大きな音をたてた。案の定、彼女はびっくりして目を覚まし、体をまっすぐにした。

僕がここで、こんなふうに彼女を見つめているのは、どう考えてもおかしい！

いたずらを見つかった男子生徒のような気まずさを感じ、ジェームズはとっさに肩を怒らせ、非難の言葉を口にした。「ろうそくをつけたまま寝込むんじゃない、ミス・レノックス」身ぶりで天井の高さまである本棚を指し示す。「図書室では特にだ」

彼女は片手で顔を撫《な》でたが何も言おうとしなかった。戸惑っている様子だ。僕の顔にも困惑の表情が浮かんでいないことを願うばかりだ。

くそっ、彼女は女神のように美しい！

目と目が合った瞬間、嵐の前触れのように緊迫した空気が流れた。ミス・ローズに口づけたい。彼女の瞳には困惑と――欲望の色が浮かんでいる。僕を求めている！

だめだ。彼女はキスなんて一度もしたことがないはずだ。自分の今の気持ちの意味もわからないだろう。ジェームズは厳しく自分に言い聞かせた。彼女はおばの招待客。僕はこの館の主人なのだ。

目をそらし、右袖からわずかな埃《ほこり》を払うふりをして、わざとあくびを噛《か》み殺すようにした。

「もう遅い。灯りが見えて驚いてここへ来たんだ」

ミス・ローズが安堵《あんど》したようにため息を漏らしたのを聞いて、なぜかひどくがっかりした。

「驚かせてごめんなさい、閣下」

うなずいてもう一度だけ彼女の全身に目を走らせる。彼女が薄いネグリジェのベルトを締める姿から目が離せない。裾に薄ピンクの刺繍が施されている。

「眠れなくて本を選びに来たんです」彼女は床に落ちた本に目をとめ、拾い上げた。「傷がついていなければいいんですけど！」テーブルの上に置いたろうそくのほうを向き、本が無事か確かめ始める。

ジェームズはうめき声を押し殺した。薄物の下、彼女の背中からほっそりとした両脚まではっきりと見える。背を向けて肩越しに話しかけた。「おやすみ、ミス・レノックス。頼むから、僕の屋敷を燃やすのはやめてくれ」

ジェームズは図書室を出た。階段を早足で上り、自分の寝室を目指しながら、心のなかでつぶやく。やれやれ、おばが招き入れた三姉妹のせいで、これまでの静かな生活がかき乱されるだろうと予想はしていた。ただ――ここまでとは予想していなかった。これほど個人的な感情に惑わされることになろうとは。

10

「ようこそ、レディ・アシュボーン、アシュボーン子爵、レノックス姉妹のみなさん、お会いできて嬉《うれ》しいわ！」レディ・レントンが優美な仕草で手を差し出してきた。黄水仙色をしたシルクのイブニングドレス姿はいかにも艶《あで》やかだ。今夜は彼女と夫が主催する音楽会にやってきた。子爵がおばとベルたちに同伴している。

「君たちが僕らに恥をかかせないか見守る必要があるからね！」アシュボーン・ハウスを出発した馬車のなか、子爵はユーモアたっぷりに言った。アンナとイジーがすぐに笑い声をあげるのを見て、ローズは驚いた。子爵の今の言葉に皮肉が込められていることに、姉たちは気づかないのだろうか？

二週間前、図書室で出会って以来、なるべく子爵のことは避けている。軽率な行動を見られたのは、これでもう二度目だ。ほとんど服を着ていない姿を見られたのも。

不愉快な気分で子爵を見る。彼にはからかわれてばかりいるのに、彼を前にすると意に反して体が反応してしまうのがいらだたしい。それに分別ある態度を取れない自分にも落ち込む。

子爵はローズだけ笑わなかったことに気づいたに違いない。目的地に到着し、レディ・アシュボーンに続いてアンナとイジーが馬車からおりている間に、体をかがめてローズの耳元でささやいた。「特に君を見守らないとな」

思わず言い返した。「なぜ特に私なのかしら？」

「なぜって君はからかいやすいからさ！」子爵はそう言うとすぐに背を向け、従者に礼の言葉をつぶやいたため、反論することさえできなかった。どのみち、何も言えなかっただろう。どうやら子爵には、ローズから話す能力はもちろん、考える能力まで奪う力があるようだ。

応接室へ進む間、いらだちが込み上げてきた。謁見してから数週間が経《た》とうとしているが息をつく暇もない。毎日訪問客を迎えたり、こちらが訪問したり、ロンドンの流行《はや》りの場所を巡ったりしている。

確かに、ガンターズのアイスクリームは絶品だし、小物類専門店でリボンやストッキングを買うのもまたとない経験だ。でもローズが一番好きなのは公園で過ごすひとときだった。ハイド・パーク、グリーン・パーク、セント・ジェームズ・パーク。どの公園も美しい。しかも煙や悪臭に満ちていない新鮮な空気を胸いっぱい吸い込める。でも今いるのは、それとはまったく別のロンドンだ。礼儀正しい笑みと会釈が求められるロンドン。気を引き締めなくては。

三姉妹はまだ舞踏会に出席したことがない。ただ〝こぢんまりとした夜会〟なら二回参加した。今夜が二回目だが、どちらの女主人も表現を間違えているとしか思えなかった。こぢんまり？　四、五十人以上もの客が行き来しているのに？　彼らの多くが互いの屋敷を訪問し合っていて顔見知りだ。それ以外にも多くの人たちがいる。ローズは一度しか会ったことがなく、次に顔を合わせても名前を思い出せない人たちだ。

　貴族のなかには、毎日ありとあらゆる催しに出席している人もいる。今ではローズも彼らの名前をそらで言える。レントン夫妻、ミセス・チョーリーとその娘、サックスビー夫妻、王子と彼の友だち、そしてレディ・ケルグローヴ。高齢にもかかわらず、彼女は主だった催し物には顔を出している。それに恐るべきジェフリー・バーンスタブルや、無口なガーヴァルド伯爵もだ。

　私は本当に英国社交界にデビューしたのだ。こんなきらびやかな人たちと大勢知り合いになれるなんて！　従者から飲み物のグラスを受け取りながらぼんやりと思う。ほんの二カ月前はベルヴェデーレにいたのに。つくづく不思議だ。

　学校の寝室や教室を思い出し、胸が切なくなった。でも驚いたことに、あそこが恋しいとは思えない。どうしてだろう？　姉たちに会話を任せ、そのことについて考えてみた。三姉妹のうち、エルギンを離れるのを一番嫌がったのは私だったのに。

　それでも母のためにロンドンへやってきた。私自身が何者か見つけるためでもあった。

　だけど今では、このせわしない場所に魅力のようなものを感じている。それに貴族たちにも。三人のなかで一番本好きなので、姉たちからはよくぼんやりしていると言われる。でも私はいろいろなことに気づいて、それについて深く考えているだけだ。確かに他の人に比べたら常識が足りないかもしれない。母が未婚だった可能性など露ほども疑わなかった。とはいえ、何かや誰かに気づいたら、その本質をじっくり見きわめようとするたちなのだ。

　こうして部屋を見回せば、大勢の人のなかからすぐに魅力を感じる人たちを探し出せる。レディ・メアリー、レディ・ケルグローヴ、それに子爵。

　ローズはため息をついた。そう、彼に魅了されている。理由はわからない。他の人たちと違い、アシュボーン卿《きょう》は必ずしもいつも貴族の催し物に出席しているわけではない。でも彼がそばにいるときは、どうしても目で追ってしまう。それに彼が出席していない催し物はどれも退屈に思える。

子爵のからかいをひそかに楽しんでいるのかも！

　奇妙に思えるけれど、きっとそうだ。からかわれた瞬間は楽しい気分ではないし、むしろ腹立たしい。でも実のところ、やる気をかき立てられてもいる。

　子爵からレディ・メアリーに視線を移す。姉たちとはいつも一緒にいるが、友だちのタイプは三人三様だ。ローズが仲よくなるのは、内気で本が好きで、静寂の美を理解している相手だ。静けさをまとったレディ・メアリーには本能的に惹《ひ》かれる。

　今度はレディ・ケルグローヴに視線を移した。彼女に惹かれるのは別の理由からだ。八十年以上もの間、歴史的な出来事を目の当たりにしてきた彼女には、話すべきことがたくさんあるだろう。その話が聞きたくてたまらない。ガニング姉妹の物語を聞いたのをきっかけに、ことあるごとに老婦人の話を熱心に聞かせてもらっている。彼女のこれまでの人生はもちろん、ロンドンや世界を一変させた歴史的な出来事まで。レディ・ケルグローヴも話を聞く者が現れて嬉しそうだ。しかもベルヴェデーレの教師たちとは違い、出産のような出来事に関しても言葉を濁さず、はっきり教えてくれる。

もちろん、心優しいレディ・アシュボーンも大好きだ。ただ彼女たち三人に比べると、子爵に惹かれる気持ちはもっと複雑だ。彼は私をからかっていら立たせる。それなのに見つめられただけで、心臓が口から飛び出しそうになる。心の奥底では、なんとなく気づいている。私は子爵に気に入られたがっているのだと。実際、彼から好意を感じるときもある。でも子爵が私に対して批判的なときもあれば、冷淡だったり、いらだっていたりするときもある。

　ローズは吐息をつき、応接室を見回した。また子爵のことを考え、彼の姿を目で追ってしまった。ミスター・フィリップスの話にさやわかな笑顔を浮かべている子爵から視線を引きはがし、イジーに意識を向けた。低い声で、誰かのことを傲慢だとつぶやいている。きっと王子のことだろう。よく話を聞いてみると、やはりそうだった。いつだってイジーは王子の文句ばかりだ。アンナが冷静な態度で受け答えしている間に、ローズは姉たちから離れた。ちょうどレディ・メアリーが一人になったタイミングで、彼女に近づいていく。

　抱擁し合い、互いのドレスを褒め合ってから、二人は部屋の隅にある長椅子に座った。少し静かな場所だ。「音楽の演奏は晩餐《ばんさん》のあとよ」レディ・メアリーが秘密を打ち明けるように言う。「考えただけで体が震えるわ。ママは私を一番に演奏させるの」

「すべてうまくいくわ。何を演奏するつもり？」

　二人ともピアノ演奏を披露する予定だとわかった。ただローズは自分の演奏で歌を歌う計画だ。

「アンナに比べて自分にピアノの才能があるとは思えない。姉が弾くベートーベンは完璧だから。私は自分の伴奏で簡単な歌を歌うだけなの」

　レディ・メアリーはひどく心配そうだ。ローズは彼女を慰めようとした。だがすぐに招かれざる客がやってきた。気味の悪いジェフリーだ。それから十分間、二人は彼の片眼鏡越しの無遠慮な視線にさらされることになった。救いの手を差し伸べてくれたのはレディ・アシュボーンだ。議論を終わらせるために今すぐミス・レノックスとレディ・メアリーが必要だと言ってくれたのだ。

「さあ、こっちよ」レディ・アシュボーンが二人を連れていった先には、子爵とミスター・フィリップスがいた。「もうすぐ晩餐の準備が整うはず。あなたたち、私をがっかりさせないでね！」謎の言葉を残し、彼女はそのままどこかへ立ち去った。

短い沈黙が落ちる。ローズは二つのことに気づいた。一つ目は、ミスター・フィリップスとレディ・メアリーがやや慌てた様子で挨拶を交わしたこと。二つ目は、子爵がまたあの謎めいた目を向けてきたことだ。ローズは主にミスター・フィリップスに向けてお辞儀をした。当然ながら、アシュボーン卿と正式に挨拶を交わす必要がないからだ。でも子爵の視線を感じたとたんに耳鳴りがし、息苦しさを覚えた。子爵が自分に及ぼす影響の恐ろしさを、改めて思い知らされる。それも毎回だ。

「レディ・メアリー！」ミスター・フィリップスはローズの友だちにとびきりの笑顔を向けた。「今夜もすてきだね！」ローズのほうを向き、明らかに抑えた声で続ける。「ミス・レノックス、君も！」

「ありがとうございます」そっけない口調にならないよう注意しながらローズは答えた。自分を抑えようとしても、どうしても子爵に目が行ってしまう。今、彼の濃い色の瞳に浮かんでいるのは何かを面白がるような表情だ。彼が何を面白がっているのかわかった瞬間に目をそらし、思わず口角を持ち上げた。

今や目の前で、ミスター・フィリップスとレディ・メアリーのなんともぎこちない会話が始まっていた。

「ええ、母は今夜の晩餐のためにありとあらゆる珍しいお料理を用意したんです！」メアリーが言う。

ミスター・フィリップスは大きく息を吸い込んだ。

「君とディナーをご一緒してもいいだろうか？」

「ええ、喜んで」

完璧なタイミングだった。ちょうどそのとき、晩餐の準備が整ったことを知らせるどらの音が鳴り響き、客たちが階段へ向かい始めたのだ。どうやら食事は階下に用意されているらしい。子爵から無言のまま腕を差し出され、ローズはうなずくと、その腕に手をかけた。彼の体温が伝わってくる。さらに呼吸に合わせて上下する胸板の動きまで。つまずかないよう気をつけつつ階段をおり、ときどき知り合いに会釈しながらも、子爵のすべてを意識せずにはいられない。その息遣い、体の温《ぬく》もり、背の高さ、体の大きさ、とにかく彼のすべてを。

十分後、ようやく晩餐の列の先頭へたどり着き、彼の腕にかけた手を離したとき、ローズは言いようのない寂しさを覚えた。その瞬間、子爵の目にまたしても謎めいた色が浮かんだ。黒みがかった瞳にはっきりした意思のようなものが感じられ、はっと息をのむ。だが彼はすぐに頭を振ると、ローズの皿に好みの食事を盛りつける手伝いを始めた。

「君はウナギが嫌いなはずだ。それよりも、こっちのロブスターのほうが好みだろう？」

「ええ」驚いて答える。「今までの夕食のときに、よく観察していたんですね」

彼はにやりとした。「アンナは焼き菓子に目がない。イジーは濃厚なソースがかかった鶏料理が苦手。そして君は甲殻類が大好きだ」ロブスターを彼女の皿に盛りつけながら言う。「それにこういうものも！」ローズがうなずくと、さやいんげん、アスパラガス、えんどう豆を選んで皿に盛りつけた。

「本当に驚きです」そんな言葉が口を突いて出た。すごく奇妙な気分だ。いつも彼とはからかったり冷やかしたりし合っているのに。「やり返したいところだけど、悲しいことに、ここにあるお料理全部があなたの好みに思えるんです」

子爵は笑うとすばやく空席を見つけ、先に歩き出した。「こっちだ！」手を振ってついてくるよう促している。長身ゆえ、こんな人ごみのなかでも頭一つ抜けて見えた。彼が椅子を引いてくれたテーブルには、すでにサックスビー夫妻が座っていた。

内心ため息をついたものの、ローズは椅子に座り、子爵とサックスビー夫妻の軽い会話を聞いていた。急に食欲が失《う》せてしまった気がする。この夫妻の何かが彼女を不安にさせるのだ。ミスター・サックスビーのほうは、あのジェフリー・バーンスタブルのように気味が悪いわけではないけれど、それでも一緒にいると、なぜか鳥肌が立つ。ミセス・サックスビーのほうはすべてにおいて虚栄心が強く、浅はかで、わがままな印象が拭えない。

「見て！　王子がミス・チョーリーと話しているわ。彼女みたいな人が王子と結婚できるはずないのに」

「では」子爵が何気なく尋ねた。「あなたは誰が王子の結婚相手にふさわしいとお考えですか？」

ミセス・サックスビーは冷笑を浮かべた。「階級、血筋、家系において文句のつけようのない女性よ。少しでも商売の臭いがしたり――」そこでローズを一瞥《いちべつ》した。「生まれに問題があったりする相手はありえない！　そんな下品な人では王子と釣り合わないもの」

下品！　ローズはぐっとこらえた。このテーブルに同席していたのがイジーではなく私でよかった。イジーだったら、すぐに言い返していただろう。

「下品かどうかは」子爵が穏やかな声で言う。「見る人の目によると思いませんか？」

「どういう意味？」ミセス・サックスビーが答える。

気をつけて！　ローズは子爵を鋭く一瞥した。

彼は肩をすくめた。「ミス・チョーリーを好ましい完璧なレディだと思う人もいるということです」

ローズは体をこわばらせた。言い争いは苦手だ。このテーブルには張り詰めた空気が漂っている。ミセス・サックスビーの無遠慮な視線を痛いほど意識しながら、さやいんげんを一本どうにか口にした。

「でも、その母親が下品なら？　父親はいるけど、この応接室にはふさわしくない人だと聞いたわ！」

子爵は答えた。「僕らは親族関係を選べません。だが一緒にいる相手は選べる。優しくて良識ある人に囲まれていることに僕は心から感謝しています」

子爵は私たちのことを言っているのだろうか？　もしかして私のことを？

ローズは息を殺した。彼がまだ何か言いたそうだったからだ。

「あなたのご親族はいかがでしょう、ミセス・サックスビー？　家系図のどこかに厄介者がいるのでは？　僕自身、若い頃は父の頭痛の種でした」

それは興味深い。

子爵は今だって若い。ローズの見立てでは二十代後半のはず。彼の言う〝若い頃〟とは私と同じ年齢の頃に違いない。もしかすると、彼はいつも勝手に判断を下す人ではないのでは？　ミセス・サックスビーに対する反論も、完全に理にかなっていた。しかも彼は、ミセス・サックスビーの批判から私や姉たちを守ろうとしてくれているのだ。彼に対するこれまでの印象が変わりつつあった。

ミセス・サックスビーは硬い笑みを浮かべた。

「私の家族は下品さとは無縁よ。でもそれなりに不幸な目には遭ってきた。数年前に可愛《かわい》い弟を失ったし、夫と私の間には子どもがいない」

ミスター・サックスビーが妻の手を軽く叩《たた》くのを見て、ローズは同情を覚えた。ここで一つ学んだ。どんなに冷酷で感じが悪く見える人たちでも、彼ら自身の問題を抱え、悩んでいるものなのだ。

「ミス・レノックス」ミセス・サックスビーがこちらを見た。侮蔑が感じられる眼差《まなざ》しだ。「あなたたち姉妹はご両親が何者なのか探しているのよね。何か進展はあった？」ローズが答える前に言葉を継いだ。「私ならそんな厚かましいことはできない。たとえ自分の血筋に疑わしい点があっても、社交界に入り込んでまで調べたりしない。フレッチャー家が征服王ウィリアムの時代までさかのぼれる、立派な家系でよかった。悲しいことに、その家名は私の亡き弟で、血筋も私で途絶えてしまうけれど」

あからさまな攻撃を受け、ローズは途方に暮れた。こんなとき、どう答えるべきなのだろう？

アンナを思い浮かべ、言葉少なに答えた。「今のところ、母の家族に関する情報は何も見つかっていません」

「ふうん」平静を保ったままのローズを見て、ミセス・サックスビーは明らかに興味を失った様子だ。夫に向き直って尋ねる。「もう食事は済んだ？」

ミスター・サックスビーはまだ食事中だったが、フォークを置いた。「ああ、応接室へ戻ろうか？」

二人がいとまを告げて戸口のほうへ立ち去ると、ローズは安堵《あんど》のため息をついた。

「ミス・レノックス、大丈夫かい？」子爵がこちらを見つめている。淡々と答えたつもりだったが、彼の目はごまかせなかったらしい。

「ええ、もう大丈夫。ミセス・サックスビーは不幸せな方なんですね？」

彼はうなずくと真顔になった。「君に謝らなければ」

ローズが眉をひそめる。「謝るって何を？」

「君を彼女の怒りにさらしてしまった」

「ミセス・サックスビーがどう振る舞おうと、あなたに責任はありません」

「だが、少なくとも今のは僕のせいだ。もし下品かどうかは人それぞれだなんて言って彼女を怒らせなければ、君に怒りの矛先が向けられることもなかった。彼女は決して人に好かれるタイプではない。ただ一つだけ、彼女に当てはまることがある。他の者には許されない品のない言動も、ミセス・サックスビーなら許される。なぜなら彼女はフレッチャー一族であり、貴族は何より血筋を重んじるからだ」

「それなら、私と姉たちはなおさら完璧に振る舞わなければ。さもないと、血筋がはっきりしないせいで下品だと非難されてしまうんですね？」

「そのとおり」子爵は悲しげな目だ。「それが正しいことだとは言わない。というか、そんな考え方は断固拒否したい。だが僕は貴族をよく知っている。フレッチャー一族やレントン家の一員というだけで、君やミス・チョーリーを非難しようとするかもしれない」

「なるほど」ローズは考え込むように答えた。「だからあなたはことあるごとに、私たちに無作法な振る舞いをするなと警告しているんですね」

子爵は手を伸ばし、彼女の腕に軽く触れた。「僕はただ助けになりたいと考えているだけだ。それに前にも言ったが、特に君はからかいやすいからね」にやりとしたがすぐに笑みを消した。「参ったな、こういう役割は本当に難しい！　デビューするレディの世話など一度もしたことがないのに、いきなり三人もだなんて！」

「でもレディ・アシュボーンは……」

「ああ、僕のおばに任せておけば間違いない。だが、おば一人にこの重荷を背負わせたくないんだ」

「彼女にとって、私たちは重荷なのですか？」

子爵は首を左右に振った。「いや、僕の予想以上におばは楽しんでいる。もちろん、おばの評判が君たちにかかっているのも、おばが朝早くから夜遅くまで君たちの世話を焼いているのも事実だ。だが見たところ、それが生きがいになっているようだ。正直な話、おばが疲れ果ててしまうんじゃないかと心配している。夫を亡くしてから、おばは静かに暮らしてきたからね」再びにやりとした。「おじの死後、あんなに幸せそうなおばを見るのは初めてなんだ」

「そう聞いて安心しました」

穏やかな沈黙が落ちるなか、二人はしばし目の前の料理を楽しんだ。ただローズは、今の彼の言葉について考えていた。特にレディ・アシュボーンに関する部分について。

「先ほど、あなたのおば様が〝朝早くから〟忙しくしているとおっしゃいましたね。ということは、おば様は私たちと違って、遅い時間まで寝ていないんですか？」ローズは少し頬を染めた。「自分でもいまだに信じられないんです。毎晩三時や四時まで外出して、翌日のお昼まで寝ているなんて」

子爵は笑みを浮かべた。「〝朝早くから〟というのは少し大げさかもしれない。だが、おばが君たちより早く起きているのは事実だ。自分の部屋でホットチョコレートを飲んだら、朝食の準備が整う頃にはすでに二、三の家事を済ませている。使用人たちと打ち合わせしたり、手紙に目を通したりね」

「そうだったんですね！」ローズは驚いた。「なんてお気の毒なレディ・アシュボーン！」

「気の毒なことなどないさ！　それこそ、おばの得意分野なんだ」今や多くの人が階上へ戻り始めている。子爵はローズに手を差し出した。「さあ、僕たちもそろそろ行こうか？」

彼の手を軽く取りながら、ローズはゆっくりと立ち上がった。

考えるべきことがたくさんある。

11

　再びローズに腕を貸しながら、ジェームズは階段を上り始めた。心が千々に乱れている。自分でもその理由がわからない。先ほどのミセス・サックスビーとの一件は珍しいことではない。彼女のように不幸せで辛辣で傲慢な人は、貴族には掃いて捨てるほどいる。でも彼女の〝下品〟という言葉を聞き、かつて経験したことがない激しい怒りを感じた。ああいう会話は割とよくあることなのに。自分の立場が上だと勘違いしている者たちは、どんな相手に対しても勝手な判断を下そうとするものだ。彼ら自身の厚顔無恥さを棚に上げて。

　ベルたちの謁見後に立ち寄った紳士クラブでも、淫らな発言に品のない笑い声があがっていた。そのとき初めて思い至ったのだ。慎みのない意地悪な貴族たちに、ベルたちが侮辱される危険性があると。出生に関する情報が少ない三人を標的にしようとする、不道徳な連中がいるかもしれない。ミセス・サックスビーのようなレディたちは、心ない言葉や表情で嫌悪をあらわにするだろう。紳士たちは……別のやり方で蔑みを示すかもしれない。そういった不愉快な出来事にまつわる噂《うわさ》を何度も耳にした。

　いや、大丈夫だ。あの三人はレディ・アシュボーンの、ひいては僕の保護下にあるのだから。

　ただ、ある種の人びとに対して、僕が単なる傍観者ではなく、必要ならおばの計画の手助けをいとわないことを知らしめておいても害はないだろう。

　一瞬、出自がわからないことを理由に、どこかの成り上がり者につけ込まれているローズの姿が思い浮かんだ。たちまち激しい怒りと恐怖に襲われた。

そんなことを許すわけにはいかない。絶対に。

今のようにミセス・サックスビーをさりげなくやり込めるのは別段難しいことではない。一瞬後には忘れてしまう程度のことだ。だが彼女と話す間、ローズが冷静な声を保ちながらも、一瞬浮かべた怒りの表情を思い出すと、ミセス・サックスビーの残酷な言葉に対する怒りが込み上げてくる。確かにベルたちの両親は何者かわからない。だが、だからといって庶子だという意味にはならない。ベルたちはいかなる噂や憶測にもさらされるべきではない。

いつからおばではなく、ベルたちを心配するようになったのか、自分でもわからない。だが、おばは明らかに三人の世話を楽しんでいる。それにベルたちが屋敷にいる状態に慣れるにつれ、僕自身の見方も徐々に変わっていき、今ではあの三人と過ごす時間を楽しんでいる自分に驚いている。ベルたちは作り笑いも芝居がかった振る舞いもしないし、こちらの気を引こうともしない。頭痛や不機嫌さを訴えることもない。気絶しないかと心配する必要のない若いレディにお目にかかったのは、生まれて初めてだ。

彼女たちも夫を見つけたがっているのだろうか？　ベルたちが夫探しよりロンドンでの体験に、特に貴族との交流に興味を持っているのは知っている。

だからこそ三人ともあれほど人気があるのだろう。出自が不明だからと距離を置いている者たちもいるが、彼女たちは紳士からもレディからも人気が高い。その理由は明らかだ。三人とも見せかけや気取りとは無縁で感じがいい。もちろん、貴族の多くは彼女たちの見分けがついていない。個人ではなく三人ひとまとめにして判断を下している。でも自分は違う。まだアンナとイジーを間違えることはあるが、三人揃《そろ》っていてもローズの顔は見分けられる。それに性格の違いも理解しつつある。イジーはエネルギーに満ちているが、アンナは自制心が強い。

ローズは――彼女について考えようとすると脈が速くなる。僕と彼女の間に何かが起きつつあるのがわかる。具体的に説明はできないが、とても深遠な何かだ。若い頃、絶対に自分のものにはできない美しいレディたちにのぼせ上がったことはあるが、そういうのとは全然違う。そもそもローズは手練手管に長《た》けていない。それに僕自身、ありのままの彼女の姿を見つめている。ローズをからかうのが楽しい。彼女からやり返されるのも。ローズが男なら友人と呼べただろう。だが彼女はレディだ。しかも美しい。

　こうして階段を上っている今も、腕にかけられた彼女の小さな手に、驚くほど強烈に体が反応している。罪悪感を覚えずにはいられない。こんな公共の場で、そんな淫らなことを考えるべきではない。気をそらすべく、今夜ローズと姉たちは演奏する予定があるのか尋ねてみた。

「ええ」彼女は落ち着いた声で答えた。「特別な才能があるわけではないけれど音楽は大好きです。レディ・メアリーはとても緊張していました。だから今は、彼女の演奏がうまくいくよう祈っています」

　なんと心優しい。ベルたちが人気者である理由の一つにつけ加えるべきだろう。三人はほとんど他人を批判しない。「レディ・メアリーは音楽の才能があるに違いない。そうでなければ、レディ・レントンが音楽会を主催するはずがないからね」

　ローズはうなずいた。「確かにそうですね。安心しました。ありがとうございます」

「そろそろ」彼女をからかおうとする。「退屈になってきたんじゃないか？　言葉でやり合うほうが楽しいだろう？」

「何をおっしゃりたいのかさっぱりわかりません」

　ローズが取り澄ました表情で答える。

　ジェームズはわざと彼女の耳元でささやいた。

「僕らの言葉の闘いが早く再開することを願うよ。

あれがないと退屈だ!」

やった!

ささやいた瞬間、彼女は体を震わせなかったか?

だがなぜだ? 欲望のせいか? それとも、なれなれしすぎる僕に対する嫌悪か?

だめだ、こんなことを考えるのはやめなければ!

ありがたいことに応接室へたどり着き、暖炉脇にローズのための空席を見つけると、椅子のそばに立った。そこが自分のいるべき場所であるかのように。

いるべき場所だって?

ばかばかしい。「何か飲むか?」ぶっきらぼうな言い方になってしまった。

ローズは眉をわずかにひそめ、そっけなく断った。

こちらの冷たい物言いに合わせたのだろう。

そう気づき、心に刺すような痛みが走った。先ほどまでの親しいやりとりが恋しい。なんてことだ。相手の反応にこれほど敏感になるとは! 不意に自分が弱々しくなったように感じた。それがどうにも気に入らない。だからそれ以上考えず、その感覚自体を頭から追い出すことにした。

集まった人たちの前でレディ・レントンが娘を紹介し、レディ・メアリーがピアノ演奏を始めるとすぐに、ローズが緊張するのがわかった。ジェームズにしてみれば、レディ・メアリーの演奏が成功しようが失敗しようがどうでもいい。だがローズが心配したり悩んだりする姿は見たくない。自分が彼女をからかうとき以外は。

ありがたいことに、レディ・メアリーにはピアノの才能があった。演奏を終えた彼女に拍手を送りながら、ローズと目を合わせる。

ほらね! 片眉を釣り上げてみせると、彼女は安心したようにうなずいた。

そのあともレディや紳士が歌や演奏を披露するなか、ジェームズはふと、普段とは異なった視点から、いつもの音楽会よりもはるかに熱心に耳を傾けているのに気づいた。今夜はデビューしたばかりの、みんな同じに見える女の子たちのなかにアシュボーン・ハウスで預かっているベルたちがいる。三人の演奏能力がどの程度か判断するために、他の者たちの演奏にも自然と熱心に耳を傾けているのだろう。

ベルたちの一番手はミス・イゾベルだった。完璧な演奏を終え、心からの拍手をもらっている。持参金が少なく、出自も不明ならば、大した教育も受けていないだろう。品のない演奏に違いない――そんな意地の悪い見方をしていた者たちが少なからずいたはずだ。だがイジーは卓越した演奏で、そんな心の狭い貴族たちを見事に見返してやった。

次はミス・フィリップスのハープ演奏だ。兄のほうを見るとやや緊張した面持ちだ。親友ロバートも、妹シャーロットのデビュー成功を願っているのだ。

レディ・メアリーと同じく、シャーロットも寡黙で内気だ。ローズは彼女も励ましてあげたのだろうか？　ぼんやり考えているうちに、ミス・フィリップスが演奏を終えて拍手を浴び、レディ・レントンがローズにうなずいて合図しているのに気づいた。次の演奏者は彼女なのだろう。突然緊張が高まった。

「次はレノックス姉妹の二人目です」レディ・レントンは、ピアノに向かって歩き出したローズにやや見下したように尋ねた。「あら、あなたはどのレノックスかしら？」

「ロザベラです」ローズが冷静に答える。ジェームズは誇らしさで胸がいっぱいになった。

レディ・レントンから侮辱されても、ローズは落ち着きを失わなかった。ここにいる貴族たちの多くは、この彼女の態度から学ぶべきだ。

ずっと貴族の一員として生きてきたジェームズだが、今夜はまったく新たな目で社交界を見つめていた。ローズと姉たちの視点に立っていた。

ローズはピアノの前に座り、真剣な表情を浮かべている。集中しているのだろう。

それにしてもなんて魅力的なんだ！

しかし歌が始まると、彼女の魅力はいっそう輝きを増した。

清らかで澄んだローズの歌声が部屋に響き渡っている。それに鍵盤に置かれた指の動きも実に滑らかだ。大舞台に立つプロの歌い手ほどの力量はないものの、この応接室で披露するには十分な実力だ。洗練された美しささえ感じる。彼女が演奏を終えて立ち上がり、大きな拍手が起きたのを聞き、ジェームズは安堵《あんど》のため息をついた。どうやら演奏中、ほとんど息をしていなかったらしい。ローズが席に戻ってきたときには、どうにか平静さを取り戻していた。

「よくやったね。すばらしい演奏だったよ」耳元でささやくと、彼女が頬を染めたのがわかった。室内は不快なほどの暑さだ。演奏が始まり、階下のカード室やテラスにいた招待客たちも集まってきたため、人いきれで室内がむっとしている。レディたちは扇子で自分を仰いでいた。

「ありがとう」ローズは笑みを浮かべた。「正直、自分の演奏が終わってほっとしました。次はミス・アンダートンね。アンナの演奏はいつかしら？」

「もう一人の姉の演奏が終わらないと安心できないんだね？」

「まさか、アンナはピアノがとても上手なんです。さあ、演奏が始まるわ」

ミス・アンダートンは自分のピアノの才能に自信があるに違いない。ときどき体を揺らしながらドラマチックに鍵盤を叩《たた》いている。実際、ミスタッチやタイミングの間違いもほとんどなく、演奏はほぼ完璧だ。ジェームズもそれは認めざるをえなかった。

見事な演奏を終えて拍手喝采を浴びると、ミス・アンダートンは頬を染め、母親と目を合わせた。母親の目には勝ち誇ったような色が浮かんでいた。

　そうだろうとも。ジェームズは心のなかでひとりごちる。明日はどの屋敷の応接室でも、ミス・アンダートンの話題で持ちきりのはずだ。

　今夜の演奏で、彼女の社交界での存在感は増したと言っていい。彼女の母親が浮かべている得意げな表情がいい証拠だ。今夜の音楽会の話題をさらったのがミス・アンダートンではなくベルたちならよかったのに。いつの間にかそんなことを考えていた。やれやれ、自分で自分が哀れになる。いいじゃないか。これはいつもながらの、退屈な一夜の音楽会にすぎないのだから。

　それにもちろん、ベルたちはあの女王から今シーズンのダイヤモンドと言われたのだ。これ以上の名誉があるだろうか。

　そう自分に言い聞かせながら、ピアノの前に座り、譜面台に楽譜をセットしているアンナに注意を戻した。ローズもイジーもいい音楽教育を受けてきたのは明らかだ。アンナの演奏も期待できるだろう。

　アンナが演奏を始めたとたん、ジェームズは眉を釣り上げた。ベートーベンのソナタ。それも超絶技巧が必要なことで有名な難曲だ。だがアンナは見事に弾きこなしている。あたりが静まり返るなか、誰もが食い入るように彼女を見つめている。あのガーヴァルド伯爵も含めてだ。伯爵は音楽にはうるさい。レディや紳士たちのあまりうまくない演奏を聴いて機嫌を損ねることもしばしばだ。アンナが引き続き、哀愁を誘う第二楽章を弾き始めると、室内は完全な沈黙に支配された。飲み物のトレイを運ぶ従者たちでさえ、足を止めている。

　演奏が終わると、水を打ったような静けさのあと、応接室を揺るがすような拍手喝采が沸き起こった。

「君の姉上は本当に才能があるね」大歓声にかき消されないよう、ジェームズはローズの耳元で言った。

彼女はさらに頬を染めた。「ありがとうございます。そうです、アンナは音楽の達人で、イジーは美術の達人なんです」

「それでは、君は？」

ローズは顔をしかめた。「残念ながらなんの達人でもありません。生まれたとき、妖精たちが三番目の赤ちゃんにだけ、祝福の贈り物を授け忘れたみたい」さりげない口調だが心の痛みが感じられる。

「まさか！」ジェームズはローズの目を見つめた。僕にとって、彼女が特別な存在であることを示したい。「自分には教える才能があると言っていただろう？　それは音楽や美術にも負けない能力じゃないか！」

「そうかもしれません。でも他の人にはわかりにくい能力です」

「確かに、こんな喝采は得られないだろう」喝采はおさまりつつあるが、ジェームズは顔をローズの耳元に近づけたまま言った。「だが、教え子たちに大きな影響を及ぼすことができる」そこでいったん言葉を切って続けた。「いつか君も子どもを持つつもりだろう？」

「いいえ、私は学校の教師になりたいんです」

ジェームズは口をぽかんと開けた。どういうわけか大きな失望を感じている。「だったら君は結婚しないつもりなのか？」

「私が結婚できる可能性は低いですから」ローズは肩をすくめた。「姉たちも私もお金持ちではないので、自分でお金を稼がなければいけないんです」

「だが、いい結婚をすれば、そんな心配は必要なくなるはずだ！」

「でも私たちはいい結婚なんてできません」ローズはきらりと目を輝かせた。「あなたとレディ・アシュボーンがはっきりそうおっしゃっていました。ミセス・サックスビーなら間違いなくそのとおりだと言うはずです！　出自が疑わしくて持参金も少なければ、どれはどの才能があろうと、私たちは結婚市場から追放される運命にあります。残念なことに！」どこか面白がるような調子で続ける。「それでも不屈の精神で、この悲しい状況を我慢しなければいけません！　だから妻になるより教師になるしかないんです。人生って本当に大変ですよね！」

　でも表情からすると、ローズは少しも大変そうには見えない。どうにも理解しがたい。ジェームズは今自分が感じている戸惑いをなんとか言葉で表現しようとした。「つまり、君の理想は結婚しないことなのか？　自分の家も子どもも持つつもりがないと？」突然あるイメージが浮かんだ。ローズの青い瞳と彼の濃い色の髪を持つ子ども――。

「私は――もちろん私は――」ローズは口ごもり、目を上げた。無言のまま、二人でしばし見つめ合う。

　ジェームズの耳のなかで、不意に轟音《ごうおん》がとどろいた。あたかも大波が押し寄せ、いっきに足元をさらわれたかのようだ。今この瞬間に、これまで自分が知っていると思っていたすべてが変わってしまった。

　ローズが息をのみ、さらに頬を染める。「ごめんなさい、閣下。この部屋が暑すぎて……」

　ジェームズはとっさに行動していた。幼い頃からの厳しいしつけの賜物《たまもの》だ。「具合が悪いんだね、ミス・レノックス！　レモネードを持ってこようか？　それとも、テラスへ出るかい？」そこでやや顔を赤らめた。よからぬ目的があると思われたかもしれない。「つまり――テラスならばここより涼しいから。灯《あか》りもたくさんついているし、人も大勢いるはずだ」

　ローズはうなずいた。「姉たちや友だちの演奏は終わったので、もう安心して外に出られます」

　彼女のあとをついていきながら、ジェームズは自分が興奮状態にあるのを意識していた。理由ならいくらでもあげられる。曲芸師の一座のようにいくつもの感情が押し寄せ、どうしたらいいかわからない。なかでも一番強く感じているのが困惑だ。

　この数時間で、いろいろな感情が込み上げてきた。誇り、恥辱、欲望、愛情……そしてそれ以上の何かだ。もっと奥深くて、恐ろしいほど強烈な何か。少年のようにのぼせ上がっている。今ははっきりとわかるのは、自分にとってローズが……美しいロザベラがこのうえなく大切なことだけ。彼女を満足させ幸せにするためなら、なんだってする。当然ながら、ローズのことはからかい続ける。彼女を冷やかしたり彼女に冗談を言ったりすることが、今では僕の人生の楽しみの一つになっている。

　一時間前と同じく、階段をおりる自分の腕には、ローズの小さな手がかけられている。だがそのわずかな時間のうちに、完全に何かが変わった。

　いつからローズに心惹《ひ》かれていたのだろう？　一カ月以上前、階段の踊り場でネグリジェ姿の彼女に初めて出会ったあの瞬間だ。あの日早い時間に、おばが家政婦に〝三人の寝室を生まれた順にして、一番大きな部屋を長女に与えるように〟と命じるのを聞いていた。だから、真ん中の部屋の前で聞き耳を立てていたローズにばったり出会い、慌てて自分の部屋へ戻るのを見て、一番下の妹に違いないと考えた。翌朝、正式に紹介されてやはりそうだとわかり、ローズから目が離せなくなった。前の晩、何度も夢に登場して僕を悩ませていたからだ。

　それに図書室での、あの偶然の出会いも忘れられない。あれから何度思い返したことか。ただ想像の世界では、いつも彼女とのキスで終わる。

　階下に着き、ローズのあとから廊下を進んで夕食室へ入り、さらにその下にあるテラスへと向かう合間も、さまざまな思いが心をよぎる。やはり予想どおり、ベルたちのせいで自分とおばの生活は一変した。でもある意味、僕の予想は外れたとも言える。ベルたちがもたらしたのはよい変化だった。

　今夜は行きつけの紳士クラブも、二年前から酒やゲームを楽しんできた友だちも少しも恋しくなかった。ここに、僕自身の世界に、新しい友人ローズがいるから。軽口だけでなく真面目な話題も楽しめる友だちだ。興奮をかき立て、僕を毎晩眠れなくする魅力的な女友だちでもあり、しかも真のレディだ。

　心優しくて、頭の回転が速く、驚くほど謙虚なレディ。

　それなのに、ローズには結婚する気がない。少なくとも彼女はそう言っている。自分の才能を活《い》かして教師になりたいという気持ちはよくわかる。だが結婚や家、子どもの話になると、ローズは悲しげな目をした。あれは何を物語っているのだろう？

　ローズには姉たちがいる。だが幼い頃に母親を失って以来ずっと学校に住んでいたのだ。あろうことか、学校に！

　教師たちがどれだけ親切でも、愛情に満ちた家族とは違うはずだ。僕自身、十四歳から学校に入れられたが、学期ごとに我が家へ帰るのを待ちわびていた。

　それにローズは自己評価が低すぎる。自分なんて求婚されるはずがないと。三姉妹に出会う前の僕なら、同じ考えだっただろう。実際、出自が不明のレディには貴族との結婚などありえないと声高に語っていた。しかもベルたちは持参金も少ないときている。でも大切なのはそういうことではないはずだ。この瞬間は彼女たちのために、それが正しいことを祈るしかない。

　芸術家の視点でローズの歩く姿を眺めてみる。金髪、首から肩にかけての線、足取り、姿勢。そのすべてが優美でこのうえなく美しい。

　ジェームズは体を震わせ、視線を引きはがし、通り過ぎる人たちと会釈や笑みを交わし始めた。

　だめだ、慎重になれ。

　こんな狂気に浮かされたような状態で、何かを急いで決めるべきではない。確かに、うっとりするほど心地いい狂気ではある。だが狂気であることに変わりはない。

12

　ローズにはわからなかった。全身を駆け抜けるこの感情はなんだろう？　ひどく熱っぽいし、脈が速くなっている。だけど具合が悪いわけではない。子爵のせいだ。それはわかっている。でもどうして？　なぜこの男性といると、これほどの恐れを感じるのか？

　子爵が怖いわけではない。今ならはっきりとわかる。彼は最も善良で公正な人だ。たとえ私をいらだたせても——今夜すべてが変わった。先の会話で、彼がローズと姉たちのためを思って助言してくれているとわかった。でも今感じているこの気持ちはもっと激しくて、衝撃的で、悩ましくて……これまで感じたことのない美しいものだ。

テラスで体のほてりを冷ましたい。

なぜ恐れを感じているの？

いったい何を恐れているの？

人ごみをかき分けてテラスを目指す間も、隣にいる子爵の存在をずっと感じていた。たまに他の招待客たちに道を譲って少し遅れても、彼がいる方向に自然と意識が向いてしまう。それもぴりぴりとうずくような感覚だ。これまで生きてきたのは、隣にいる子爵を意識するためだったのかもしれない。そんなふうに思えてくる。彼がどれくらい長く、近くにいてくれるかを意識するために。今までの私という存在を、まったく新しい何かでかき乱し、なすすべもなく夢中にさせ、魅了してしまった彼。本当に恐ろしいとしか言いようがない。

でもちょっと待って。彼はただそこにいるだけだ。色目をつかったり、なれなれしかったり、紳士らしからぬ態度をとったりしたわけじゃない。だから彼といても気まずさを感じる必要がない。若いレディをいやらしい目で見る若い殿方たちや、ベルたちに好意を抱いて花や詩を送ってきてくれた若い紳士たちと一緒にいるときとは違う。

きっとこんな複雑な気持ちになるのは、子爵のような男性に会ったことがなかったから。ただそれだけかもしれない。彼のようにきりっとしていて、頭の回転が速く、善良な男性に。

善良な？ そう、不器用なときもあるけれど、子爵は本当に善意の人だ。今までも、いつだってそうだった。今なら私にもよくわかる。

今では子爵を〝紳士の鑑《かがみ》〟だと考えている。恩人ミスター・マーノックと同じだ。でもアシュボーン卿《きょう》に対して、なぜミスター・マーノックとは全然違う反応をしてしまうのだろう？ ジェームズに対して……心のなかで彼の名前をつぶやいただけでわくわくする。子爵には何かがある。私を混乱させ、いきいきさせる何かが。

ベルヴェデーレのメイドが肉屋の見習いの少年の誘惑に応じたのは、その何かのせいだったのか？

メイドが身を滅ぼす危険を冒した謎が突然解けた気がする。でも、自分はそんなことをするつもりはない。当然だ。

テラスに着いても子爵はローズのそばから離れようとしなかった。今夜ずっとそうだったように、かたわらに寄り添ってくれている。

そこが彼のいるべき場所であるかのように。

なぜ急にそんな考えが思い浮かんだのかはわからない。わかっているのは、こうして子爵がそばにいてくれるのが正しいと感じられることだけだ。

とはいえ、こんな状態は永遠には続かない。友情であろうとなんであろうと、今のような関係を続けられるわけがない。それは二人ともよくわかっている。子爵はいずれ去っていくだろう。それとも去るのは私のほうかもしれない。私たち姉妹は結婚に適していない。少なくともアシュボーン卿のような相手との結婚を、社交界が認めるわけがない。それに私自身、彼の地位をおとしめることなどしたくない。

「君に聞きたかったことがある」子爵は身ぶりでテラスの左端へいざなった。笑い声をあげている既婚女性たちや一人でパイプをふかしている紳士とは少し離れた場所だ。誰も二人のことを気にしていない。テラスゆえ招待客がいつやってきてもおかしくない。

ローズは彼をちらりと見た。「聞きたかったことって？」憎らしいほどのハンサムぶりに、改めて言葉を失う。

子爵には星明かりがよく似合う。テラスに灯《とも》されたたいまつの輝きに照らされ、夜空の星の美しさが際立ち、ほどよい暗さだ。二人きりでないのがありがたい。人の目がなかったら、いけないことを想像してしまいそうだ。

「友人のロバートには今年デビューした妹がいるんだ。君は彼女を知っているかな？」

ローズは心が重たく沈み込むのを感じた。

子爵はミス・フィリップスのことが好きなの？　もしそうだとしても、なぜそれがこんなに気になるのだろう？　「ええ」さりげない口調を心がける。「彼女もお兄様も知っているわ。ミスター・フィリップスはレディ・メアリーを夕食に誘っていた方でしょう？」

「ああ」彼がにやりとする。ローズも笑みを返した。あの二人の間にはぎこちないけれど、甘やかな雰囲気が漂っていた。子爵と自分の間にも、何かしらの雰囲気が漂っているのか、よくわからない。それに子爵とミス・フィリップスの間にも。

だけど私の考えすぎかもしれない。

そう思い込もうとした。でも正直を言えば、この話題を続けるには少し無理をする必要があった。

「お兄様も妹さんも感じがよくて親しみやすい方たちですね」

「ミス・フィリップスは気が弱い。貴族たちの期待や、このシーズン中に自分がちゃんとやれるかというプレッシャーを前にして、少し怖気《おじけ》づいているようなんだ」

子爵とミス・フィリップスに関する心配が、たちまちミス・フィリップスへの同情に変わった。「まあ、かわいそうに！」ローズはミス・フィリップスのはにかんだ笑顔を思い出した。「彼女があまりしゃべらないのは知っていました。だけど、それほど内気だなんて知りませんでした。すぐにお散歩へ誘わなくては。彼女には若いレディのお友だちがいないのかしら？」

「ああ、いないと思う」子爵は息を吸い込んだ。

「正直な感想を言うと、君ならそういう反応をしてくれるだろうと思っていた」正式なお辞儀をしてローズに敬意を表した。「ありがとう、ミス・レノックス。君は本当に親切な人だ」

「そんな！　貴族についてもっと詳しく知っていたら、もう少し早く彼女が一人ぼっちだと気づいたのに。あっ！」突然足元に何か小さな生き物の動きを感じ、ローズは驚いて叫んだ。「猫だわ！」体をかがめて猫の背中を撫《な》でる。白黒が不規則に混じった、典型的な柄だ。「なんて可愛《かわい》いの！」猫を拾い上げて抱き寄せる。

「気をつけて！」子爵が注意した。「ノミがいるかもしれない」

「えっ！」ローズは再び体をかがめて猫を地面に戻すと、じっくり観察した。「あなたはお母さん猫ね。赤ちゃん猫はどこにいるの？」子猫たちが遠くにいるはずがない。試しに庭園の暗がりに一歩踏み出したところ、嬉《うれ》しいことに猫が話しかけるように鳴き声をあげて二、三歩進み、くるりと振り返った。まるでローズがついてきているか確かめるように。

「大丈夫、私はここにいるわ」

猫は体の向きを変えて左に曲がると、屋敷の壁沿いに進み始めた。ローズが興味を引かれ、あとを追い始める。

「ミス・レノックス！」子爵は困ったような声だ。「戻れ、ローズ！　遠くへ行っては――」

ローズは彼を無視して猫のあとを追いかけた。

ジェームズは一瞬立ちすくんだ。注意したのにローズに無視された衝撃のせいだ。貴族の館の庭園の暗がりを一人でうろつくなどあってはならない。体面を守るべき、デビューしたてのレディなら特に。一歩間違えば不道徳な紳士とでくわし、評判をずたずたにされる危険性がある。ローズは本当に不快な紳士がどういうものか知らない。そういう輩《やから》は、こういった催し物の見えないところでうろちょろして、たとえよその館の庭園でも平気で用を足すものだ。暗がりで可愛い娘を見つけたら、淫らな冒険を求めていると決めつけるだろう。

どうすればいい？　持ち前の警戒心は〝動くな〟と告げている。ローズはすぐに戻ってくるはず。それに僕が追いかけて、暗がりで二人一緒にいるところを見られたら、彼女の、そして姉たち二人の評判は確実に地に堕《お》ちるだろう。だがもし追いかけず、ローズの身に危害が及べば、絶対に自分を許せない。

ジェームズはテラスにいる他の客に気づかれないように注意しつつ、庭園の暗がりへ踏み出した。

薄暗い庭園のなか、ローズは早足で猫を追いかけた。動物は大好きだ。ベルヴェデーレでも猫たちを可愛がっていた。〝ネズミ捕り以外なんの役にも立たない〟と文句を言うアグネスに対しても〝餌をあげないとかわいそう〟と言い返していたものだ。猫のことならよく知っている。明らかに、この母猫はローズをどこかへ連れていきたがっている。だからこうしてついてきた。「どこへ行くつもり？」そっと尋ねる。「私に赤ちゃん猫たちを見せたいの？」

予想どおりだった。猫は壁の狭い隙間に入り込むと、振り返って目を光らせた。甲高い子猫たちの鳴き声が聞こえる。声のするほうへそっと手を伸ばすと、指先からふわふわした感触が伝わってきた。子猫たちは母猫の体の下で丸くなっているのだろう。だが、なぜか母猫はその場所から出てくると再び歩き始め、少し進んだところで踵《きびす》を返し、ローズのほうへ戻ってくると、足元で哀れな鳴き声をあげた。

「お腹《なか》がすいているの？　あんなにたくさんの子たちを育てるのは大変よね」そう話しかけたが、猫は再び進んで、やがてやぶの下に潜り込むとまたしても鳴き始めた。今度は鳴きやもうとしない。

ローズは体をかがめ、暗がりで目を凝らした。母猫は赤ちゃんたちを置いてまで、なぜ自分をここに連れてきたのだろう？　そのとき、母猫とは異なる小さな鳴き声が聞こえた。

「赤ちゃん猫がもう一匹いるのね！」手を伸ばすと、母猫が警戒するように尻尾をぴくりと動かした。

「大丈夫よ、ママ、あなたの赤ちゃんを傷つけたりしないから」優しく話しかけ、さらに手を伸ばすと、指先に柔らかいものが触れた。よかった、温かい。子猫がまた鳴き声をあげている。母猫はその子を引っ張り上げようとしているらしいが、何かが邪魔をしてうまくいかない。どうやら子猫は枝と木の根の間にはまり込んでしまったようだ。

「ミス・レノックス！　いったい何をしている？」

　アシュボーン卿だ。追いかけてきてくれたのだろう。でも明らかに不機嫌そうな声だった。

ローズは振り返りもせず、負けじと言い返した。

「子猫を助けようとしているんです。この状況を見たらわかるでしょう？」

「君は真夜中の庭園にいるんだぞ！　夜会の最中だというのに！」子爵はひどく驚いたような声だ。

「それが何か？」ローズは不満げな声をあげ、手を引っ込めた。「私には助けられません。あなたが助けてあげてください」

「助けるだって？　膝丈のブリーチズにダンス用の内履きなのに？　君は本当に大丈夫か、ミス・レノックス？」

　小さな笑いを漏らさずにはいられなかった。「そんな格好をしている人に助けを求めるのはばかげているかもしれない。でも私だってドレスなんです！　さあ、助けてくれるんですか、くれないんですか？」憤慨するような彼のうめき声が聞こえ、ローズは暗がりでにんまりとした。ここなら子爵に表情を読まれることもない。「どうなんです？」

「声でわかる。君は面白がっているね」子爵はつぶやいた。「いいかい、本当なら、君はこんな場所にいてはいけないんだ。若いレディが紳士と暗い庭園にいるなんて……それだけで君の評判が台無しになる危険がある」

「それなら、あなたは私を追いかけてくるべきではありませんでしたね。もし追いかけてこなければ、そんな危険もなかったはずです。この事態はあなた自身が招いたものだと認めなければいけません」子爵は何も答えようとしない。しかし彼の全身から怒りと不満が放たれている。「よかれと思って追いかけてきたのはわかっています。でも、あなたにとって一番の選択は子猫を助けることです。そうすれば私たちもすぐにテラスへ戻れますから」

彼はうめくとしゃがんだ。「子猫はどこにいるんだ？」

「枝と根っこの下で動けなくなっているんです。お母さん猫も助けられずにいます」短い沈黙の間に、子爵がやぶの下を手探りしているのがわかった。

「きっと赤ちゃん猫たちはここで生まれたんだわ。でもそのあと、お母さん猫が子どもたちをもっと安全な場所に移していたときに、その子だけ移せなかったんだと思います」

子爵は満足げな声をあげると、手を引っ込めた。

「よし、捕まえたぞ！　なあ、母猫、いい加減鳴くのはやめてくれ。ほら、君の可愛い赤ちゃんだ」

ローズが見守るなか、母猫は子猫の首根っこをしっかりとくわえて、すぐに走り去った。

「まあ、お礼も言わないで！」子爵を振り返ったとたん、感謝の気持ちが押し寄せてきた。渋々ながらも子猫を助けてくれたことに変わりはない。それに猫に話しかけているとき、彼は優しい声だった。新たな一面を垣間見た気がする。「代わりに私がお礼しなければ」何も考えず、子爵の頬にキスをしていた。それからその場に釘《くぎ》づけになった。胸の鼓動が速まっている。

一瞬張り詰めた沈黙が落ちたが、子爵が口を開いた。「貴族の習慣にはないことだ」いつもとどこか違う声だ。「暗い庭園で、若いレディが独身男にキスをするなんて」

「閣下、ごめんなさい、こんなことしてはいけかったのに！」

「だが――」子爵は言《い》い淀《よど》んだ。「謝らないでくれ」

彼の手が伸びてきて顔に触れられ、ローズは息をのんだ。アシュボーン卿の温《ぬく》もりが伝わってくる。その指先の動きはごく優しく軽かった。それなのに強烈なうずきを残しながら顔の輪郭をたどっていく。親指が下唇にかけられ、軽くこすられた瞬間、全身に稲妻のような衝撃が走った。

「ローズ」子爵がうめきともささやきともつかない声をあげた。

「キスして」ローズは低くつぶやいた。はっきりとわかった。この瞬間、私が何より求めているのは彼からのキスだと。

子爵の腕が背中に回され、体を引き寄せられた。胸から太ももまでぴったりと重なり合う。彼の温もり、胸の鼓動、全身のしなやかさが伝わってきて、ローズの欲望はかき立てられる一方だ。同時に、彼の温かい唇で顔の輪郭をたどられ、もどかしいほどゆっくりと唇に近づいてくるのがわかる。

まるで天国にいるみたい。力強い両腕を背中に回され、体を重ね合わせ、肌に彼の唇の感触を感じているなんて。まだ唇を重ねてもいないのに！

もうこれ以上我慢できない。ローズが顔の向きを変えてキスを乞い願うと、ようやく唇が重ねられた。生まれて初めての、殿方とのキス。さらに胸の鼓動が速くなる。こういうとき、どうすればいいのかわからない。本能的に唇がぴったり重なり合うよう、わずかに顔の向きを変えてみた。

「うーん」思わず低い吐息をつくと、もっと強く引き寄せられた。さらに子爵に腰をゆっくり回転させるように動かされ、突然足に力が入らなくなり、強くしがみついた。

それから彼はローズの唇を少しずつ開き、最初は下唇に、続いて上唇にキスをした。そして——舌先で唇に触れてきた。わずかに触れられただけなのに、その部分が燃えるように熱い。

ローズはもう一度低くうめくと、今度は自ら唇を少し開いてみた。その瞬間を待っていたかのように、子爵の舌が口のなかに差し入れられた。ほんの一瞬だったのに、これ以上ないほど正しく、このうえなく甘美な瞬間に思えた。もっと差し入れてほしい。子爵のまねをして、ためらいがちに舌先で彼の下唇をたどってみる。子爵が鋭く息をのんだのが嬉しくなり、今度は大胆にも舌を彼の口のなかに差し入れてみた。舌と舌が絡み合い、踊り始める。こんな純粋な悦《よろこ》びがあるなんて。

子爵は再び唇を重ね合わせると、体をゆっくりと離した。キスの終わり。二人して吐息をつき、さらに後ろに下がる。星明かりの下でも、子爵のきらめく瞳に暗く激しい何かが宿っているのがわかる。顎を引き、彼の肩の窪《くぼ》みに頭を休め、息を整えた。

瞳を閉じ、この瞬間を楽しみながらも、ローズはどこかでわかっていた。私はこれから先、この瞬間を思い出さずにはいられないだろう。体に回されたアシュボーン卿の両腕や、胸に押しつけられた分厚くて温かい胸板の感触を。それに激しく打つ彼の鼓動や、荒々しい呼吸も。その呼吸がしだいに落ち着いていく様子も。

先に正気を取り戻したのは彼だった。「戻らないと。僕たちがいないことに誰かが気づく前に」

「ええ」声が震えた。今の気持ちをどうにか表現しようとする。「本当に……びっくりしました！」

子爵は笑みを浮かべたが、すぐ真顔に戻った。

「ああ。驚くべきすばらしさだった」手袋をはめたままのローズの両手を取って続ける。「君は本当に大丈夫か？」

彼女はうなずいた。「ええ、大丈夫です。ありがとうございます」子猫を助けてほしいと頼んだとき、当惑した子爵から同じような言葉をかけられたのを思い出し、含み笑いをする。つい先ほどのことなのに大昔のようだ。

彼のキスで自分は変わった。今までと同じ人間ではいられなくなったのだ。

「正直、何も考えられません」子爵は無言のまま答えようとしない。言葉の意味を誤解したのかもしれないと思い、ローズはつけ加えた。「いい意味でですよ」

子爵は笑みを浮かべた。「そう聞いて安心したよ」

すでにテラス近くまで戻ってきていた。「さあ、みんなに気づかれないように君は先に戻るといい。僕は少し遅れて戻ることにする」

ローズはうなずき、二人でテラスの端にいる既婚女性たちが大声をあげるタイミングを待った。その瞬間、子爵に手を握られたのを合図に歩き出し、テラスへ戻ると、一番近い扉からこっそり邸内の廊下に出た。すぐさま婦人用休憩室に入り、そこで十分ほど過ごすことにした。メイドたちが少なくとも三着以上のドレスの裾をかがったり、ワインの染みを拭いたりしていて、忙しそうだ。自分の身なりを確認したところ、ありがたいことにテラスでの大冒険の痕跡はほとんど見当たらなかった。ボディスに一つ、小さな前脚の跡がついているだけだ。

「どうなさったんです？」メイドが無邪気に尋ねる。

「テラスに猫がいて抱き上げたの」ローズは顔をしかめた。「その子の脚に泥がついていたみたい」

「ミス、ご心配なく。汚れはすぐに落としますから」

メイドが汚れを落とす間、ローズは彼のことをなるべく考えないようにしていた。アシュボーン卿のことを。子爵のことを。いいえ、ジェームズのことを。

探しに来たイジーから、演奏がすべて終わったので、レディ・アシュボーンが屋敷へ戻りたがっていると聞かされたときも、子爵のことは考えないように努めた。馬車に乗って帰宅する間も。姉たちから口数が少ない理由を問われたが、疲れているだけだと答えた。帰宅したあともずっと彼のことは考えないようにした。そうしないと、初めて出会ったあの日から今日までの、子爵との思い出が脳裏に次々と浮かんできてしまうから。休みなく動き続ける水車のように。

「ジェームズ……」自分の寝室に落ち着いてから、暗闇のなか、彼の名前を呼んでみた。たちまち彼の唇や舌、両腕の感触がありありと蘇《よみがえ》ってきた。

今夜は長い夜になりそうだ。

13

ジェームズははっと目覚めた。目を開ける直前、昨夜の記憶と感情がいっきに蘇《よみがえ》ってきた。暗がりでの極上のキス。ローズに忠告を無視された驚き。彼女の歌を聴きながら感じた誇らしさ。サックスビー夫妻への怒り。そして再び、あの極上のキス。なんてことをしてしまったんだ？

僕はどうしようもない愚か者だ。いっときの衝動に駆られ、いい家柄の、しかもおばの庇護《ひご》下にある生娘と戯れるなんて無責任すぎる。自分以外の紳士の噂話《うわさばなし》として聞いたら、ためらいもせずにその男を非難するだろう。ロンドンの紳士クラブで、昨夜の自分の行動がどう受け止められるか想像してみる。

もし相手が若くて持参金の多いレディなら、その相手を結婚の罠《わな》にかけるための下品な試みと思われるはずだ。だがローズのように持参金の少ないレディなら、結婚に不向きな生娘の評判を汚そうとする試みとみなされる。そんなことをする男には悪意しかない。その女性と結婚できる見込みがないとわかったうえで誘惑しているからだ。

ローズ。

その名前を思い浮かべたとたん、彼女のさまざまなイメージが思い浮かんだ。少し眉根を寄せながらピアノを巧みに弾きこなすローズ。笑いを共有するように茶目っ気たっぷりにこちらを一瞥《いちべつ》するローズ。そして僕に体を委ね、唇を重ね、情熱を高まらせるローズ……。

いい加減にしろ！

頭がどうかしていたとしか思えない。いつもの慎重さ、心の秩序、注意深さはどこへいった？　重要な事柄に関して行動を起こすときは必ず、あらゆる角度から検討するようにしていたのに？　爵位を受け継いで以来、ずっと慎重さと警戒心を手放すことはなかった。昨夜はほんの一瞬、注意深さを失っただけだ。正直言ってローズとのキスは後悔していないが、自分から彼女にキスしたことは後悔している。

　まったく意味がわからない！

　だが今の頭にもやがかかったようなこんな状態では、筋道立てて考えられないのは当然だ。

　一つだけ、はっきりとわかっている。もう二度とあんなことを繰り返してはいけない。ローズといると、いつもの自分でいられなくなる。それがよくわかったのだから、今後はそうならないよう注意すればいい。ベッドから起き上がり、冷たい水で顔と首を洗った。今の自分に必要なのは冷水のごとき戒めだ。ローズとはもう二度と、特別な友情を育むことは許されない。あの三人は、おばの兄がアシュボーン家を信頼して預けてくれた大切なレディたちだ。その信頼を踏みにじるわけにはいかない。

「私、ずっと考えていたんだけど」レディ・アシュボーンは三姉妹に話しかけた。朝食をたっぷりと楽しんだあとで、昨夜遅くまで音楽会に出席していた疲れはみじんも感じさせない。

　でも——ローズは心のなかでつぶやいた。今朝も女主人はすでに数時間前から起きていたのだろう。

「お母様に関する調査のことで提案があるの」

　ローズは現実に引き戻された。「提案？」

「知ってのとおり、マリアというのは貴族ではよくある名前よ。だから彼女がデビューしたと思われる年の、マリアという名前のレディを全員リストアップしたらどうかしら。あなたたちは何年生まれなの？」

「一七九一年です」アンナは女主人の提案に興味を

抱いた様子だ。「母は十九歳くらいだったはずです」

わずか十九歳で、三つ子を産んだなんて。

今、二十一歳のローズには、そのとき母が何を感じていたのか想像もできない。どうやってそんな困難を乗り越えたのだろう?

「お母様がすでにデビューしていたとすれば、一七八八年から九一年の間ということになるわね」

「ええ……」ローズは母の年齢を計算した。「母は十六歳でデビューしたかもしれないと?」

レディ・アシュボーンは肩をすくめた。「その可能性はあるわ。私のデビューは一七八四年だったから、あなたたちのお母様は私よりほんの少しだけ年下ということになる。自分が結婚したあと、デビューしたレディたちにほとんど関心を払わなかったことが悔やまれるわ。ほら、私たちは時代遅れの恋愛結婚だったから」夫との思い出を振り切るように頭を振って続けた。「とにかくセント・ジェームズ宮殿の公文所保管職員と話す必要があるわね。デビューしたレディたちの名前は王室行事日報に記録されているはずだもの。それに『タイムズ』の写しも役立つかもしれない。毎年、あの新聞もリストを掲載しているから。それにお母様と同世代のレディたちにも話を聞くべきよね。レディ・レントンのように何か覚えているかもしれないわ。すでにローズに誰かに似ていると話したということは、レディ・レントンも手助けしてくれるかもしれない」

「すばらしい計画です!」イジーが目を輝かせる。アンナもローズも興奮気味に、今後やるべきことについて話し合った。

しばらくすると、レディ・アシュボーンは、彼女専用の居間で家政婦と話し合う必要があるからと出ていった。ローズは姉たちとの会話を切り上げ、彼女のあとを追った。

「レディ・アシュボーン!」廊下で追いついて声を

かけた。

女主人は驚いたようだ。「何か？」

「実は――」すぐ近くに持ち場についた従者が立っている。少し先の廊下ではサイドテーブルを磨いているメイドもいた。「少しお話できますか？」

レディ・アシュボーンはかすかに眉をひそめたがすぐに優しい顔に戻った。いや、そう見えただけかもしれない。「もちろんよ、ローズ、こちらへ」ベルたちのドレスの色にも慣れ、今では女主人が三人を間違えることはほとんどない。彼女は自分用の居間へローズを案内した。家事をこなすことが多い、お気に入りの部屋だ。ローズは背もたれがまっすぐの椅子に座り、レディ・アシュボーンは自分の机に腰をおろした。

「話って何かしら？」

ローズはまだ緊張していた。どう切り出せばいいのかわからない。「ぶしつけな質問でなければいいのですが……何かをほのめかしたり勝手に推測したりするつもりはないんです。でも……ああ、思ったよりもお話しするのが難しいわ」

「はっきりおっしゃい」レディ・アシュボーンはいつになくぶっきらぼうな物言いだ。眉間に深いしわを寄せている。「何が言いたいのか、なんとなく想像はつくけれど……」

ローズはまばたきをした。「本当に？　アシュボーン卿《きょう》から何かお聞きになったんですか？」

「いいえ、彼が何か言ったわけじゃないわ」女主人はきっぱりと答えた。「でも私だって気づいていないわけじゃない。さあ、話してごらんなさい」

「はい」ローズは深呼吸をした。「アシュボーン卿から、毎朝私たちが起きる何時間も前から、あなたが起きていらっしゃると伺いました。もしよければ、私も何かお手伝いしたいと思ったんです」

レディ・アシュボーンは大声で笑い出した。どこかほっとしたような表情だ。「それだけ？　てっきり、まったく別の話をされるのかと思っていたのに」頭を傾けながらローズの申し出について考える。

「その申し出を喜んで受けるべきなんでしょう。でも本当にいいの？　少し早起きになるけど……？」

「はい！　実は早い時間から目が覚めていて、ホットチョコレートを飲みながら本を読んで時間を潰していたんです。早起きは苦になりません」

「本当に優しいのね、ありがとう。やるべきことが山ほどあるの。いつもの家事に加えて、招待状に返事も出さないといけないのに、まだ書いていないの。今朝すでに出欠の仕分けはしたからお願いしていい？」彼女は机の上にある手紙の山を指し示した。二つある。「こちらは出席、こちらが欠席よ」

「もちろんです！」ローズは立ち上がった。

女主人は部屋を横切って呼び鈴を鳴らした。「家政婦と打ち合わせをする間、この机を使って」

それからの一時間はあっという間に過ぎた。子爵との甘い記憶を思い出さないで済むのがありがたかった。レディ・アシュボーンと家政婦のミセス・コルビーの話をぼんやりと聞きながら、ていねいに返信をしたためる。実際、やるべきことはたくさんあるようだ。二人の会話は今日の夕食の献立からさまざまな食料品の値段、明日の魚料理のサケの購入先、女性使用人たちの振る舞いにまで及んだ。

「彼女は自分の仕事に集中できていないようです。恐ろしく不器用なんです！」ミセス・コルビーがあるメイドについて話すのが聞こえた。

「あら、どのメイドかしら？」女主人が尋ねる。

「サリーです」家政婦は嘆くように答えた。

ローズは驚いた。私の世話をしているメイドだ！

レディ・アシュボーンがローズの反応に気づいた。

「何か言いたいことでも、ミス・ローズ？」

「私は――」家政婦の機嫌を損ねたくはないが、正義感から口を開かずにはいられなかった。「サリーは私のメイドを務めてくれていますが、完璧に仕事をこなしています。文句のつけようがありません」

短い沈黙が落ちる。ローズは息をひそめて家政婦の反応をうかがった。

ミセス・コルビーが冷たい笑みを浮かべて答えた。「そう聞いて安心しました。彼女はそれ以外の仕事にはまるで興味がないように見えたんです！」

話題は次に移ったが、ローズは不安を拭えずにいた。私はこの屋敷の招待客だ。女主人と家政婦の会話に割り込む立場ではないのに。

唇を噛《か》んでうつむき、自分の仕事に集中することにした。やがて家政婦が立ち去ると、レディ・アシュボーンから鋭い視線を向けられた。

「ローズ、仕事ははかどった？」

「返信は書き終えました。招待状はすべて、受け取った日付順に一覧表にしてあります。たくさん催し物があるから、忘れないようにと思ったんです」

レディ・アシュボーンは私に腹を立てているの？

「ありがとう。ところで一言忠告させて」女主人がさりげない口調で言う。ローズは体を震わせた。

ほら、やっぱり。「はい、なんでしょう？」

「使用人の前では決して不安を見せないこと。あなたは何も間違ったことはしていないのだから。そうでなくても自分の意見を述べるときは堂々としていなさい。わかった？」

ローズはうなずいた。自分よりもイジーとアンナのほうが、難しい状況にもうまく対処できる気がする。少しでも気がかりなことがあると、私は動揺してしまうから。

もちろん、もっと気がかりなのは昨夜のあのキスだ。自分でもわけがわからない。甘い記憶が蘇り、顔から首までゆっくり染まるのを感じた。

レディ・アシュボーンが目をすがめた。「もう一つ、まったく別のことについても一言言っておきたいの」視線をすっと外し、顎を上げ、もう一度ローズを見つめる。「ご両親について何かわかるまで、あなたもお姉様たちも結婚相手としてふさわしい殿方とはおつき合いしないほうがいい」

ローズはあんぐりと口を開けた。

彼女は昨夜起きたことを知っているの？

「はっきり言って、結婚相手として最も望ましい、つまり爵位を持つ紳士なら誰でも、あなたたちを花嫁候補から外すよう助言されているはず。あなたたちの出自がわかったとき、醜聞に巻き込まれる可能性があるから」レディ・アシュボーンは首を左右に振った。「そしてこのままわからなくても、常にスキャンダルの火種を抱えているのと同じだから。誰もそんな危険は冒したくないはずだわ」

爵位を持つ紳士なら誰でも。

ローズは大きく息を吸い込んだ。「当然です！あなたからすでに教えていただいたことですから」明るい笑みを浮かべて続ける。「それに私は夫探しのために来たのではありません。姉たちはどうかわかりませんが、あの二人も結婚を考えているとは思えません。私たちは母をもっとよく知るためにやってきました。可能なら父についても何かわかればいいと考えています」顔をしかめて言葉を継ぐ。「たとえ自分たちが庶子だとしても、せめて何か情報が欲しいんです」

レディ・アシュボーンは悲しげな笑みを浮かべた。

「ごめんなさい。でもどうしても言っておく必要があると思ったの。あなたには――あなたたちには結婚の可能性がない相手と恋愛関係になってほしくない。だからアンナとイジーにも同じ忠告をするつもりよ。不可能なことを夢見ても意味がないから」

「おっしゃるとおりです」ローズは視線を落とした。女主人から同情の目で見られ、居心地が悪い。

「さあ！」レディ・アシュボーンはきびきびした口調に戻った。「催し物の一覧表を見せて。これから忙しくなりそうね！」

　レディ・アシュボーンの予想どおり、次の一カ月は行事が目白押しで慌ただしく過ぎていった。ベルたちは夜会やパーティだけでなく、初めての舞踏会と観劇、グリニッジへの小旅行まで体験した。

　毎晩ローズは疲れ果ててベッドに倒れ込んだ。何かを考えずに済むのはありがたい。あるいは誰かのことを。レディ・アシュボーンの警告で、夢うつつの状態からいっきに目覚めた。そう、不可能なことを夢見ても意味がない。

　その代わりに、友人や姉たちとにぎやかに過ごすようにした。レディ・メアリーとは定期的にガンターズのアイスクリームを食べに行っているし、内気なミス・フィリップスを誘って買い物にも出かけた。姉たちとはロンドン塔の見物に出かけたし、若い紳士たちとサーカスを見に行ったりもした。午前中はレディ・アシュボーンを手伝って手紙の返信を書きつつ、彼女が毎日ミセス・コルビーと執事のバートンと打ち合わせるのを聞いている。レディ・アシュボーンの家事にまつわる洞察力と知識は尊敬に値する。日々の仕事の大変さをこれほど理解してくれる女主人を持てたことを、この屋敷の上級使用人たちは感謝しているに違いない。

　本人にそう話すと、レディ・アシュボーンは満面の笑みを浮かべた。「ありがとう！　それにあなたが手伝ってくれていることにも感謝しないとね。今日もあなたの助言のおかげで、従者たちが一番効率的に仕事をこなせる方法が見つかったんだもの」

　ローズは頬を染めた。「家事を円滑にこなす方法を考えるのが楽しいんです。ミス・モリソンという先生がよく家事を白鳥の動きにたとえていました。

水の上では静かに滑らかに泳いでいるけれど、水の下では激しく脚を動かしているんだって！」

レディ・アシュボーンは笑い声をあげた。「うまいたとえね！　あなたが手助けしてくれて本当に感謝しているの。さてと、新しく届いた招待状に取りかかりましょうか」

二人がいる居間にイジーとアンナがやってきた。今日は三人ともずっと屋敷にいる予定だ。ローズはそのことにほっとしていた。笑みを浮かべて感じよく会話することに変わりはないのだが、見知らぬ場所よりも、勝手知ったるこの屋敷のほうが簡単にできる気がする。

我が家のほうがくつろげる。居間の椅子に腰かけながらそう思ったとき、自分でも驚いた。アシュボーン・ハウスを我が家のように思い始めていることに気づいたのだ。

今ではこの屋敷のあらゆる部屋について知っている。もちろん、家族用の寝室と使用人用の部屋は別だ。とはいえ、地下にある家政婦ミセス・コルビーの部屋は何度か訪ねたことがある。高窓で小さな暖炉までついていて居心地がいい。それだけ彼女がこの屋敷で高い地位にいる証拠だろう。

家政婦の部屋を訪ねたのは、この屋敷で開催される予定の、アシュボーン卿と彼のおばが主催する舞踏会の準備を手伝うためだ。食事のメニュー決めや臨時雇いのメイドや従者たちの手配、古ぼけた舞踏室の清掃など、やるべきことが山ほどある。

午後最初の訪問客たちがやってきたとき、ローズはいつものように子爵のことを考えていた。最近のアシュボーン卿はずっとどこかへ出かけている。友人が主催する一週間続くハウスパーティへ出かけ、戻ってきても今度は行きつけの紳士クラブに入り浸り、屋敷に寄りつこうとしない。彼は私を避けているのだろう。やはりレディ・アシュボーンの警告は正しかったのだ。爵位を持つ紳士が私を相手にするはずがない。

　一度イジーとアンナも子爵が最近留守がちだという話題を持ち出し、あれこれ理由を推測しようとしたことがある。そのとき、レディ・アシュボーンは〝甥《おい》は好きな場所で自由に食事をとっていいのだから〟と答えただけだった。特にローズのほうを見たわけではない。それでもわかった。この女主人は知っているのだろう。それか疑っているのだろう。ローズが子爵に少なからぬ好意を抱いていることを。

　少なからぬ好意？　いいえ、そんなものではない。子爵が恋しくてたまらない。いつも彼のことを考えてしまう。寝ても覚めても。庭園で二人きりになったあの夜から、子爵が少しでも優しさを見せてくれないかと期待してしまう。でもあれきり、彼はそんなそぶりさえ見せない。

　子爵は決して冷たいわけではない。でもローズを姉たちとは違う、特別な目で見てくれているのかもしれないと期待させる表情や眼《まな》差《ざ》しを一度も見せようとはしない。常に上品で礼儀正しく、ベルたちと短い会話はするものの、すぐにいなくなってしまう。今ではローズも、彼と何度か暗がりで出会ったことが現実ではなかったと思い始めていた。

「あなたがたのお母様の調査は進んでいるの？」レディ・レントンがさりげない調子で尋ねてくる。だがローズには、隣の席に座るレディ・メアリーが落ち着きなくみじろぎしたのがわかった。

「はい、順調です」ローズはレディ・レントンの意地悪に気づかないふりをした。「母がデビューしたかもしれない年にデビューしたマリアという名のレディたちを十一人探し出しました。そのうち、八人はすでに対象から外しています」

「本当に？　残りは三人だけ？」レディ・レントンは眉をひそめた。「なぜ八人は対象外だと言いきれるの？　絶対にお母様ではないという確証はあるの？」

「ええ。たとえばミス・マリア・クレイヴンはウィリアム・モリヌーと結婚して――」

「ああ、レディ・セフトンね！　なるほど！」

「そうなんです。それに私たちは亡くなる前の母を覚えています。レディ・セフトンは今でもお元気でロンドンにお住まいですから絶対に母ではありません」

「確かに！　わかりやすいケースね」

「ミス・マリア・バークレイは若い頃に亡くなっています」

「マリア・バークレイ！　レディ・ケルグローヴの孫娘ね」レディ・レントンが頭を振る。「覚えているわ。一族の領地にいるとき、不幸にも天然痘にかかって数日後に亡くなったのよね。気の毒なレディ・ケルグローヴ。お身内が誰もいないなんて」

レディ・アシュボーンがうなずいている。常に不屈の心を持つレディ・ケルグローヴだが、奇妙にもローズはあの老婦人がひどく寂しそうに見えて仕方がなかった。「お身内が一人もいないんですか？」

レディ・レントンはため息をついた。「彼女とケルグローヴ卿には娘が一人しかいなかったの。その娘ジュディスはアードレイ家のミスター・バークレイと結婚し、リチャードとマリアという二人の子どもを授かった。でも彼ら四人家族のうち、三人が早死にしてね。ジュディスと夫は馬車の事故で命を落とし、その数年後、リチャードはハムステッド・ヒースで強盗に殺されてしまった。その日、マリアは兄と一緒にいなくて難を逃れたけど、結局天然痘になってしまったの」少し離れた場所にいるレディ・ケルグローヴを見ながら続ける。「それほどの悲劇を生き抜くのがどれほど大変だったか、想像もできないわ」

「本当に」ローズは喉に熱い塊がせり上がるのを感じた。「ケルグローヴ卿はどうなったんですか？」

「四年ほど前に九十歳で亡くなったわ」レディ・レントンが言う。「二人の子どもも孫たちも、不幸な事故がなければかなり長生きできたはずなのに」

「なんて悲しい話」レディ・メアリーが涙をためながら言う。「お気の毒なレディ・ケルグローヴ」

レディ・レントンは娘を鋭く一瞥した。「ええ、でも今私たちが心配しているのはあなたよ。私の仕事は、あなたに一番すばらしい結婚相手を見つけることだから。さあ、ガーヴァルドと話しに行くわよ。独身の伯爵を放っておくわけにはいかないわ！」

母親が立ち上がると、レディ・メアリーは申し訳なさそうにローズを見てから母とともに、アンナと話しているガーヴァルド伯爵のほうへ向かった。ローズは笑いを押し殺した。私たち姉妹が嫡出子かどうか疑わしいのは、そう悪いことではないのかもしれない。誰からも良縁を期待されていないのだから。ただし、レディ・レントンのような強烈な個性の持ち主に、無作法な言動をされる場合もあるけれど。

ローズは頭のなかで、母の最終候補として残っている三人の名前を思い浮かべた。マリア・ホワイトチャーチ、マリア・カルー、マリア・セルビー。

今日は招待客たちに、この若いレディ三人について何か覚えていないか、その後を知らないか尋ねようということで話がまとまっている。残念ながら、レディ・レントンは尋ねる前に立ち去ってしまった。

ローズは心のなかで、この三人について知っている情報を思い返した。三人とも同じ年にデビューしたわけではない。ミス・セルビーは他の二人より二年早い。王室行事日報や貴族名鑑、『タイムズ』から得た情報は正確に覚えている。当然ながら三人とも貴族の出身だ。もし三人のなかから母を見つけ出せれば、今まで顔を合わせたこともない親戚が見つかるかもしれない。彼らが母に関する、一番知りたくてたまらない質問に答えてくれるかも。

なぜ母は妊娠していたのに逃げたのか？

一番ありそうなのは、未婚で妊娠したせいで母が実の家族から縁を切られた、という説明だ。となると、親戚が残っていたとしても、二十二年後に突然現れたベルたちを歓迎するはずがない。ローズは内心ため息をつきながら、それでも自分を奮い立たせ、礼儀正しい会話を始めるべく、隣の長椅子に座った人物に上品な笑みを向けた。

その瞬間、笑みを消した。

彼だ！

14

「こんにちは、ミス・ローズ」

「こんにちは……アシュボーン卿《きょう》」ローズの声はわずかに震えた。彼に気づかれていないことを祈りつつ、明るい調子で尋ねた。「今日はどうしてここに？」

「僕はここに住んでいるんだよ。気づいていなかったかな？」

彼のそっけない口調を無視して、とっさに言い返していた。「ええ、まったく。最近はお見かけしなかったもので。今日はお友だちに会いに行ったりしないんですか？　競馬レースがないのかしら？」

「ああ、ないんだ！」子爵は冷ややかな口調だ。

「だから午後じゅう、この屋敷の居間で我慢を強いられている」片眉をあげて続ける。「今、鼻を鳴らしたのか？　僕を鼻先で笑ったんだな？」

「レディは鼻なんか鳴らしません」

「僕にはそう聞こえたがね」それから突然、彼はまるで声の調子を変えた。「ミス・フィリップス！」立ち上がって彼女にお辞儀をする。「会えて嬉《うれ》しいよ！　さあ、座って」自分が座っていた長椅子の半分を示すと、ミス・フィリップスがそこへ腰かけた。

「ありがとうございます、閣下。こんにちは、ミス・レノックス。あなたはミス・ローズかしら？」

「ええ。ご機嫌いかが、ミス・フィリップス？」どうにか笑みを浮かべた。

ようやく子爵が話しにやってきたと思ったら、すぐさま会話に割り込まれてしまった。

「元気よ、ありがとう。この前は買い物に誘ってくれて本当にありがとう」

ローズは手をひらひらさせながらも、子爵を意識していた。彼は長椅子のかたわらに立ち、二人の話に耳を傾けている。「お礼なんてとんでもない。それに、私にとってもロンドンは目新しいことばかりだから」

「でも、あなたはとても……」彼女は正しい言葉を探すように口をつぐんだ。「とても落ち着いているわ、ミス・ローズ。ロンドンは何もかもごちゃごちゃしているのに、あなたは道に迷ったりしないもの。それにあの男性もうまくあしらっていた。私なんて震えることしかできなかったのに！」

「嫌な奴《やつ》がいたのか？」子爵が語気荒く尋ねた。

ローズは顔をしかめた。「なんでもありません。ちょっとしつこい人がいただけです」

「男性がいきなり私たちに話しかけてきたんです。ミス・レノックスをとても美人だと褒めていました」

「そんなことを？」子爵の表情からは何を考えているかわからない。「それで？」

「ミス・レノックスがその男性に、ママから礼儀作法を教わらなかったのかと尋ねました。そうしたら、彼はしっぽを巻いて逃げていったんです」

子爵はにやりとした。「なるほど。彼は言い寄る相手を間違えたな！ 僕もミス・ロザベラが舌鋒《ぜっぽう》鋭いと感じることがよくある。その男も気の毒に」

彼は明らかにからかっている。でもその言葉を聞いたとたん、ある記憶が蘇《よみがえ》り、ローズは頬を染めた。あの夜、舌と舌を絡め合ったときは〝鋭さ〟とは無縁だった。あれは本当に甘くて至福の――。

子爵と目が合った瞬間、すぐにわかった。彼も同じことを思い出しているに違いない。

「とにかく無事でよかった」彼はお辞儀をした。「では、そろそろ僕は失礼する」

早足で立ち去る子爵を見送りながら、ローズは心のなかでひとりごちた。臆病者ね！ そう考えて少し愉快な気分になった。でも何週間もほとんど一緒に過ごすことがなかったにもかかわらず、二人ともあの夜のことを一瞬にして思い出してしまった。

子爵もあの出来事を思い出して困惑していた。それがことのほか嬉しかった。もし冷静な態度のままだったら、彼にとってああいう抱擁は、よくあることの一つということだ。あの口づけが、彼にとっても特別なものであってほしい。たとえ将来的に二人が結ばれる可能性はないとしても。立ち去る彼の背中を見つめ、心をえぐられるような痛みを覚えた。

「大丈夫、ミス・ローズ？」ミス・フィリップスが心配そうにこちらを見ていた。

「ええ、大丈夫よ」明るい笑みを浮かべ、子爵から彼女に視線を戻した。「これ以上ないほど上々の気分なの。さあ、今度はどこに行くか相談しない？」

ローズはありったけの努力をして、子爵のほうを見ず、ミス・フィリップスとの会話に意識を集中させた。ハンサムな紳士が二人近づいてきて大げさなお世辞を言われたときも、笑みを浮かべ続けた。そして彼らが立ち去ると、ミス・フィリップスに〝彼らの言葉を間に受けてはいけない〟と警告するのも忘れなかった。

「ロンドンに来てまだ日が浅いけれど、一つ学んだことがあるの。若い紳士の多くは口がうまい。レディと戯れるのは、彼らにとって一種のゲームなのよ」

「まあ！　だとしたら、彼らが私たちをきれいだと褒めてくれても、本心ではないということ？　それは悲しいわ。だって今まで、私をきれいだと褒めてくれた人は一人もいないんだもの」

「一人も？　それは驚きだわ。だってあなたの美しさは誰もが認めているもの。でも、もう少し詳しく説明させてね。私たちをきれいだと言うとき、彼らは本気でそう考えている。だけどそれ以外は何も考えていないの。わかるかしら？」

ミス・フィリップスの表情が変わった。何かに気づいたようだ。「彼らがレディたちを褒めても、真剣な思いからではないのね？」

「そのとおり！　その点さえわかっていれば、私たちも彼らに合わせて軽い態度を取れる」

「でも紳士全員がそうとは限らない」彼女は兄のほうをちらりと見た。レディ・メアリーと熱心に話し込んでいる。「相手を真剣に思っている殿方もいるわ」

ローズはうなずいた。「あなたのお兄様は、他の多くの殿方より深みがあって真面目だもの」

「私たちは真面目な大人になるよう育てられたから」ミス・フィリップスが身ぶりであたりを示す。「だから私はこういうのが苦手なの」慌てて片手を口に当てた。「ごめんなさい！」

「ごめんなさいって、何が？」

「社交界の最高位にある人たちを批判しているみたいな言い方をして。決してこういうのが——」ローズは彼女の耳元でささやいた。「くだらないおしゃべりだと言うつもりはなかった？」

「ええ！　いいえ！　つまり、その——」

　ローズは深々とうなずいた。「私たちは相手をできる限り尊重し、礼儀作法にのっとった振る舞いをするべきよね。それでも自分の考えや意見はちゃんと持っていていいと思うの。そう思わない？」

「ええ。あなたがそう言うと本当に正しく思えるわ。でも——」ミス・フィリップスは再び兄とレディ・メアリーを見た。ローズもそちらを見たところ、レディ・レントンが娘を連れにやってきて、ミスター・フィリップスに短く何かを告げた。彼はお辞儀をし、母とともに立ち去るレディ・メアリーを見送っている。ミス・フィリップスはため息をついた。

「でも私たちの意見も選択も周囲から大切にされず、重んじられもしなかったらどうかしら？」

　ここでそういう立場にあるのは私だけではないらしい。そう思い至り、ローズは答えた。「私たちがやらなくてはいけないのは、自分には何が可能で、何が不可能なのか理解することだと思うの」

　突然激しい怒りを覚えた。私にはあの子爵を選ぶことさえできない。彼自身がはっきり態度で示している。そんな愚かなことは考えるべきではないと。その事実に深く傷ついた。

　ローズは息を吸い込み、ミス・フィリップスに悲しげな笑みを向けた。今のは、彼女の兄とレディ・メアリーに関する話だと考えてくれますように。タイミングよく従者が近づいてきて、レディ・ケルグローヴが話したがっていると教えてくれた。それからミス・フィリップスは兄のところへ行き、ローズはレディ・ケルグローヴの隣の椅子に腰かけた。

「マリアという名前の女の子たちの名簿を作ったと聞いたんだけど？」年配のレディは前置きもなくずばりと尋ねた。ローズが口角を少し持ち上げる。レディ・ケルグローヴが中身のない会話を嫌っている何よりの証拠だ。「はい。母の名前がマリアで、デビューした年も大体わかっていたので、名簿を作れば母の謎が解けるかもしれないと考えたんです。ただ残念ながら、マリアという名前は一般的すぎて数が多いのですが」

　レディ・ケルグローヴは鼻を鳴らした。「いい名前だわ。なんの問題もない」

「ごめんなさい！　あなたのお孫さんのお名前もマリアだったのですよね。あなたを悲しませるつもりはなかったんです」

「私が悲しんだのはもう遠い昔よ。マリアはうちの一族最後の末裔《まつえい》だった。子どもを産んで母親になる年齢まで生きられなかったのが残念だわ」

「彼女の話を聞かせてもらえませんか？　私たち三人も母をいつまでも忘れないために、よく思い出話をするんです」

「ええ、もちろんあの子の話ならいくらでも聞かせてあげるわ」

　レディ・ケルグローヴはマリアだけでなく、その兄リチャードの話も聞かせてくれた。二人が本当に仲よしで、いたずらが見つかると互いをかばい合っていたことや、一方が悲しいときはもう一方が慰めていたこと。それに両親、つまりレディ・ケルグローヴの娘と夫が馬車の事故で亡くなったあと、祖父母とともに暮らすようになったこと。リチャードが学校に入学してからはマリアがひどく寂しがり、学期が終わるごとに兄に会えるのを喜んでいたこと。

「リチャードは学校で、ジョージというフレッチャー家の男の子と知り合ったの」老婦人が物思いにふけりながら言う。「ジョージはいい若者だった。ただ育った環境がちょっと――。いいえ、これ以上は言わぬが花ね」

「フレッチャー家？　ミセス・サックスビーと同じですか？」

「ええ、まさに同じ一族よ。ジョージには三歳くらい年上の姉がいて、仲がよくなかったの」老婦人は前かがみになり、秘密を打ち明けるようにつけ加えた。「ジョージは虚栄心の強い姉とは大違いでね。毎年、夏の大半を私たちと過ごしていた」眉根を寄せて続ける。「彼の家は……すべてうまくいっていたわけじゃない。だから彼はリチャード、マリアとすぐに仲よくなって、夏じゅう遊んでいたものよ。もう老い先短いけれど、当時を振り返ると、私の屋敷であの三人が心を通わせていたことを誇りに思わずにはいられないの」彼女はローズをすばやく見た。「でも知ってのとおり、貴族の家庭では心を通わせることが必ずしも美徳とはみなされないのよ」

ローズは考え込むようにうなずいた。

　それで説明がつく。彼ら貴族は自分たちの利益のために結婚する。愛情のためではない。

「マリアとリチャード、ジョージはあなたといられて幸せでしたね」

「ええ」彼女は眉をひそめた。「でもすべてが崩れ去ってしまった。娘のジュディスを失ったときは、これ以上の悲劇はないと思った。それなのに、まさか孫たちまで失うことになるなんて」

　ローズは何も答えず、ひたすら待った。レディ・ケルグローヴがその先も話したいなら、こちらは冷静に話を聞いてあげたい。少なくともそれが自分にできることだ。従者に老婦人の飲み物を頼んだとき、何気なく部屋を見渡し、すぐ彼に気づいた。子爵は今、王子と話している。彼の姿を目で追ってしまう自分を、心のなかで叱りつけた。

　子爵からレディ・ケルグローヴへ視線を移すと、

彼女は続きを話し始めた。「リチャードとジョージはフレッチャー家の馬車でハムステッド・ヒースを旅していたとき、強盗に襲われてしまった。多勢に無勢で、二人とも死んだと思われ、そのまま放置されたの。でもそのあとすぐに、現場を通りかかった親切な人がいてね」彼女はため息をついた。「リチャードはすでに死んでいたし、ジョージもひどい傷を負っていた」

　ローズは思わず手を伸ばし、老婦人の手を取った。

　レディ・ケルグローヴが肩をすくめる。「遠い昔の話よ。かわいそうなジョージ！　リチャードが死んだあとも罪悪感に駆られていた。でも私たちの希望で、ジョージは療養期間のほとんどをケルグローヴの領地で過ごしたの」彼女は嫌悪の表情を浮かべた。「彼の家族ときたら、反対さえしなかった。かわいそうなマリアは、ジョージにつきっきりで看病していたわ。私たちと一緒にロンドンに来るようもっと強く言うべきだった。でもマリアはどうしてもジョージのそばにいたいと言い張ったの」

　ローズは息をのんだ。レディ・レントンが話していたマリアの死の原因を思い出したのだ。「そのとき彼女は病気に？」

「領地で天然痘が大流行してね。マリアは他人のために尽くす娘だったから、きっと病人のいる家庭をたびたび訪ねていたんでしょう。自分の感染がわかったときにはもう手遅れだった。当時、私の夫はマリアと一緒に領地の屋敷にいたけれど、私は友だちを訪問中だった。屋敷へ戻ったときにはすでにマリアは死んで、埋葬されたあとだった。すぐに埋葬する必要があったの。全身があの病に蝕《むしば》まれていたから」悲しげに頭を振る。「少なくとも、私の覚えているマリアは美しくて、元気な姿のままよ」

「なんてお気の毒に」ローズはふと、ミセス・サックスビーが自分の弟が死んだと話していたのを思い出した。「もしかしてジョージも天然痘に？」

「いいえ、そのときは無事だった。でもそれから一年もしないうちに、自宅で亡くなったの。たしか赤痢だったと思う。きっとハムステッド・ヒースで負った傷が完全には治らなかったのね。あまりに悲しすぎる」そこで老婦人は突然態度を変え、射るような眼差《まなざ》しをローズに向けた。「悲しみがどういうものか、あなたも知っているはずよ」

ローズは込み上げてくる熱い塊を飲み下した。

「はい。母を亡くしていますから……でも少なくとも、私には姉たちがいます。あなたは今、とても重要な話を聞かせてくださいました。すごく心を打たれました。私たちにもかつて愛にあふれた家がありました。母は私たちが十歳のときに死んでしまったけれど、それでも私たちは家族の大切さを知っています。それに愛情の大切さも」

レディ・ケルグローヴはローズの手を軽く叩《たた》いた。

「だったら、あなたは何よりも心豊かね。さあ、あなたのリストに残っているレディたちが誰なのか教えて」

ローズが三人の名前を暗誦《あんしょう》すると、老婦人は一瞬考え込んだ。

「カルー、最初にあなたを見たとき、どこかで見たような気がしたの。誰かに似ているような」

ローズは身動きができなくなった。

「カルー……だめだわ、頭にもやがかかったみたいで……何も思い出せない」

「レディ・レントンにも、私たちが誰かに似ているような気がすると言われたんです」

「レディ・レントン……彼女は結婚前ミス・ディーンだったはず。ミス・ディーンとミス・カルー……そうよ！　アンソニー・カルーだわ！」

「アンソニー・カルー？」

老婦人はいきいきと語り出した。「ミス・カルーの父親よ。ウェールズ出身で大地主だったはず。彼の娘は、私のマリアと同じ年にデビューしたわ。彼の名前は貴族名鑑には載っていないけど、ウェールズ出身者なら覚えているかもしれない！　ああ、今日は何かを成し遂げたみたいにいい気分。さあ、紅茶のお代わりをいただきましょう」

くそっ！

ジェームズは心の底から後悔していた。おばが主催する午後のパーティに参加などすべきではなかった。この数週間、屋敷からなるべく離れ、ローズと話すのはディナーの席だけに限ってきた。もう大丈夫。彼女の魅力に屈することはない。彼女とはまた以前の気軽な関係に戻れる。そんな自信があったから、今日このパーティに出席した。だが見通しの甘さを思い知らされた。

ばかげている。というか、信じられない。一カ月以上もローズに近づかないようにしていたのに、わずか数秒でその努力が水の泡になるとは。今でさえ、先ほどの彼女の様子を思い出さずにはいられない。レディとは思えぬ鼻の鳴らし方、わざとらしい取り澄ました態度、面白がるようにきらりと輝く瞳……。ずっとローズを避け続けていたが、もはやこれまでだ。

紅茶を飲むふりをしながら、彼女を盗み見る。心を奪われたような表情で、レディ・ケルグローヴの話に熱心に耳を傾けている。視線を引きはがすのが一苦労だった。今すぐこの場から立ち去るべきだろうか？

すでに仲のいい知り合いのほとんどと言葉を交わした。ガーヴァルド、王子、ロバート……。

そのロバートと目が合った。チョーリー母娘のかたわらでやや困惑したような顔をしている。片眉をあげ、こっちへ来いと合図すると、ロバートはチョーリー母娘にお辞儀をし、こちらへやってきた。

「それで?」ジェームズは遠慮なく尋ねた。自分も動揺しているせいで、友人の戸惑いにすぐ気づけたのだろう。「君はミス・チョーリーに求婚するつもりなのか?」

ロバートがため息をつく。「彼女はきれいだ。持参金も申し分ないし……」

「だが妻として見られないんだな」

「ああ、実はそうなんだ」

「君は今シーズン中に花嫁を選ばなければいけないのか? 知ってのとおり、僕は数年待ってから決めるつもりだ。慎重さが何より大切なんだよ、ロバート」

「ああ、君はそうだろうとも! でも君は自分が思っているよりも早く結婚しそうな気がするよ」彼は頭を振った。「僕は今すぐ結婚する必要はない。でも覚悟ができたと感じるんだ。心の準備ができたとね」

ジェームズは眉をひそめた。友人の言葉を聞き、どういうわけか不安になる。

〝覚悟ができた〟

「ミス・チョーリーの母上は君の求婚に乗り気なのか?」

「いや、そうは思えない」友が肩を落とす。ジェームズは思いきって踏み込んでみた。

「本当に選びたいレディが別にいるんだろう」

ロバートが目を合わせる。「ああ。だが——参ったな、僕の気持ちはそんなに顔に出ているのか」

「僕は君のことをよく知っているからさ」ジェームズは顔をしかめた。「ただ僕の意見を言わせてもらえば、君は切り捨てられる可能性がある。レディ・レントンは娘に最高の結婚をさせる気満々だからな」

彼はうなずいた。「レディ・レントンはいつも礼儀正しい。ただ僕がレディ・メアリーと話しているといつも娘を連れ去っていく。彼女の意思は明らかだ」

「レディ・メアリー本人の意思は？」

「まだ僕の気持ちを打ち明けたわけではないが、彼女も同じ気持ちかもしれない。だが絶対にそうだという自信はない」

ジェームズは紅茶をすすった。「それなら僕に一つ助言させてくれないか？　レディ・レントンのことは忘れろ。これまでたくさんの野心的な母親たちを見てきたが、彼女たちは妥協しない」

「だが、レディ・メアリー本人が僕と話したがっているかもしれない！　どうして彼女の母親が関係ある――」

ジェームズは慌てて説明した。「レディ・メアリーを忘れろと言ったんじゃない。彼女の母親のことは忘れろと言ったんだ」

「だが――」突然ロバートは何か思いついたような表情を浮かべた。「彼女の父親か！」

「そう、レントン卿は理性的な人物として有名だ。それに娘の幸せを願っている」ジェームズは息を深く吸い込んだ。今から言おうとしているのは〝結婚相手を決める際に必要なのは慎重さだけ〟という持論とは真逆のことだ。「レントン卿にこう訴えればいい。自分ならば彼の娘に幸せと――愛情を与えられると。爵位なんかよりもはるかに大切なものだ」

その言葉を口にした瞬間、ジェームズは気づいた。まさにそのとおりじゃないか。愛情。その言葉がまだ頭のなかでこだましている。友人に忠告したのはこの自分なのに、我ながら信じられない。

愛情だと？

いや、これはきわめて特別な状況だ。ロバートは結婚相手として申し分ない男だし、しかもレディ・

メアリーを心から愛している。爵位はなくても、レントン卿にその点を強調しない手はない。

「まさか、あのアシュボーン子爵がそんなことを言うとはな！」ロバートはにやりとしたが、すぐ真顔になった。「名案かもしれない。十分に訴えられたら、レントン卿も僕のことを考えてくれるかもしれない」

「大胆にいけ、ロバート！　君と一緒になれるレディ・メアリーは本当に運がいい」

「彼女と一緒になれる僕もだ」

　しばし沈黙が落ちた。友人が次に何を言い出すか突然不安になり、ジェームズはそろそろ空のカップをサイドテーブルに戻さないかと言った。彼とともにカップを戻しながら、ロバートが低くつぶやいた。

「ジェームズ、僕はばかじゃない。自分の目の前で何が起きているか、ちゃんとわかっているぞ！」ジェームズが何も答えずにいると、彼はため息をついた。「彼女が妻に向いていないのはわかっている。情報が足りないせいで……」短く笑いながら続ける。「なあ、僕は爵位がなくて苦しんでいる。いっぽうの君は、子爵という爵位がなければ、もっと選択の自由を手に入れられるんだな」

「皮肉だな」ジェームズはそう答えることしかできなかった。僕は自由に花嫁を選べる立場ではない。不適切とみなされている相手ならなおさらだ。それなのに、ロバートの言葉に再び心がざわついている。もしそうなら、と考えずにはいられない。

　背後では、この会話を聞いたジェームズのおばが眉をひそめていた。だが彼もロバートも気づいていなかった。

15

「マリア・ホワイトチャーチは、絶対に私たちのママじゃない！」

　その日の午後、最後の招待客を見送るとすぐにイジーは宣言し、その場の注目を一身に集めた。

「そんな！　イジー、すごくショックだわ！　私たちと同じ金髪だったと聞いていたから期待していたのに」アンナは本当にがっかりしたような声だ。

「いったいなんの話だ？」子爵が困惑したように尋ねた。

　ローズは彼のほうを見た。「私たち、母と同じ頃にデビューしたマリアという名のレディを十一人探し出したんです」少し非難するような口調になってしまった。

〝もっと屋敷にいたら、あなたもこの話を知っていたはずなのに〟

「ほう、それは賢いやり方だね」彼は平然と答えた。ローズのいらだちがさらに募る。

　あれほど会いたくてたまらなかったのに、子爵の前だとどうしてこんなに不満を感じてしまうの？

「思いついたのはあなたのおば様です」すかさずイジーが説明した。

「おば上、さすがです！」子爵の言葉に、他のレディたちが笑みを浮かべた。

「ねえイジー、なぜミス・ホワイトチャーチをリストから外さなければいけないの？」ローズは話の先を促した。

「彼女は結婚して大勢の子どもや孫たちとケントに住んでいるんですって。ミセス・アンダートンが彼女のことをよく知っていたわ」

アンナはため息をついた。「残りは二人ね。候補者を絞り込めて喜ぶべきなんだろうけど、二人とも違ったらと心配になるわ。そうしたらどうすればいいの？」

「レディ・ケルグローヴがミス・カルーについて思い出したことがあるの」ローズは老婦人の言葉を繰り返した。

「期待できるかも！」イジーが目を輝かせる。

「カルー……」レディ・アシュボーンは考え込んだ。「その一族なら私も知っているわ。もうロンドンには来ないけれど――残念ながら、あの一族のなかに、あなたたちのお母様と同じ年頃のレディがいたか思い出せなくて……ちょっと待って！　レディ・プールに手紙を書いてみるわ。彼女なら絶対に知っているはず！　ローズ、明日の朝、手紙を書くよう私に言ってちょうだい」

ローズは約束した。子爵が不思議そうな顔をしているのに気づき、レディ・アシュボーンはローズが家事を手伝ってくれて大いに助かっていること、彼女には家事の才能があることを説明した。

「本当に？」子爵はローズを鋭く見ると両手を広げた。「ベルたちには驚かされっぱなしだ。ベルヴェデーレは本当にすばらしい学校だったんだね」

ジェームズはそうなることを予想していたに違いない。彼の言葉を合図に、三姉妹はベルヴェデーレがいかにすばらしい場所だったか口々に説明し始めた。

「当然」レディ・アシュボーンがなんとか割り込んだ。「ベルヴェデーレの教師たちはほぼ全員エルギン周辺の出身なんでしょうね。特別な場所なのね」

「いつか訪ねてみないとな」子爵がさりげなく言う。

他の三人はあいまいな笑みを浮かべただけだったが、ローズは違った。脳裏にさまざまなイメージが膨らんだ。子爵がベルヴェデーレを訪ね、ミスター・マーノックに会いに行き、市場や教会に出かけている姿……彼女にとってエルギンは大切な町だ。それにジェームズも大切な人。大切すぎるくらいに。

もし状況さえ異なっていたら。

「ミス・カルーがウェールズのレディだとわかったら、残るはあと一人だけね」アンナは話題を母親に戻した。「マリア・セルビー」

一週間後

「君の助けが必要なんだ、友よ」

ジェームズは顔を上げた。いきなり彼の図書室に入ってきたのはロバートだ。目を輝かせている。書類の山と格闘していたので、友の訪問で気晴らしができるのはありがたい。「決闘の立ち合いか？」

ロバートは笑い声をあげた。「ありがたいことにそんな物騒な話じゃない。公園を散歩するだけだ！」

「公園を散歩？　こんな時間に？　さては正気を失ったか？」

「確かに散歩するには早すぎるよな」ロバートは一瞬顔を赤らめた。「だがレディ・メアリーが今日の十一時から、ミス・ローズとグリーン・パークを散歩する予定だと知ったんだ。すでに向かっているはずだ」

「本当か？　どうやってその情報を得た？」尋ねながらジェームズは二つのことを考えていた。ローズと一緒の時間を過ごしたい。だが、そのためには慎重になる必要がある。庭園でキスをしたあの夜以来、なるべく彼女には近づかないようにしていたのだ。

それなのになんてことだ！　ローズに近づかないようにするのが日に日に難しくなっていた。今の願いはただ一つ。彼女のそばにいたい。そしてからかったり、会話を楽しんだり、彼女の美しさをこの目でたっぷり楽しんだりしたい。先週少し話しただけで、またしても眠れぬ日々に逆戻りだ。

それでもローズに惹《ひ》かれるわけにはいかない。持ち前の慎重さが警告を発している。直感的にわかるのだ。意に反してローズに恋をすれば、入念に準備した人生計画がすべて台無しになってしまう。計画その一、結婚はまだしない。その二、アシュボーンの家名や評判、それに財産も高めるような条件のいい相手でなければならない。その三、花嫁は客観的に冷静に選ぶ。感情や欲望に流されてはいけない。

「昨夜リーヴェン伯爵夫人の夜会で踊っているときに、レディ・メアリーから聞いたんだ」ロバートは真顔になった。「君の忠告をずっと考えていた。それで行動を起こそうと決めた。レディ・メアリーに自分の想《おも》いを伝え、彼女の父上と話していいか尋ねようと思う」

ジェームズは立ち上がった。

少なくとも、ロバートの手助けならできる。

「成功を祈るよ。僕の役割は、ミス・ローズの気をそらすことだな？」

「君にとってはたやすい仕事のはずだぞ！」

ロバートの皮肉っぽい口調に少しだけいらだった。

「ああ。ただ僕の状況は君より少々複雑だがね。さあ、急ごう。散歩が終わる前に彼女たちを捕まえないと」

「すごく気持ちのいい日ね！」レディ・メアリーは一面に広がるのどかな光景を身ぶりで示した。温かな陽光の下、ローズは彼女と散歩を楽しんでいる。レディ・メアリーの従者が付き添っているが、少し距離を置いて背後からついてきているため、気がねなく会話できるのがありがたい。ローズはずっと不思議だった。ベルたちの出自がはっきりしないのに、なぜレディ・レントンは自分の娘に、私とのつき合いを許しているのだろう？

「本当に！」ローズは息を吸い込んだ。「ねえ、聞かせて。あなたのお母様は私たちの状況についてなんておっしゃっているの？　つまり私と姉たちに関して」レディ・メアリーは質問の意味がわからないようだ。だから思いきって率直に尋ねてみた。「私たちの生まれに関して」

　彼女は一瞬明るい顔になったが、すぐに眉をひそめた。「あら、他の人たちと同じよ……なんて言ったらいいかわからないわ」

「そうよね。私たちも誰かの娘ではある。でもそれが誰なのかはっきりわからない限り、まわりから大目に見てもらうしかないのよね」淡々とした声になった。体の傷ついた部分を力いっぱい押して、傷口がまだ痛むか確かめているみたいな気分だ。

　こんなことはするべきじゃない。

　それでもローズはそうしている。何度も何度も。そしてそのたびに、ああ、まだひりひり痛んでいると気づくのだ。これはママを思っての痛み。それに姉たち、自分自身を思っての痛みでもある。

「でも、ただ大目に見られているだけじゃない。ねえローズ、私はあなたが好きよ。あなたや、あなたのお姉様たちを好きな人はたくさんいる。それって〝大目に見てもらうしかない〟のとは絶対に違うはずだわ」

　ローズは力なく肩をすくめた。「問題はそこじゃない。私ね、ずっと不思議に思っているの。なぜレディ・レントンは私たちが仲よくするのを許してくれているのかしら？」

「それは私があなたを好きだからよ！　私が今さっき言ったことを聞いていなかったの？」

　ローズはうなずいた。「私たちを好きでいてくれる人たちがいるのはとても嬉《うれ》しい。でも自分たちの生まれがはっきりしないことを考えると、あなたのお母様が、私たちの特別な友情を許してくれているのが驚きなの。だって、今ではこんなに仲よしなんだもの」

「ええ、私も嬉しい！」レディ・メアリーはほほ笑んだ。「もう一つ、ママには別の理由があるのかもしれない。娘の私が、社交界でも最高クラスの貴族男性と結婚することを望んでいるから」

「でも――それと私となんの関係があるの？」

レディ・メアリーは挑むような声で答えた。「今シーズンの最高位にある独身男性の名前をあげてみて」

ローズは答え始めた。まずは王子、次に公爵二人、ガーヴァルドを含めた伯爵数人。「お母様はよくあなたに、ガーヴァルド卿《きょう》と話すようにとおっしゃっているわね。お母様は彼が気に入っているの？」

「ママはそうかもしれない。でも私はそうじゃない！　彼は紳士だけど、自分の夫にふさわしいとは思えない。正直、彼といるとちょっと怖くなってしまうの」

「でも彼はハンサムだし、若いし、正しい心の持ち主よ。お母様がすすめるのも当然だと思うけど」

「そうよね。でも……彼には他に好きなレディがいると思うの。さあ、さっきの話を続けて」

ガーヴァルドが好きなのは誰か尋ねたかったが、ローズは言われたとおりにした。「次は子爵ね――あっ」

「そのとおり」

「待って。お母様はあなたが私と仲よくすれば、アシュボーン子爵とも親しくなれると考えているの？　だったら彼のことを、それか私のことを知らなさすぎる。だって、私は子爵とはほとんど顔を合わせていないもの」

「でもママがそのことを知らなければ、あなたをひんぱんに訪ねても文句は言われない。私はそれで満足なの」

「私も！」ローズは一も二もなく同意した。

心のどこかでわかっている。子爵はレディ・メアリーとの結婚に興味はないだろう。というか、どのレディとの結婚にもだ。ミス・フィリップスに関心があるのではと考えたこともあったが、二人がやり取りする様子を見てすぐに思い違いだとわかった。ローズが見る限り、子爵はいかなるレディにも好意を示したことがない。

ローズ自身との奇妙な関係――からかいやキスも含めて――でさえ、今では霧のように消えてしまった。

私は彼を失ってしまった。

「さあ」ローズは気を取り直すように明るく言った。「貯水池のほうへ行ってみない？　この公園のなかでも一番お気に入りの場所なの」レディ・メアリーがうなずいたため、二人は歩き始めた。かつて王妃が建設を命じ、今ではセント・ジェームズ宮殿全体に水を供給している貯水池だ。ローズはレディ・メアリーがいつになくそわそわしているのに気づいた。

貯水池から草地へと進み、大きな木々が生い茂っている場所にたどり着いた。木陰のおかげでひんやりと涼しい。「よかった！」レディ・メアリーがボンネットのリボンを結び直しながら言う。「もし日焼けしたらママにまた何か言われちゃう――あら！」

ローズは彼女の視線の先を追いかけ、つまずきかけた。二人の紳士がこちらに向かって歩いてくる。ミスター・フィリップスとアシュボーン子爵だ。

「こんにちは、レディ・メアリー、ミス・レノックス」子爵はお辞儀をし、いたずらっぽく目を輝かせた。ローズが驚いているのを楽しんでいるようだ。二人と挨拶を交わしながら、レディ・メアリーが頬を染めているのに気づいた。でも不思議なことに、この偶然の出会いにさほど驚いていないらしい。ミスター・フィリップスはレディ・メアリーに腕を貸し、二人で木々のなかを歩き始めた。ローズと子爵をあとに残して。

　ローズは用心するような目つきで彼を見ると、差し出された腕に手をかけ、どちらも無言のまま歩き出した。先を行く二人の会話が漏れ聞こえてくる。ミスター・フィリップスはレディ・メアリーに、両親は元気かと尋ねていた。奇妙な質問だ。ローズも子爵もどちらからともなく歩みを緩め、先の二人と少し距離を置くようにした。

　天気に関する無難なやり取りのあと、ローズはあえて疑問を口にした。「閣下、お散歩にはまだ早い時間です。午後にもなっていないのにどうして公園へ？」

　子爵はいたずらっぽい目で彼女を見た。「頭の回転が速すぎる君なら、わかっているはずだ」

「頭の回転が速すぎるですって？　そんなこと一度も思ったことはありません。それとも、あなたも殿方の多くと同じで、頭が空っぽなレディのほうがお好きなのかしら？」

　彼は含み笑いをした。「いいや、全然。君はどうしてもその理由を聞き出さないと気が済まないのか？　いろいろな理由から黙っているミスター・フィリップスと僕を許してはくれないのか？」

「ええ、この好奇心が満たされない限りは。すべて話してください」首を傾け、先を行く二人を示しながら続ける。「なんとなく想像はつくけど」

「昨夜レディ・メアリーがロバートに、今日この時間にここへ来る予定だと話したらしい。実は君たちを探すのに十五分もかかったんだが、ロバートはあきらめようとしなかった。どうしても今日レディ・メアリーと会うつもりでいたんだ」

「なるほど」つまり、これは子爵ではなくミスター・フィリップスが望んだ出会いなのだ。ローズは少しがっかりした。「あなたはつき合わされたんですね？」

「ああ。でも嫌々つき合ったわけじゃない。ロバートが訪ねてきたとき、図書室で書類の山と格闘中だった」

「そうですか」子爵は私に会いたかったのではない。この公園での出会いは、ミスター・フィリップスのメアリーに会いたいという熱意によって実現したのだ。「彼が彼女に本心を伝えられるよう、私をあの二人から離しておくのがあなたの役割なんですね」

先を行く二人を見てみる。ミスター・フィリップスはメアリーの手を取り、熱心に話しかけていた。

「ロバートは目的を果たしたようだ！」子爵は先の二人と同じように歩調を緩め、立ち止まった。だがローズの手は取ろうとせず、明るい声で続けた。

「この時間、ここにはほとんど人がいないんだな。公園に着いてから君たち以外、誰にも会っていない」

ローズは歯を食いしばった。「無理に礼儀正しい会話を続ける必要なんてありません」子爵の腕からさっと手を引き抜く。「ミスター・フィリップスのお望みどおり、あの二人は二人で話せているんですもの。あなたもすぐに図書室へ戻れます。これ以上、義務感から私と話す必要なんてありません」

思いがけず鋭い口調になったが後悔していない。音楽会の夜にキスして以来、子爵は無情にも私を避け続けている。その間、彼への思慕と怒りにさいなまれてきた。そして今、子爵がここへやってきたのは友の計画を手助けするためだと知らされ、怒りが頂点に達しようとしている。この数週間ずっと、子爵の態度に〝何か〟を探し求めていたのに。彼にとって私が特別な存在であり、決して利用したわけではないと示すサインのようなものを。あの口づけは、彼にとっても意味あるものだったという確かな証拠を。

子爵は体をこわばらせた。「ローズ！　僕は義務感で君と話したことなど一度もない。もしここにいなければ、今頃この四半期の収支を読み解こうと頭を悩ませていたはずだ。ここで君と一緒にいるほうがはるかに楽しい」

ローズは顎を上げた。「なんて悲しい比較かしら。そんなつまらない仕事をするのに比べたら、肉屋の見習いの少年と一緒にいるほうがずっと楽しいはずです！」

彼は笑い声をあげた。「肉屋の見習いの少年？　どこからそんな発想が生まれてきたんだ？」真顔になって続ける。「信じてくれ、君との会話はいつだって楽しい。眉をひそめているね。僕の言葉を疑っているのか？」

「だって眉をひそめる以外にどうすればいいんですか？　この数週間ずっと、あなたは私に話しかけようともしなかったのに？」そのせいで本当に傷ついたのだ。

「だが僕は忙しかった。それに屋敷を離れて――」彼は言葉を切り、髪に手を差し入れた。「いや、君に嘘《うそ》はつきたくない」ローズの両手を取って続ける。「本当はあの夜、庭園であんなことがあったから距離を置く必要があると思ったんだ。でもそれは君が嫌いだからじゃない。むしろ僕が君を本当に好きだからだ。慎重にならざるを得なかった。僕ら二人のために」

「そうでしょうとも、あなたはいつだって慎重ですもの」そう答えたものの、子爵の言葉が心に染み渡っていく。

〝僕が君を本当に好きだから〟

心ここにあらずの状態のまま、ローズは先を行く二人が再び歩き出したことに気づいた。道を曲がったところで彼らの姿が完全に見えなくなった。子爵に両手を取られ、一歩も動けなくなり、見つめ返すことしかできない。彼の瞳には激しさ、欲望、優しさのすべてがある。この数週間、ずっと探し求めていた彼の感情だ。たちまち怒りが消え、思慕の情をいやおうなくかき立てられた。

「慎重さなどくそくらえだ！」子爵はローズの体を引き寄せ、唇を重ね合わせた。

　ローズは我を忘れた。これこそ私が求めていたこと。期待していたことだ。彼に合わせるように情熱的にキスを返す。足元の地面が崩れ、世界全体が歪《ゆが》んでいくような気がした。でも確かに感じられる現実が一つだけある。子爵の腕にしっかりと抱きしめられ、舌と舌を絡め合わせ、押しつけられた彼の体の感触を感じ取っている今この瞬間だ。

　ようやく唇を離し、荒い息のままで笑みを交わし合う。子爵はローズの名前をつぶやきながら、彼女の顎の線にキスの雨を降らせ始めた。ボンネットが斜めになってしまったけれど気にならない。今気になるのはジェームズだけ。

　彼が私のもとへ戻ってきてくれた！

　混乱しきった頭のなかで、そんな考えがぐるぐると渦巻いていた。

　子爵は一歩下がり、ローズがボンネットを直すのを待ってから、二人で歩き出した。ローズにしてみれば、もっとキスをしていたかった。でも自分の評判を守るためには、なるべく早くミスター・フィリップスとレディ・メアリーに追いつかなくては。今二人の間で起きたことを、友人たちに気づかれるわけにはいかない。

　彼が私にキスしてくれた！

　ローズには、それこそがこの世で一番大切なことに思えた。

レディ・レントンの従者はにやりとした。今まさに、アシュボーン卿が若いレディにキスしている。木陰に身を隠しているため、あの二人にこちらの存在を気づかれる心配はない。というか、あの二人は完全にこちらのことを忘れているのだろう。

これはレディ・レントンに報告すべきなのだろうか？

女主人からは娘の身の安全を守るために、見張るよう命じられた。だが今、自分が見ているのはレディ・レントンとミスター・フィリップスではない。彼らは話しながら散歩する以外のことは絶対にしないはず。背後から子爵とミス・レノックスがついてきていると知っているからだ。

自分としてはミス・レノックスはどうでもいい。ただレントン家の使用人なら誰でも知っている。誇り高いレディ・レントンがレノックス姉妹の怪しい出自について厳しい意見を口にしていることを。

あの姉妹は高貴な生まれじゃないかもしれない。この自分と同じような生まれかもしれないのだ！

それなのに目の前で、父なし子のミス・レノックスが、大胆にも子爵を誘惑の罠《わな》にかけようとしている。

彼女がボンネットを直して子爵と歩き出した瞬間、心が決まった。レディ・レントンは知るべきだ。彼女の娘が仲よくしている若いレディが、恥ずべき道徳観の持ち主であることを。結局、そういう報告をすることこそ、この自分の役目なのだから。

木々が並んでいる場所から出ると、四人は広い道を一緒に歩いた。隣に移ってきたレディ・メアリーに合わせてローズも少し歩調を緩め、紳士たちの少しあとからついていくようにした。きっとレディ・メアリーは二人だけで話したいことがあるのだろう。

不意に心配になる。

背後で何をしていたか気づかれたのだろうか？

「どうしたの？」ローズはやや不安げに尋ねた。

「ミスター・フィリップスが気持ちを打ち明けてくれたの！　私を愛しているって！」レディ・メアリーは足取りも軽く、目を輝かせている。

　ローズは彼女を抱きしめた。「よかった！　あなたたちは本当にお似合いだもの！」

「ええ。私もずっと彼と一緒にいるのが正しいことのように思えていたの。彼も同じ気持ちだとわかって本当に嬉しい。でも両親が私たちの結婚に賛成するとは思えない。ママは彼を気に入っていないし、パパはいつもママの言いなりだから」

「それならミスター・フィリップスの前に、あなたからお父様に話さないと！　娘の本当の気持ちを知ったら、お父様はそれを第一に考えてくれるんじゃないかしら？」

「ええ、たぶん。でもママは一度心にこうと決めたら、てこでも動かない人だから」

「だったらあなたもそうすればいい！」

　レディ・メアリーは疑わしげにローズを見た。

「私にできると思う？　生まれてから一度もママに逆らったことがないのに」

　ローズはレディ・メアリーの腕に手をかけた。

「よく考えてみて。これはあなたにとって一番大切な決断なのよ。だってあなたはこれから一生、夫のそばで過ごすことになるんだもの」

「確かにそうよね。でも自分の意見を言うと考えただけで、体が震えてしまうの」

　ローズはうなずいた。レディ・レントンは手ごわい相手だ。「だったら一つ質問させて。自分の夫選びについて言いたいことを主張するのは、あなたにとってどの程度大切なこと？」

　友人が考えている間、ローズは今の質問を自らの状況に当てはめてみた。もし奇跡が起きて子爵と結婚できる可能性が生まれ、子爵も私を愛してくれていたら、私ならその機会を逃さずにつかむはず。

レディ・メアリーは考え深げにうなずくと、小さく顎を上げた。「何よりも大切なことだわ。だから勇気を振り絞らないとね。ありがとう、ローズ」

「私は意見を言っただけ。決めたのはあなたよ」

「ええ。でもあなたのおかげで、自分の気持ちにもやるべきことにも気づけた。それが嬉しいの」

「ミスター・フィリップスはいつお父様に話すの？」

「今日このあとよ。彼には、今夜のレディ・カウパーの舞踏会の前なら、パパは誰とも約束していないと伝えたから。あなたも今夜出席するの？」

「ええ。いい知らせを聞けるよう願っているわ」

16

セント・ジェームズ・スクエア四番街はロンドンの中心部にある一等地だ。ペル・メルとピカデリーという繁華街に挟まれていて宮殿にも行きやすい。その最高級住宅地に屋敷を構えるレディ・カウパー主催の舞踏会や夜会は、社交シーズン最大の催し物として注目を浴びている。気まぐれな彼女は自分の気に入った人しか招待しないからだ。

だからローズは不思議だった。なぜ今夜の舞踏会に自分たちが招かれているのか？　ごく内輪の集まりには招待されるが、貴族の多くが三姉妹を結婚には不向きだと考えている事実に変わりはないのに。でも熱に浮かされたような、移り気な貴族の世界では、こういうこともありえるのかもしれない。柱廊が並ぶ入り口の階段を上りながら、ローズは現実離れした感覚を拭えずにいた。とうとうレディ・カウパーの舞踏会に招待された。しかも同じ日に、ジェームズとまた口づけを交わしたのだ。

記念すべき出来事——この舞踏会ではなく彼とのキス——に敬意を表して、今夜はお気に入りの新しいドレスに袖を通した。純白のアンダードレスに濃淡のついたローズピンク色のシルクを重ねた繊細なデザインだ。髪を結っている間、サリーは今夜は特に美しいと褒めてくれたが、もしそうなら幸せな気分のおかげだろう。今夜また子爵に会える。きっとダンスも踊れる。

〝僕が君を本当に好きだから〟

あの彼の言葉が何より重要に思える。状況が違えば、私が子爵を選ぶように彼も私を選ぶということだ。でも社交界のルールにとらわれた私たちは、そんな夢を見ることは許されない。明日には思い出さなければならない。お互いを結婚相手として選ぶことはできないのだと。でもせめて今夜は、彼とのキスの思い出に浸っていたい。それだけで十分だ。

あのあと、子爵はずっと図書室へこもりきっていた。ミスター・フィリップスのたっての頼みに応じたせいで、午前中に片づけられなかった仕事を終わらせていたのだろう。でもディナーの席には一緒についた。ローズは食事の間ずっと自分を戒めなければならなかった。そうしないと彼のほうばかり見てしまうからだ。同じ屋敷で彼と一緒に暮らす生活は喜びではあるが不満でもある。すぐそこに彼がいるのに、手を伸ばして触れるのは許されないのだから。

レディ・カウパーの屋敷に向かう馬車の後ろ向きの座席で、子爵の隣に座っている今もそうだ。前向きの座席にはレディ・アシュボーンと姉二人が座っている。片方の足を子爵の足に触れさせたい。彼の温《ぬく》もりを感じられるかも。そんな想像をするだけでぞくぞくしたが、なんとか衝動を抑えた。ありがたいことに、まだ慎み深さをすべて失ったわけではないらしい。でもセント・ジェームズ・スクエアへの短い旅の間ずっと、そばにいる子爵を意識するあまり、胸の高鳴りは止まらなかった。

　女主人に出迎えられ、ローズと姉たちはレディ・アシュボーンの後ろから舞踏室に足を踏み入れた。すでに大勢の人たちが陽気におしゃべりしている。子爵はローズたちに会釈をし、すぐにガーヴァルド伯爵のほうへ向かった。彼が懇意している男性だ。ダンスはまだ始まっていなかったため、ベルたちはあっという間にダンスの申し込みをする殿方たちに取り囲まれた。若者がほとんどだが年配の男性も数人いる。子爵が前もってベルたちにダンスを申し込んでいたことを、ローズはありがたく思った。

レディ・メアリーはまだだろうか？　入り口を気にしていたところ、楽団が最初のダンスの調べを奏で始めると同時に、レントン夫妻と彼女が到着した。レントン卿《きょう》はいつものように穏やかな顔だし、レディ・レントンの表情からは何を考えているかわからない。でもレディ・メアリーは……。

　ローズは息をのんだ。友だちは不安げな顔だ。先ほどの幸せそうな表情はどこへ？　レントン卿はミスター・フィリップスの求婚を断ったの？

　いてもたってもいられず、断ってからその場を離れてレディ・メアリーのほうへ向かった。レントン卿はいつもと変わらず愛想よくローズに挨拶をしてくれたが、レディ・レントンの態度はややぎこちなかった。数分後にレディ・メアリーとともに彼女の両親から離れ、友人に低い声で尋ねることができた。心配でたまらない。「どうだったの？」

「パパは結婚に賛成してくれたわ！」レディ・メアリーの返事を聞いてひとまず安堵《あんど》したが、彼女は肩を落とし、唇を引き結んだままだ。「でも発表は二、三日待つことにしたの。ママがこの状況に慣れるまで」

「お母様はそんなにショックを受けられたの？」

レディ・メアリーはこくんとうなずいた。「あんなに怒ったママを見たのは初めて。パパはすべてうまくいくと言ってくれたけど――」

「残念だわ。最高に幸せな日だというのに！」

「ママをがっかりさせることに慣れていないの。まるで自分じゃないみたい」

ローズは同情するようにうなずいた。レディ・レントンは野心的だが、娘のためを思ってのことだ。母として望む最高の結婚ができないとわかり、落胆するのは理解できる。「私にはママがいないから、そこまで腹を立ててあなたのことを気にかけてくれるお母様がいて本当に羨ましいわ」

「ええ。ママが結婚にこだわるのは私の将来を思ってのことだもの。でもミスター・フィリップスはとても感じがいいし、それなりに裕福だし、節度ある態度も取れる――パパが彼のことをそんなふうに言っていたわ」

ローズはくすくす笑いをこらえきれなかった。

「あなたはもっと違う感想だといいんだけど！」

レディ・メアリーも笑い出した。「もちろん！　彼は本当にすばらしいの。彼の妻になれるなら何も望まない。伯爵や子爵の爵位なんて必要ない！」

今度笑い出したのはローズのほうだった。ただし少し硬い笑みではあったが。「そんなものを必要とするレディがいるかしら？　自分を愛してくれる男性がいて、自分もその男性を愛しているなら、その人以外に何が必要？　わざわざ言葉にするまでもない、小さなことかもしれない。でもやっぱり……」

喉元に込み上げてきた熱い塊を飲み下す。

「私と彼には、今から数々の試練が待ち受けているはずよ。それでもパパは結婚していいと言ってくれた」

「そう、そのとおり。きっとお母様もそういう考え方に慣れられるはず。さあ、噂《うわさ》のミスター・フィリップスがやってきたわ」

　彼と一緒に近づいてきたのは子爵だ。彼の姿を見た瞬間、ローズの胸は高鳴りだした。儀礼的な挨拶を交わしていると、楽団が楽曲を奏で始め、最初のダンスのパートナーがやってきたため、ローズもメアリーも彼らと移動した。でもローズは、舞踏室の隅に立ったままの子爵とミスター・フィリップスを痛いほど意識していた。

　二人とも誰にもダンスを申し込んでいないようだ。ゆったりと会話しながら舞踏場の人びとを眺めている。全員をさりげなく見ているように見えるが、ローズはジェームズの熱っぽい視線を感じていた。ミスター・フィリップスも特にレディ・メアリーを見つめている。秘密を抱えているみたいで胸のときめきが止まらない。ダンスが始まり、相手にお辞儀をしたものの、ローズの意識は舞踏場の端に立つジェームズに集中したままだ。

　誰かを愛するってうっとりするほど心地いい。こんな甘やかな感じは生まれて初めてだ。不意にステップを間違え、眉をひそめて自分の足に意識を集中する。その間もずっと心が騒いでいた。誰かを愛する？　私は子爵を愛しているのだろうか？

　そう、そのとおり。

　私は彼を愛している。美しい顔も、正しい心も、強靭《きょうじん》な体も。家族思いで誠実なところも。言い争いのときに見せる不機嫌さも。すごく慎重なところさえも。あの慎重さのおかげで私たち全員が守られているのだ。

　〝慎重さなんてくそくらえだ！〟公園でそう言い放ち、キスをしてきた子爵の姿を思い出し、笑いが込み上げてきた。ダンスのパートナーと会話しながらも、新たな自分自身を抱きしめてあげたい気分になった。私は恋をしている。今日は人生最高の日だ。

レディ・レントンは踊る男女を見つめながら目をすがめた。自慢の娘メアリー——美しくて従順なあの娘が反抗してきた。あろうことか、爵位もなく、財産もわずかで、特別優れた点さえないミスター・ロバート・フィリップスと結婚するという。彼女は細やかな絵が描かれた扇子を折れそうなほどきつく握りしめた。よりによってあんな何者でもない、すぐに忘れ去られるような、ただ若いだけの男と。

メアリーなら最高の結婚ができるはず。たとえばガーヴァルド伯爵やアシュボーン子爵と。ただ王子とは無理だろう。プロイセンの王女と結婚する予定だと聞いている。

メアリーは王女にはなれない。でも母親と同じ伯爵夫人になることも、子爵夫人になることもできるはず。それなのに、ただの〝ミセス〟になるつもりらしい。いや、生まれついての爵位は生涯変わらないからレディ・メアリー・フィリップスと呼ばれることになるのだろう。でも娘にとって、彼との結婚は明らかに格落ちにほかならない。

今まで娘のためにできる限りのことをしてきた。家庭教師や音楽教師を雇い、ダンスや立ち居振る舞いのレッスンを受けさせ、最高の仕立てのドレスや帽子を身につけさせた。それなのにすべて台無しだ。不思議なことに、そして恐るべきことに、メアリーはあのまずまずの容姿しか取り柄のない、社交行事でもおまけみたいな存在でしかない若者に惹《ひ》かれてしまったのだ。あの男との結婚で、社交界でのレントン家の立場が上がるはずがない。たった一日で、これまでの努力が水の泡になるなんて。

昨夜のリーヴェン伯爵夫人主催の夜会を思い出す。

メアリーは伯爵二人、子爵数人、王子と言葉を交わし、うまく立ち回っていた。母親である自分も、何人もの人から、娘の外見やマナーのよさを褒められたのだ。

せめて伯爵を捕まえるべきだったのに！

それなのに、こんな結果になってしまった。レントン卿はただのミスターに娘を差し出すという。

レディ・レントンは夫に、娘に、ミスター・フィリップスに対して激しい怒りを感じていた。何年もかけてこのデビューのために準備をしてきたというのに、シーズンが始まって数カ月もしないうちに、ミスター・フィリップスに一人娘を奪われたのだ。今夜の夕食の席で、夫から娘の結婚を許すと宣言されたが、今もなお理解できない。どうしてこんなことに？

もちろん、愚かな娘がミスター・フィリップスと一緒にいるとくつろいだ様子なのには気づいていた。当然だ。彼には、高位の貴族たちのような傲慢さや自信が欠けているのだから。

悔やまれるのは〝ミスター・フィリップスは夫候補から外しなさい〟とメアリーにはっきり伝えておかなかったことだ。その代わり、娘が彼と話しているとさりげなく引き離すようにした。マナーにのっとってのことだ。けれど今ではそんな自分自身にも腹を立てている。鼻先で起きていたことに気づかなかったとは。でも、それだけ娘を信じきっていたのだ。愚かな自分がつくづく嫌になる。

夕食の席で、夫から娘の婚約について聞かされた瞬間をありありと覚えている。夫は、妻である私も喜ぶべきだと考えている様子だった。

喜ぶですって？　大切なメアリーを、あんな将来のない若者と婚約させるのに？　喜べるはずがない。

だから従者たちが下がったあと、夫と娘の前ですぐさま怒りを爆発させた。メアリーは打ちひしがれ、夫は仰天していた。だから余計に嬉々《きき》として、二人相手に暴言を吐いた。それでもまだ怒りはおさまらない。

それに対し、夫はミスター・フィリップスの性格や財産、立ち居振る舞いを褒めて対抗した。またメアリー本人から彼との結婚を許してほしいとお願いされたとも話していた。夫は娘の懇願を受け入れたに違いない。

ちょっと待って。

その〝懇願〟とやらは、いつ行われたのだろう？

私のメイドから夕食後に聞いた話によれば、ミスター・フィリップスが訪ねてきたのは今日の午後四時頃だったという。その訪問と夕食の間に、メアリーが父親に懇願するだけの十分な時間があったとは思えない。娘は求婚される前に、父親に直談判《じかだんぱん》していたのではないだろうか？

レディ・レントンは眉をひそめ、しばし考え込んでいたが、ようやく思い出した。娘の婚約話にすっかり混乱し、夕食前に一人の従者から聞かされたある情報を。

グリーン・パーク！

その従者によれば、今日の午前中、メアリーとミス・ローズ・レノックスは散歩中、ミスター・フィリップスとアシュボーン卿に偶然でくわしたらしい。しかもその従者は、子爵がミス・ローズ・レノックスにキスしているのを目撃したが、メアリーはそんな振る舞いなどしていなかったという。

そのときはくだらない噂話として片づけた。若いレディがそんな危険を冒すはずがないからだ。でも今は、本当の話ではないかと考え始めている。

メアリーとフィリップスはその散歩中に、私に話す前にまず私の夫に結婚の許しを得るための計画を立てたに違いない。

だったらミス・レノックスはどういう役割だった

のか？　子爵の気をそらそうとしたのでは？

舞踏場で踊る人びとのなかから、ローズピンク色のドレスを着たミス・レノックスを見つけ出し、すっと目を細める。

母親に逆らうよう、うちの娘を焚《た》きつけたのはあなたなの？

メアリーはすなおで聞き分けのいい、遠慮がちな娘だ。でも今日は別人のような振る舞いをしていた。

メアリーとローズが仲よくするのを許したのが間違いだった。公園で殿方にキスを許す女など、レディの風上にも置けない。どう考えても、私の純粋無《む》垢《く》な娘の友人としては不適切だ。

ダンスが終わると、フィリップスと子爵がすぐにメアリーとローズに近づき、飲み物はどうかと尋ねたようだ。四人はパンチとラタフィアが給仕されているテーブルへ向かい始めた。すばやく部屋を見回したところ、レディ・アシュボーンは金色の柱のそばに立ち、サックスビー夫妻と言葉を交わしている。あの夫妻と長々と話したいと思う人は誰もいない。そうわかっていたため、レディ・レントンは彼女のほうへ近づいた。この機を逃す手はない。レディ・アシュボーンはあの三姉妹を社交界にデビューさせた人物。今日の午後、公園で何が起きたか知らせなければ。結局、そういう報告をすることこそ、この自分の役目なのだから。

「パンチとラタフィア、どちらがいい？」子爵が目を輝かせながら尋ねてきた。

「パンチを！」ローズは背筋を伸ばして答えた。横目で見ると、ミスター・フィリップスから同じことを尋ねられ、レディ・メアリーはラタフィアを選んでいた。パンチよりも強くないため、若いレディに好ましいと考えられている飲み物だ。いかにも彼女らしい。

子爵からグラスを受け取り、彼が自分の飲み物を手にするまで待つと、四人同時にグラスを掲げ、乾杯をした。そうすることで余計に四人の結束が強まったように思える。

私はこの人たちが好き。

ローズはパンチの喉が焼けつくような感覚を楽しんだ。今日は胸躍ることばかり。午前中は公園で子爵とキスをした。誰にも見られなかったのは運がいいとしか言えない。それに今は、こうしてパンチを飲んでいる。しかも私には愛する人がいる。

子爵を目で追いながらもふと考える。自分の気持ちを意識したことで、何か変わっただろうか？　何も変わらないようにも思えるし、何かが変わったようにも思える。彼に惹かれる気持ちに変わりはない。一方で子爵を愛していると気づいた今は、彼に対する自分の心と体の反応に、まったく新たな意味を見つけ出した。今や私の心は、自分が全身全霊で子爵を愛していると知っている。彼はいっときの興味の対象ではない。だからだろうか、今夜は、彼と結婚できないことも問題に思えなかった。今この瞬間、この男性を愛していると思えるだけで十分だ。

「君たちに幸あれ！」子爵がミスター・フィリップスとレディ・メアリーに笑みを向けた。

彼ももう知っているんだわ！　考えてみれば当然だ。メアリーが私に打ち明けてくれている間に、ミスター・フィリップスも子爵に話したのだろう。

「私もお二人の幸せを願うわ！」ローズが宣言すると、二人は嬉《うれ》しさと恥ずかしさがないまぜになったような表情を浮かべた。それからしばらく彼らの結婚式までの段取りについてあれこれ聞いた。婚約発表はこの一週間以内に行う予定だという。ローズも子爵もそれまでは内密にすると約束した。ただメアリーはローズに、彼女の姉たちとレディ・アシュボーンが秘密を絶対に守ると約束してくれた場合は、こっそり話してもいいと言ってくれた。

　ミスター・フィリップスが突然言い出した。「ミス・レノックス、忘れるところだった！　今夜は母が出席できず、僕が代わりに妹に付き添ってきたんだが、母から君に伝言を頼まれていたんだ。ミス・マリア・セルビーは二年以上前に高熱で亡くなったそうだ。ミス・セルビーは社交界に一度も姿を現したことがなかったが、母と彼女は友だちだったらしい。この情報が君の役に立てばいいんだが？」

　ローズの気持ちは沈んだ。「ええ、教えてくれて本当にありがとうございます」これで、もう一人の候補者が消えたことになる。社交界に一度も姿を現さなかったのなら、いくら尋ねても誰もミス・セルビーを思い出せなかったのは当然だろう。

　私も同じ運命をたどることになる。この場所を離れたら忘れ去られるのだろう。ママと同じように。残るはウェールズ出身のミス・カルーだけだ。もし彼女が今でもロンドンを訪れていたなら、私たちの母親である可能性は消える。

　でも考えている暇はなかった。楽団がワルツを奏で始めたのだ。ワルツ。紳士とレディが長い時間目を合わせ、しっかりと体を寄せながら踊るせいで、衝撃的なダンスとみなされている。オールマックスでは許されていないものの、今や英国じゅうの内輪の舞踏室で踊られている。今夜の主催者レディ・カウパーは、自分が主催する舞踏会でこのダンスを試してみようと考えたのだろう。ローズは、レディ・カウパー自身もパーマストン卿に誘われて舞踏場へ繰り出しているのに気づいた。けれどそのことについて考える間もなく、ジェームズの手が差し出された。「僕が申し込んだダンスだ。踊ってもらえるかな、ミス・レノックス？」

　ローズは心臓が跳ねるのを感じながら、子爵の手を取り、二人して舞踏場へ進んだ。

「レディ・アシュボーン、今夜は一段と美しいわ！　すばらしいドレスね！」レディ・レントンは満面の笑みを浮かべ、サックスビー夫妻と会話中の彼女に話しかけた。今度は夫妻のほうへ向き直る。「こんばんは、ミセス・サックスビー、ミスター・サックスビー。お二人もそう思うでしょう？　こんな美しい布地、今まで見たことがないもの」

レディ・アシュボーンは疑わしげにレディ・レントンを見た。「ただのシルクサテンのドレスよ」

「でも、すてきな色合いだわ！　何色かしら？　同じ色でドレスを仕立てさせなくては！」

「そうね、青色？」レディ・アシュボーンが眉根を寄せて答える。レディ・レントンは笑い声をあげた。

「本当にウィットに富んだ人ね！　ちょっと二人で失礼するわね」またしてもサックスビー夫妻に向かって言う。「レディ・アシュボーンと話さなければいけないことがあるの」

夫妻と少し言葉を交わすと、レディ・レントンはレディ・アシュボーンを急《せ》き立《た》てるようにしてその場から立ち去った。

「実は、あなたを救い出す必要があると思って声をかけたの」

レディ・アシュボーンは手をひらひらとさせた。

「お構いなく。私は望まない会話ならすぐに終わらせることができるから」

「でもサックスビー夫妻は、ほら……」

「あら、サックスビー夫妻が何か？」

「いいえ、なんでもないの」期待とは違う答えが返ってきたので、レディ・レントンは話題を変えた。

「レディ・カウパーはお元気そうよね？」

レディ・アシュボーンはほほ笑んで、舞踏場にいる今夜の主催者を見つめた。パーマストン卿の腕のなかで、くるくると回っている。「ええ。本当に」

「彼女が一番最後に産んだ子は、コルシカの外交官に驚くほどよく似ているという、もっぱらの噂よ」

「本当に？」レディ・アシュボーンは興味を引かれたようだ。「パーマストン卿の子ではないの？」

「絶対に違うわ。もちろん彼女の夫の子でもない」

「あらあら」レディ・アシュボーンは顔をしかめた。

それからワルツを踊る男女を眺めながらもう少し会話を続けたあと、レディ・レントンは絶妙のタイミングで切り出した。「レディ・アシュボーン、許してちょうだいね。でもあなたも知っておくべきだと思って」

その言い方に何か感じ取ったのだろう。レディ・アシュボーンは真顔になった。

「もし自分の娘に関することだったら、私はどんなことでも耳に入れておきたいと思っているの。たとえそれがデビューの世話をしている娘の、聞きたくないような話であったとしても。あなたもそう思わない？」

「それはどういう意味かしら、レディ・レントン？」レディ・アシュボーンは目を光らせた。表情からは何を考えているのかわからない。「ぜひお話を聞かせてほしいわ」

17

晩餐《ばんさん》の用意が整い、姉たちと食事室へ向かう途中、ローズは尋ねた。「本当に楽しい夕べよね？」

アンナが目を細める。「今夜はとても機嫌がいいのね。どうしてそんなに……幸せそうなの？」

イジーが意味ありげな視線を向けてくる。「ほらね、アンナ、私がさっき言ったとおりでしょ？　ローズ、何か特別な理由でもあるの？」

子爵とのキスも、生まれて初めて愛する人ができた喜びも打ち明けるわけにはいかない。だからもう一つの幸せな理由、友人のおめでたいニュースに意識を集中させた。「実は、前からそうなればいいなと思っていたことが、今夜ついに現実になったの」

イジーが驚く。「ローズ、求婚されたの？」

「まさか！」軽い笑い声をあげたが、大した問題ではないふりをするのが以前よりも難しい。「私たちとの結婚を望む人はいない。忘れたの？」

「重要な地位にある人にはね」イジーが指摘する。「でも貴族でも爵位のない紳士ならありえるかも。で、あなたは今夜どうしてそんなに上機嫌なの？」

「お父様に認められてレディ・メアリーの結婚が決まったの。それがとっても嬉《うれ》しくて」

「相手はガーヴァルド？」アンナは苦しそうな声だ。

「いいえ、誰だと思う？」

「まさかミスター・フィリップス？」イジーが目を見開いている。

「そのまさかなの。でも婚約発表はまだだから、絶対に誰にも話してはだめよ」

「もちろんよ！　でも信じられない。レディ・レントンがあの二人の結婚を認めたなんて！」

「結婚を認めてくれたのはレントン卿《きょう》よ」

「母親はまだ同意していないのね」アンナが指摘する。

ローズは顔をしかめた。「ええ、そうなの」

「そうでしょうとも。貴族って、結婚は貴族同士、それも階級の釣り合う相手とするものだと考えているもの。ミスター・フィリップスは尊敬を集める紳士だけど、レディ・レントンの娘の結婚相手としては明らかにふさわしくない。彼に爵位がないという理由だけでね」アンナは考え深げに言うと眉根を寄せた。「私たちが良縁を望めないのと同じよ」

「あら、誰か結婚したい相手でもいるの？」イジーがいたずらっぽく尋ねた。

「まさか」アンナは慌てた様子だ。「イジー、あなたこそ、誰か気になる人がいるんじゃない？」

「いるわけないじゃない！」イジーが肩をそびやかした。

行列の先頭になったため、三人ともずらりと並べられたご馳走《ちそう》に目を向けた。ローズには姉たちが言いたいことを隠しているように感じられたが、今はそれがありがたい。彼女自身も秘密を抱えている。私たちは新たに大人になろうとしている。

学校時代は隠し事など一度もしなかった。でも今は……あの頃に比べて何もかもが複雑に思えた。

子爵と踊ったワルツを思い出すたびに胸が苦しくなる。胃のあたりで無数の蝶《ちょう》が羽ばたいているみたい。自分の皿を疑わしげな目で見つめた。こんな調子で何か食べられるだろうか？

「ほら、こっちへ！」レディ・ケルグローヴが自分のテーブルの空席を示す。「従者が他の誰かを座らせてしまう前に早く！」

三人で慌てて腰をおろして老婦人と挨拶を交わし、従者が飲み物をすべて運び終わる頃には、ローズもどうにか食べられるようになっていた。

ロブスターとアスパラガスを味わいながらふと気づいた。レディ・ケルグローヴの皿には冷肉と小さなペストリー数個しかない。老婦人が大の甘いもの好きなのを知っていたので尋ねた。「レディ・ケルグローヴ、ケーキか甘いものをもっと取ってきましょうか？」

　老婦人はベルたちの皿を確認しながら答えた。

「ええ、マリア、トライフルをお願い。大好物なのになぜ取り忘れたのかしら。それにエルダーフラワーのアイスも。ガンターお手製のはずよ」

「ええ、喜んで」すぐに立ち上がって取りに行く間も、ローズはレディ・ケルグローヴから〝マリア〟と呼ばれた瞬間を思い返していた。

　孫娘のマリアもここにいて、祖母の面倒を見られたらよかったのに。レディ・ケルグローヴが最後に見たマリアは、今の私と同じ年頃だったはずだ。

　年長者はよく名前を間違えるけれど、レディ・ケルグローヴが孫娘の名前を口にしたとき、痛ましさに胸が潰れそうになった。高齢なのに家族もおらず一人ぼっちだなんて、あってはいけないことだ。

　でも、このロンドンでの冒険を終えたら教師になろうと考えている私も、一人ぼっちになるのでは？

　いいえ、姉たちが結婚したらどちらかの家族と住めばいい。誰も結婚しなければ三人で暮らせる。

　今は、その未来がさほど魅力的には思えない。それがなぜなのか、自分でもうまく説明できなかった。

　夜が明ける頃、レディ・アシュボーンと三姉妹は家路についた。夏の夜は短い。延々と続いたレディ・カウパーの舞踏会で、ローズにとって最も忘れられないのは子爵とワルツを踊ったひとときだ。馬車がアシュボーン・ハウスの前に停車したときも、その記憶を楽しんでいた。彼はお互いに両手を相手の肘にかけ、見つめ合いながら旋回する上品な基本姿勢を取っていたが、最後だけ慎みのないジャーマンホールド——ローズが左腕を子爵の腰に回し、彼の右腕が彼女の腰に回される組み方——を求めてきた。どれほど衝撃を覚え、どきどきしたことか！

子爵と両手、両腕、さらに視線まで絡め合うワルツは、あの公園でのキスの続きみたいに思えた。

女主人と姉たちのあとから屋敷へ入り、外套《がいとう》と靴を脱いでサリーに預けた。ダンス用の内履きもだ。そう、愛する男性と踊ったダンス用の靴……。やけに感傷的になっている自分がおかしくなる。

今夜は思いきってあらゆる瞬間を楽しむことにしよう。だって明日という日はやってこないかもしれないのだから。

着替えを手伝うメイドたちを従え、レディ四人が階段をのぼっていく。ふと、ここへ到着した最初の夜を思い出した。メイドに付き添われるのが奇妙に思えたものだ。階段の踊り場で初めて彼に会った夜でもある。

今度はいつ子爵に会えるの？

彼はミスター・フィリップスと一緒に、一時間前に舞踏会をあとにし、紳士クラブへ向かった。太陽が高くのぼるまでは戻ってこないだろう。となると、次に会えるのは今夜の夕食の席かもしれない。

大丈夫。そのときまで待てる。彼との甘い記憶を振り返っていれば。そう自分に言い聞かせた。

「ローズ！」女主人の声で現実に引き戻された。

「はい」慌てて彼女に注意を向ける。すでに階段の踊り場に達し、アンナとイジーはメイドを連れて寝室へ入ったところだ。

「あなたと話したいの」女主人は自分のメイドとサリーに外で待っているよう命じると、ローズのあとから寝室に入ってきて扉をきっちり閉めた。

ローズはにわかに緊張した。一対一。めったにない状況だ。

もしかして――？

次の瞬間、最悪の恐れが現実になった。「ローズ、率直に言うわね。今日、あなたの評判は台無しになってしまったかもしれない」

衝撃で体が動かない。耳鳴りがし、心臓がとどろいている。「え？」弱々しい声しか出ない。

「今日あなたは見られてしまったの」女主人は淡々と言った。「私の甥《おい》とキスしているところを」

そんな！ 気を失わないか不安になり、ベッドの支柱を握りしめた。先ほどまでの夢見心地が吹き飛び、あとに残ったのは後悔だけだ。浅はかで愚かなローズ。

なんてことをしでかしてしまったのだろう？

「これがどんなに深刻な事態か説明する必要はないわね。噂《うわさ》が広まれば、貴族たちの激しい非難が始まる。しかも非難されるのはあなただけじゃない」

ローズは手を口に当てた。「姉たちも！」

「そのとおり」レディ・アシュボーンが険しい顔でうなずく。「それにある程度は私も。でも立場上、彼らは私が騙《だま》された、無邪気にもあなたが上品な育ちだと信じ込まされたのだと噂するはず。攻撃されるよりむしろ愚か者として笑われることになる」

「レディ・アシュボーン、本当にごめんなさい」

すべてを台無しにしてしまった。一瞬、我を忘れたせいで。

胃がむかむかした。先ほどまでの蝶の羽ばたきとは全然違う。気分がひどく悪い。「こんなに親切にしてくださったのに！ 一瞬でもあなたを苦しめたくなかったのに！」

私は自分勝手だ。自らの行動が他人にどんな影響を及ぼすか考えもしなかった。

「それはともかく、今私が心配なのはこれにどう対処するのが一番かということなの」

「対処？」女主人が言いたいことがしだいにわかっ

てきた。私は今から非難され、冷笑され、最悪の形で注目を浴びるのだ。「対処できるんですか？」

「たぶんね。その……出来事を知る人は多くない。今はまだ。あらゆる手を尽くさないと」

「でも……でもどうやって？」

「選択肢は二つある。一つは、私からジェームズにこのことを伝えて、あなたとの結婚を迫ること」

「私と結婚？　一度のキスのせいで？」

当然レディ・アシュボーンは、レントン家の庭園でのキスは知らないはずだ。それを彼女に教えるつもりもない。でも私との結婚を迫る？　もちろんジェームズの妻になる以上に幸せなことはない。でも一瞬の軽はずみな行動のせいで結婚を無理強いするなんて考えられない。しかも、私は爵位ある紳士の結婚相手としては不適切なのだ。誰もがみんな知っている。格下の女性と結婚したせいで、ジェームズの家名を汚すなんて我慢ならない。貴族はそういう問題にことのほかこだわる人種だとわかっている今はなおのこと。「彼と結婚する気はありません！」

レディ・アシュボーンは目をぱちぱちさせた。

「ジェームズと結婚したくないの？　てっきりあなたたちは惹《ひ》かれ合っていると思っていたのに」

ローズは頬が染まるのがわかった。「私は彼に惹かれています。でも、こんな形で結婚したくありません」

「ジェームズは軽率な行動であなたや私、それに彼自身の家名を汚した」女主人は暗い表情だ。「あの子がそんなことをするなんて思いもしなかった」

「でも……一瞬の過ちのせいで結婚などあってはいけません。私もひどい目に遭ったわけではないし」

レディ・アシュボーンは首を振った。「悲しいけれど、よくあることなの。サックスビーでさえもね。あのいつも不機嫌そうな顔のレディが夫を捕まえるには、そうするしかないもの……いいえ、余計な話はいい。もしあなたが結婚しないつもりなら――」

「絶対にしません！」

「それなら残る選択肢は一つしかない。あなたがここからいなくなることよ、ローズ」

突然足に力が入らなくなり、ベッドに腰をおろした。「いなくなる？」

女主人は悲しい目をした。「あなたの家柄さえはっきりしていたら、今回のこともくだらない噂として吹き消し、真っ赤な嘘《うそ》だと言えたけど……」

「みんなが私を最悪な女として考えたがっているんですね」

特に嬉々《きき》として噂に興じるであろう人たちの顔が思い浮かんだ。

レディ・アシュボーンはうなずいた。「ええ。すでにあなたの成功を妬ましく思っている人もいる。王妃様に認められたのが裏目に出てしまったのね」

「姉たちはどうなるんでしょうか？」

「あなたがいなくなれば、悪い噂を少しは抑えられるかもしれない。大変な事態であることに変わりはないけれど、運が味方してくれたら、彼女たちの評判に傷がつかないようにできるはず」レディ・アシュボーンは少し考えてから口を開いた。「私の兄に協力してもらいましょう。兄が病気になったことにすればいい。ちょうど昨日、兄から手紙が届いたの。親切にもあなたが看病を申し出てくれて、スコットランドへ帰国したと言えばいい。そうすれば突然いなくなる説明もつくわ」

「そして私はここへは二度と戻らないようにするんですね」尋ねるまでもない。

「そうね。少なくとも数年は。ごめんなさいね」

ローズはかぶりを振った。「あなたが謝る必要はありません、マイ・レディ。すべて私のせいですから」女主人が責任はジェームズにあると再び言い出しそうだったため、慌てて言葉を継いだ。「でも姉たちも少なくともじろじろ見られたり、陰口を言われたりするのではありませんか？」

「ええ、たぶんね。でもジェームズはあなたのお姉様たちには一切関心を寄せていない。だから彼とあなたの間の微妙なやり取りは、もう誰も目にしなくなる。たとえ何かよからぬことがあったのではないかという噂が立ったとしてもね」

「でも――あなたは気づいていたんですね？」

「ええ。だから、ああやってサインを送ろうとしたのよ」

「はい、気づいていました」

やはり私の直感は正しかった。

レディ・アシュボーンは子爵とこれ以上親しくならないよう警告してくれていたのだ。

もう遅すぎる！

事の重大さをひしひしと感じ始めている。

ここから出ていかなければ。

もし今いなくなれば、戻ってくる理由がなくなるのは百も承知だ。それでも立ち去らなければ。レディ・アシュボーンのために。姉たちのために。アンナもイジーも意中の紳士がいるようだ。姉たちが高貴な生まれの男性と結婚する機会が少しでもあるなら、私が消えなければ。ただ消えたとしても、姉たちがそんな機会に恵まれることはまずないだろう。私たちの家柄がわかるという奇跡でも起きない限り。

突然ある可能性が思い浮かんだ。「ウェールズのマリア・カルーが私たちの母親かもしれません。そうだったとしたら、状況が今より少しはよくなるのでは？」

レディ・アシュボーンは首を左右に振った。「昨日遅くにレディ・プールから手紙が届いたの。ミス・マリア・カルーは何年も前に郊外の大地主と結婚して、ペンブルックシャーで子ども七人と暮らしているわ。残念ながらあなたたちの母親じゃない」

「でも」ローズはその結果をすぐには受け入れられなかった。「彼女が最後の一人だったのに！」

「そうね。結局〝マリア〟というのはお母様の名前ではなく、ミドルネームの一部だったのかもしれない。もしそうなら探し出すのは不可能だわ」

希望の最後の灯火《ともしび》が消えてしまった。「ベルヴェデーレに戻ります」小さな声しか出ないが、やるべきことはわかっている。ローズは顎を上げた。「生徒としてではなく、雇ってもらえるなら教師として」

女主人は一瞬考え込んだがゆっくりとうなずいた。「賢明な選択だわ。学校にはお友だちもいるはずだし、私の兄も近くにいるもの。どちらにもすぐに手紙を書いて、あなたが戻ると伝えておくわ。あなたよりも郵便馬車のほうが速くあちらに着くはずだから」

「私はいつ――出ていくべきでしょうか？」レディ・アシュボーンからまっすぐ見つめられ、ローズは肩を落とした。「明日ですよね。いいえ、もう今日だわ」ベッドから立ち上がる。「わかりました。今からやらなければいけないことがたくさんあります。馬車の手配、宿屋にも――」

レディ・アシュボーンはローズの腕にそっと手をかけた。「午前五時にできることなんて何もないわ。少し休んで、十時になったら私の居間に来てちょうだい。一緒に準備しましょう。最近では夜九時になるまで太陽は沈まない。だからお昼に出発してもずいぶん先まで進める。明日にはスティーブニッジにたどり着けるかも。少なくともハットフィールドまでは大丈夫。うちの旅行用馬車を使えばいいから」

「ありがとうございます。でもアシュボーン卿が使うのでは？　競馬場でお友だちと会うはず――」

「馬車がなくてもなんとかするでしょう。ここから離れなければいけないあなたに比べたら、そんなのはささいな問題にすぎないわ。まったく、いつだって最悪な状況を我慢しなければいけないのはレディのほうなのよね」

「意に沿わない結婚を強いられた紳士たちは、あなたの意見に反対するかもしれません」

「だったら、初めから未婚の乙女にキスなんかしなければいいのよ！　ジェームズはあなたより六つも年上だし、貴族がどういうものかよく知っているんだから。ああ、うまくおさめられたらいいんだけど」

　ローズはまたしても罪悪感に襲われた。「本当にごめんなさい。こんなに優しくしてくださったあなたにご迷惑をかけてしまって」

「迷惑なんかじゃない。いいえ、ちょっとはそうかもしれないけれど、この数カ月は本当に楽しかったもの」

「でも私……やってはいけないことをしてしまいました」

　女主人は鼻を鳴らした。「繰り返すけれど、悪いのはあなただけじゃない。とにかく甥には私から話すわ」

「まあ！　どうか彼のことを――」

「こういう場合にレディだけ責められるのは不公平だわ。少なくとも殿方も同じく非難されるべきよ。年齢と経験を考えれば、当然彼のほうが――」

「慎重になるべきだった？」ローズは女主人の言葉を補った。「でもジェームズ――アシュボーン卿ほど慎重な方はいません。慎重さが彼のモットーなんですもの！　彼だけを責めるなんてできません」

　女主人は眉根を寄せた。「そう、そこなのよ。普段のジェームズは慎重そのものなのに、なぜこんなことを？」ローズの目をのぞき込んで言う。「あなた、本当に彼と結婚する気はないの？」

「ええ」本心をちらりとものぞかせずに答えられた

ことに安堵《あんど》し、女主人の視線を受け止める。

レディ・アシュボーンはため息をついた。「わかったわ。あなたが出発するまで甥に話をするのは待ちましょう。でもこの件に関する私の意見を、ジェームズにはたっぷりと聞かせるつもりよ」ローズの頬にキスをする。「本当にごめんなさいね。もしあなたのお母様の家族が見つかれば、すべて違っていたかもしれないのに」

〝すべて違っていたかもしれないのに〟

女主人が部屋から出ていき、心配顔のサリーがベッドを整えてくれ、一人になってろうそくを吹き消してからもずっと、その言葉がローズの頭のなかで響いていた。もし私が良家の血筋だと明らかになれば、子爵は自分の意志で求婚してくれただろう。

もしも……。

いいえ、〝もしも〟ばかり考えても意味がない。これが現実。もしここにとどまれば私は恥をさらすだろう。だからこそいなくなり、姉たちから離れ、彼とも二度と会わないようにしなければならない。暗闇のなか、寝返りを打つ。全然眠れそうにない。

結局、一睡もできず九時前には起きてしまった。十時にレディ・アシュボーンの居間へ向かったときには、出発の準備が完全に整えられていた。今サリーは、女主人の命によって従者から届けられた新品のトランク三つに、ローズの美しいドレスをすべて詰めているところだ。使用人たちに知らされているのは、ベルたちの後見人の具合が悪くなったということだけ。ローズの青白い顔やレディ・アシュボーンの厳しい態度で、ミスター・マーノックの具合がよほど悪いのだと思っているだろう。サリーのものといたげな表情をなるべく無視しながらも、こんな大騒ぎを引き起こしているのが心苦しかった。しかも原因が自分の愚かさにあるのだからなおのこと。

アンナとイジーは何かがおかしいと気づいている

に違いない。小声で話し合いながら居間に入ってくるなり、イジーが尋ねてきた。「ローズ、レディ・アシュボーン、いったい何が――?」

レディ・アシュボーンは手をあげて制した。「待ってちょうだい。とりあえず座って」従者二人がサイドボードに皿を運び終えるのを待ってから命じた。「下がっていいわ」

彼らが退室すると、イジーは再び口を開いた。

「何があったんです? 使用人たちはみんな慌てているし、屋敷全体に重苦しい空気が漂っています」

レディ・アシュボーンはローズをまっすぐに見たが、何も話せずにいるのに気づいたようだ。「私の兄の具合がよくないの。ローズが親切にも――」

「いいえ」アンナとイジーは後見人が病気だという話をすっかり信じ込み、ショックを受けている。でもローズはあえて口を開いた。「他のみんなにはそう伝えたけれど、姉たちには真実を知る権利があります」

三姉妹の視線を一身に浴びながら、レディ・アシュボーンはうなずいた。「いいでしょう。でも二人とも、絶対に誰にも言わないと誓ってちょうだい」

アンナもイジーも困惑した様子で約束をした。

ローズは息を吸い込んだ。「私は昨日、ある紳士に……キスを許したの。公の場で。それを見られてしまった」

「なんですって?」

「ローズ!」

衝撃、恐れ、疑念。まったく同じ表情を浮かべる姉たちを前にローズはうなずいた。「これが噂になれば私の評判は地に堕《お》ちる。残念だけどあなたたちの評判も。社交界は私たち三人をひとまとめにして判断するはずだから。本当にごめんなさい。あなたたちの期待を裏切って。ママの期待も、ミスター・マーノックの期待も裏切ってしまった」改めて自分の過ちの大きさに気づき、両手で顔を覆った。

「ローズ！　だから昨夜のあなたは――」イジーは口を閉ざした。ローズが幸せそうだったことを言いたいのだろう。「だったら、あれはレディ・メアリーの婚約のせいではなかったのね？」

「レディ・メアリーが婚約を？」レディ・アシュボーンが即座に反応した。「誰と？」

ベルたちの誰もすぐには答えられず、短い沈黙が落ちた。姉たちはローズの告白の衝撃からまだ立ち直っていないのだろう。ローズ自身もだ。

「まさかガーヴァルドじゃないでしょうね！」女主人が続ける。「レディ・メアリーはいい娘だけれど、あの伯爵とやっていけるほどの強さはない。王子もそうだわ。彼の情熱的な一面は、あの娘を怖がらせるはず」突然口をつぐんだ。「もしかして、ミスター・フィリップス？」

ローズがうなずく。「彼が昨日、レントン卿と話したんです」

「なるほど、そういうこと」レディ・アシュボーンは顎をさすった。「いろいろなことが見えてきたわ……」

アンナが低い声で尋ねた。「ローズ、あなたにキスした男性って誰なの？　その人が友だちに話した可能性はない？」

一瞬体をこわばらせたが、ローズは理性を働かせた。「いいえ、彼が誰にも話すはずない。それにその人の名前は言えない。だって――」不意にある疑問が浮かび、女主人に向き直った。「昨日の……あの出来事を見たのは誰なんです？」

「いい質問ね。私にその話を教えた人物は、情報元を明かそうとしなかった。でも私からもあなたに尋ねたいの。その出来事は公園で起きたと言っていたわよね？」

「はい」恥ずかしさのあまり、目を伏せる。

「そのとき、あなたと一緒にいたのは誰？」

「レディ・メアリーと……紳士二人です」

「レディ・メアリーはその出来事を見ていたの？」

ローズは首を左右に振った。「それはありえません」

「他に誰か、近くにいなかった？」

「誰もいませんでした。一人も。あっ！」ローズは口に手を当てた。「従者がいました！　彼のことをすっかり忘れていたわ！」

「ふうん、レディ・メアリーの従者がねえ」女主人が一瞬考え込んだ。「この聞くに堪えない話を聞かされた理由がわかったわ。他にもっと有望な殿方たちがいるなかで、ミスター・フィリップスにレディ・メアリーの心をかっさらわれたことと関係があるはずよ」

「でもレディ・メアリー自身がミスター・フィリップスを選んだんです。母親の反対を目の当たりにしても」ローズには女主人が何を言っているのかわからなかった。

〝聞くに堪えない話〟その言葉に傷ついていた。でもそう言われて当然だ。

「そうでしょうとも。あの二人はお似合いだもの。力を合わせて対処するはずよ」

ローズは当惑したように姉たちと目を見交わした。女主人が正確には何を言いたいのかわからない。

ミスター・フィリップスに爵位がないから？

頭のなかがぐちゃぐちゃだ。不要な考えは手放さなければ。

「でもマイ・レディ、とりあえず今しなければいけないことはなんでしょう？」アンナはローズに椅子を近づけ、妹の手を取った。

「今すべきこと？　それならすでにローズと話し合ったわ。彼女がその紳士と結婚するか、いなくなるかのどちらかしかない」

「だから、いなくなろうと決めたの。ミスター・マーノックが病気になったふりをしているのはそのせいなの」ローズはこらえきれず涙をこぼした。「嘘、嘘、嘘、嘘ばっかり！　全部私のせい！」

この発言に対し、姉たちは強い口調で異を唱えた。その場にいるレディ全員が涙をはらはらとこぼし始めた。レディ・アシュボーンも、ローズがいなくなったらどれほど寂しいかを訴えた。

私が子爵に惹かれているのを、姉たちはすでに気づいているのでは？　そう疑っていたが、ローズは相手の紳士が誰か明かさなかった。それから一時間以上も、アンナとイジーは妹を思いとどまらせようとしたが、結局はレディ・アシュボーンとローズ本人と同じ結論に達した。ローズが相手の紳士に結婚を迫らない限り、立ち去るしか選択肢がない。

「ああ、ローズ！」イジーが妹を強く抱きしめる。「今まで一度も離れ離れになったことがないのに」

アンナも二人の体に両腕を回した。「私たち、あなたなしでどうすればいいの？」

「それは私も同じよ！」過去の記憶が次々と蘇《よみがえ》ってくる。一つの寝室を三人で使い、よく互いの髪を梳《と》かしたり、ボタンかけを手伝ったりしたものだ。一緒に泣いたり笑ったり言い合いをしたり。いつもアンナとイジーがそばにいたのに、生まれて初めて私は一人ぼっちになる。

アンナとイジーなしでどうすればいいの？

姉たちと額を寄せ合いながら、ローズはあふれる涙を止められなかった。

18

レディたちはとうとう涙を拭いた。そうする必要があった。それから数時間後――子爵がまだ階上で寝ている間に――ローズはアシュボーン・ハウスを離れ、北方への長い長い旅を始めた。

屋敷の外に出たとたん、午後のまぶしい日差しが照りつけてきたが、ローズの心は嵐が吹き荒れたままだった。喪失、後悔、罪悪感の雨が容赦なく降り続けている。一人で乗った馬車が角を曲がるまで、屋敷の前で見送るレディ・アシュボーンと姉たちを見つめ続けた。胸が張り裂けそうだ。計り知れない衝撃と悲しみのせいで、頭も心もうまく働かない。あの屋敷にいるのは私がこよなく愛する人たち。なのに今、こうして彼らから遠く離れようとしている。

絶望に駆られながら車窓を流れるロンドンの景色を眺めた。心に刻みつけるように。

騒音や悪臭がひどいし、いろいろあったけれど、いつしかこの街が好きになっていた。エルギンはさぞ静かに感じられるに違いない。なぜ田舎のいち教師となって満足できるなどと考えていたのか？　今となっては自分でも理解できない。

目覚めたときもまだジェームズの頭はもやがかかったようだし、心は乱れきっていた。すべてミス・ローズ・レノックスのせいだ。公園でキスしたときやダンスしたときに彼女が見上げてきた様子が脳裏から離れず、頭がくらくらし、胸の鼓動が速くなる。それが全然気に入らない。その一方で、なんだか心地よくてたまらない。なんなんだ、この状態は！　わけがわからないし、どうすればいいかもわからない。不都合きわまりない。

着替えて階下におりると、注意深く応接室を避けてそのまま屋敷の外へ出た。午後の日差しが照りつけるなか、向かうは紳士クラブだ。今日はずっと男友だちと過ごそう。屋敷にいる美しい三姉妹は可能な限り避けたい。彼女たちは美しすぎる。異性にうっとりしたい気分ではない。そう、慎重さこそが僕のモットーで、慎重さ、理性、思慮深さがすべて。僕の頭がおかしくなることなどありえない。

出発して七時間しか経《た》っていないのに、ローズはすでに馬車の旅にうんざりしていた。ここまで来る間に、行きの馬車旅でどれほどくたびれたか思い出した。出発してから何日目かあえて数えないようにしたことも、旅の初日に比べて九日目のほうがはるかにつらかったことも。

ローズも今なら知っている。馬車がでこぼこ道のせいで大きく揺れることも、急に曲がるせいで窓下にぶら下がった革紐《かわひも》にすばやくしがみつく必要があることも。薄い車体から暑さ寒さが忍び込んでくるせいで旅の不快感が増すことも。行きの旅はスコットランドの冬の終わりだったため、重ねた毛布の下で姉たちと体を寄せ合い、暖をとった。帰りは英国の夏の熱にさらされ、かまどのなかにいるように感じられるときもある。

それでも体の不快感のせいで、心の痛みから気をそらせるのはありがたい。どうしようもない後悔と罪悪感にさいなまれていた。もう二度と子爵には会えないとわかっているから。

これが今から始まる私の人生。キスや優しい眼差《まなざ》しはもちろん、あの男性にいらだつことさえない人生だ。

もう一度、彼にいらっとさせられたい。この瞬間ほどそう強く願ったことはない。そのためならなんだってしたい気分だ。

今宵《こよい》ジェームズはくつろげずにいた。普段なら、紳士クラブで過ごす夜はのんびりできる。極上のワイン、楽しい会話、気のおけない友人とのひととき。それなのに、今夜はなぜか落ち着かない。親しい友人たち数人と食事をし、王子やガーヴァルドと談笑したあと、大学時代の仲間たちとさまざまなカードゲームに興じたというのに。そろそろ帰ろうと思っていた午前三時過ぎ、ロバートがやってきた。

「ロバート！」なんだかほっとしながら親友に声をかけた。「調子はどうだ？」

彼はにやりとした。「これ以上ないほどいい。今夜、セフロン卿《きょう》夫妻主催の夜会で婚約を発表したんだ」

ジェームズはその夜会を欠席したことを詫《わ》びた。大勢の人と交流する気分になれなかったのだ。「こんなに早く？　あと数日は待つのかと思っていたが」

「僕もだ。どうやらレントン卿が妻の抵抗に我慢しきれず、無理強いしたらしい」彼は顔をしかめた。「レディ・レントンは不賛成を隠そうともしない」

「それでも君はレディ・メアリーから結婚の承諾を得た。一番大事なのはそこだろう？」

「ああ。ただレディ・メアリーには幸せになってほしいんだ。母親に認めてもらえないことでひどく心を痛めている」

「なんだって？　彼女が結婚を取りやめにすると考えているのか？」

「まさか。その点は心配していない。彼女は僕を夫にするだろう。その理由は一生かけても僕にはわからないけどな。僕は世界一の幸せ者だよ！」

「そうとも、ロバート、君の言うとおりだ」

心からの言葉だ。ロバートは本当に運がいい。

「さあ、今夜の夜会の様子を聞かせてくれ。誰が出席していた？　知っておいたほうがいい新たな噂《うわさ》話《ばなし》は出たか？」

従者がワインを運んでくると、二人は隅にある静かな一角に座り、このひとときを楽しもうとした。

「そういえば、ベルたちも君のおば上も出席していなかったな。レディ・メアリーが寂しがっていた」

「そうなのか？　他に約束があったのかな？」

「レディ・メアリーの話では、前の夜にはミス・ローズは三人とも出席すると話していたそうだ。きっと別の約束があったのを忘れていたんだろう」

「そうだな」いや、それはありえない。ローズはおばを手伝い、招待状の出欠の返事を書いている。きっと、ベルたちの誰かの具合が悪くなったのだろう。

それか、彼女たちもそろそろ静かな一夜を家で過ごしたくなっただけかもしれない。怒涛《どとう》のように続く催し物に辟易《へきえき》する気持ちはわかる。だが、今はローズについて考えてはいけない。危険だ。「ミセス・チョーリーは娘を引き連れてまた王子を追いかけ回していたのか？」ジェームズは必死に頭からローズを追い出した。今夜はこれで百回目だ。

なかなか眠れず、窓下に設置された足車つきの低いベッドで眠るメイドの寝息を聞きながら、ローズは狭苦しいベッドで寝返りを打つと、子爵は今頃どうしているだろうかと考えた。今夜はこれで百回目だ。

私が屋敷を去ったと聞かされ、彼はどう感じただろう？　善良な彼のことだ。こんな事態になったのはあのキスのせいだと知らされ、後悔にさいなまれているに違いない。

でも現実的になる必要がある。後悔や悲しみを感じていても、彼は安堵《あんど》も覚えているはず。不釣り合いな相手との結婚を強要されずに済んだのだから。

〝不釣り合いな〟

　またしても涙が頬を伝い始めた。朝よ、早くやってきて！

　朝を迎えても、ジェームズはあくびをし、二度寝した。近侍には正午に起こすよう命じてある。ただ途切れがちな睡眠の間も屋敷の物音に耳を澄まし、ついローズはどこにいるのかと考えてしまう。とうとう正午になり、近侍が起こしに来ると、やっとベッドから抜け出せると安堵した。

「おはよう」そうつぶやき、ベッドの上ですばやく体を起こし、近侍に命じた。「紅茶とコールドビーフ、パンを頼む。あと風呂にすぐ入りたい。今日は金色のベストを着る」

「かしこまりました、閣下」

　入浴の支度には一時間近くかかり、ジェームズは風呂に入りたいと言ったことを後悔し始めていた。とはいえ、昨夜クラブで愛煙家たちと過ごしたせいで、煙草《たばこ》の臭いが体に染みついている。そんな状態でレディたちの前に出たくない。入浴を終え、髭《ひげ》を剃《そ》り、着替えをするのに半時間ほどかかった。レディたちが屋敷にいれば昼食をとる頃だろう。

　部屋を出る前に、鏡の前で自分の姿を確認した。普段ならば絶対にしないことだ。「何かお気に召さない点でもございますか、閣下？」近侍が心配そうに尋ねてくる。

「気に入らない点？　いや、まったく問題ない」

　教会の鐘が午後一時半を告げるなか、ローズは悲しみに暮れながら、馬車の窓から外の景色を見るともなしに眺めた。またしても名もない村だ。羊を移動させている男、赤ん坊に乳をやる女を追い越していく。ここには彼らの生活がある。でも、私のはない。

狭い路地に隠れている若い男女が見え、はっと息をのんだ。壁にもたれている女に向き合うように男が立っている。女が男の体を引き寄せ、キスしようとしたまさにその瞬間、馬車が通り過ぎて二人の姿は消えた。若い男性が恋人に口づけている残像が、ローズの記憶にくっきりと刻みつけられる。

もう二度と彼と唇を重ねることはない。

ああ、ジェームズ！

ジェームズはゆっくりとした足取りで、階段の踊り場から自分の寝室へ向かっていた。屋敷のどこかで時計が午後一時半を告げている。何かが明らかにおかしい。あるいは、何かが違う感じがする。そう、流れている空気が違うのだ。でも何がどう違うのかわからない。

昨夜遅くにクラブから帰宅したため、当然朝食は食べなかった。二日前の舞踏会以来、ローズとは顔を合わせていない。今朝、目覚めた瞬間からもうわかっていた。彼女にどうしても会わなければ。それも、なるべくすぐに。彼女に会いたくてたまらない。何が現実で、何が現実でないのか知るために。

僕の頭はおかしくなったのか？

この不可思議な状態が何を意味しているのか突き止めなければ。そのためにもローズに会うことが何より重要だ。

もちろん、慎重さは僕のモットー。だから昨日はずっと屋敷から離れていた。そんな自分を褒めてやりたい。

ほらね？　自分に言い聞かせる。僕は理性を失ってなどいない。

良識、理論的思考、分別がすべてだ。どれも教養のある男には欠かせない。〝昨日もずっと彼女のことを考えていたくせに〟という心のささやきは無視することにした。

だが今日こそローズに会わなければ。その必要性をかつてないほど強く感じている。

これは一種のテストだ。

自分が理性的でいられるかどうかのテスト。そう心に決めたのに、昼食のために食堂へ足を踏み入れたときは不安と緊張を感じた。ばかな！

気を引き締めたものの、ローズの姿はなかった。ほとんど絶望に近い感情を覚えたが、その理由はわからない。部屋にいたのは自分のおばとローズの姉たちだけだ。ローズはどこにいる？　そうはっきり尋ねるのがはばかられた。こちらの特別な想《おも》いを彼女たちに知られそうで恐ろしい。まだ隠しておかなければ。たとえ姉たちからであっても、ローズを困らせるような発言にはさらしたくない。尋ねる代わりにほぼ無言のまま昼食をとったが、ローズの不在をひしひしと感じてしまう。食事を終え、すぐに食堂から出た。

おばとローズの姉たちはまだ食堂に残っていた。僕が立ち去る瞬間、アンナとイジーがほっとしたように見えたのは目の錯覚だろうか？　一方でおばは何か尋ねたがっている様子だった。しかしそれがどんな質問であれ、今の自分にはうまく答えられそうになかった。心はローズでいっぱいで、他の何ものも入り込む隙はない。だから外出はせず、こうして寝室に戻ろうとしている。一人で考える時間がほしい。

懐中時計を確認する。午後二時。もちろんローズはレディ・メアリーかミス・フィリップス、あるいは別の友人を訪ねているのだろう。まだ午後の半ばだ。それか別の予定があったのかもしれない。だが何かが気になる。アンナとイジーの態度が今さらながら引っかかった。

それだ！　二人とも明るく、おばも僕も話に割り込めないほど饒舌《じょうぜつ》だったのに、今日は弱々しい笑みを浮かべていた。あれは偽りの笑みだ。ベルたちらしくない。それに今思えば、おばはいつもと違ってやけにおとなしかった。しかも彼女たちは昨夜の夜会も欠席していた。

いったい何が起きているんだ？

ローズは病気なのか？　にわかに心臓の鼓動が速まる。

でも病気なら、なぜ彼女たちは僕に言わない？

もしや月のものがきたのかも……。

ふと気づくと、ローズの寝室の前に立ち、考える間もなく扉を叩《たた》いていた。応答はない。もう一度ノックする。今度は少し大きめに。こんなことはすべきではない。わかっているが自分を抑えられない。やはり応答はない。

レディ・アシュボーンの部屋から、色鮮やかな扇子を手にしたメイドが出てきた。そういえば、先ほど女主人から持ってくるよう命じられていた。

「サリー、君はサリーだな？」ジェームズはそっけなく尋ねた。

「はい、閣下」メイドはお辞儀をした。

「ミス・ローズがなかにいるか確かめてくれないか？」

メイドは眉をひそめた。「ですが閣下――」彼女が言《い》い淀《よど》んだ瞬間、うなじが総毛立つのを感じた。

「ですが、なんだ？」まだためらっているメイドに向かって言う。「サリー、答えろ。ミス・ローズはどこだ？」

「ミス・ローズは出ていかれました、閣下。昨日、旅行用の馬車で」

「出ていった？」突然、足元の床がぐらりと揺らいだ気がした。「どこへ行ったんだ？」

「私には答えられません、閣下。奥様がお答えになるはずです」メイドに見上げられながらも、血の気が引いていくのがわかる。

出ていった？　ローズが？

「わかった。下がっていい」どうにか言った。

メイドが下がるとすぐに、ローズの寝室の扉に手をかけて開けてみた。かすかに彼女の残り香が漂っている。一瞬目を閉じ、彼女の笑顔を思い出してみた。キスを終えたあと、震えていた彼女の声も。

部屋に残っていたのはかすかな香りだけだ。小物もなければ、ベッド脇の机にろうそくもない。大股で衣装戸棚に向かい、開けてみたが空っぽだった。ローズがすべて持っていったのだろう。

旅行用の馬車で。

つまり、長旅に出たということだ。

ローズが最終的に下した結論を知り、衝撃に言葉を失った。サリーから聞かされた瞬間から、ローズはいないとわかっていたはずなのに、がらんとした寝室を目の当たりにし、改めて思い知らされた。ローズはレディ・メアリーの家族と泊まりがけの旅行に出かけたわけでも、ミス・フィリップスと郊外へ旅行に出かけたわけでもない。そんなんじゃない。

ローズはもう戻ってこない。

ジェームズは踵《きびす》を返し、食堂を目指した。答えを知る必要がある。それも今すぐに。

19

「ありがとう」

休憩を終えたローズは、御者の手を借りて馬車へ戻った。何時間もかけて何キロも進む旅の再開だ。スコットランドからロンドンへ向かう行きの旅は姉たちがいた。おしゃべりしたり、なぞなぞを出したり、トランプをしたりして時間を潰したが、帰りは一人だ。本は座席のポケットに入れたままになっている。読書をする気分になれなかった。

私にできるのはこうして座り、毅然《きぜん》とした態度を貫くことだけ。今日も絶対に泣くものですか。

今では、涙をこぼさずにいるのが驚くほどたやすいことになった。自分の心が氷の塊みたいに思える。似たような塊が喉にもあり、のみ込むときに痛みを感じることもある。でもこうして鋼のごとき態度を取れるなら、喜んでこの代償を支払おう。私の礼儀正しく冷静な態度の下に、生々しい心の痛みが隠されているとは誰も思わないだろう。ひりつくような痛みに襲われるたびに、必死に心の奥底へ押し込むようにしている。

考えてはいけないことを考えそうになると、通り過ぎる門扉を数えたり、ラテン語の動詞を活用したり、国名をアルファベット順に並べ替えたりして気を紛らわした。何を考えるかは重要ではない。自分が失ったさまざまなもののこと、会うのを禁じられたあの人のことを考えない限りは。

ジェームズは食堂の扉を開け、従者たちに叫んだ。「出ていけ！」アンナとイジーは驚いた表情で彼を見たが、おばはため息をついただけだ。

「あなたたちも下がって」おばがアンナとイジーに言う。二人が抗議の声をあげても、きっぱり言い渡した。「甥《おい》と二人だけで話したいの」

二人が出ていき、扉が完全に閉まると、ジェームズは口を開いた。「どこなんです？」

「ローズの居場所を尋ねているの？」

「はい、昨日彼女が旅行用馬車でこの屋敷から出ていったと聞きました。本当ですか？」

おばはうなずいた。「それが最善だったの」

その言い方が気になったが、今必要なのは情報だ。

「どこへ行ったんです？」

「ベルヴェデーレに戻ったわ」

「忌々しい教師になるためか！」鋭い眼差《まなざ》しをおばに向けた。「どんな手を使ったんです？」

「わかって。こうする必要があったの」

「なぜ彼女が出ていく必要が？」ジェームズは絶望に駆られた。なぜおばはこんなことをしたんだ？

「あなたが見られてしまったから」

「見られた？」耳鳴りがした。おばの言いたいことがすぐにわかった。くそっ！

「ええ、あなたが公園でローズにキスをして、彼女の体面を汚しているところを。ジェームズ、どうしてそんなことができたの？」

「今それはどうでもいい。なぜ彼女を帰したんです？」

「さっきの私の話を聞いていなかったの？」おばが立ち上がり、近づいてきた。「あなたは彼女の体面を汚した。二人とも見られていたの」

「それが何か？　そういう状況では……紳士がレディに結婚を申し込むのが筋ですよね？」

おばは口をあんぐりと開けた。「じゃあ、あなたはローズと結婚するつもりだったの？」

ジェームズは目をすがめた。「何が起きたか当ててみましょう。あなたはローズに、僕の花嫁になるにはふさわしくないと告げた。彼女の家柄を考えたら子爵夫人になるべきではないと。彼女との結婚でアシュボーン家の名誉が損なわれると」

　おばは目を伏せた。「そんな露骨な言い方をしたわけじゃない。でもローズは絶対にあなたとは結婚したくないとはっきり言っていたわ」片手を上げて続ける。「最後まで言わせて。私がベルたちをどれだけ愛しているか、あなたもわかっているはず。今では自分の娘も同然の存在なの。特にローズは、これからあの娘なしで屋敷をどう切り盛りすればいいかわからない。この数週間、ローズには本当に助けられたから。でも結局、あの三人の母親の身元を突き止められなかった。すべての可能性が消えてしまったの。つまり……」語尾が尻すぼみになる。

「つまり、彼女たちの出自は不明のままです。もっと言えば、社交界ではあの三人が庶子《バスタード》かもしれないという噂《うわさ》が常に絶えないということだ。今あなたはたじろいだが、間違いなくこの言葉がささやかれるでしょう。でもそんなこと、気にするものか！」不意に重荷をおろしたように感じられ、ジェームズは背筋を伸ばした。「何週間も前にローズに言ったように、正気の人なら評判を気にかけずにはいられないでしょう。だからこそ、僕は彼女たちを守らなければいけません。それについ最近にローズにも言いましたが、慎重さなどくそくらえ！」

　ジェームズが大股で扉に近づいて開けると、案の定、従者一人とメイド二人が聞き耳を立てていた。

「こちらへ！」従者を指差した。

「わ、私ですか、閣下？」

「御者に旅行用馬車の支度を整え、僕の近侍に荷造りをするよう伝えろ。一時間以内に出発だ！」

「は、はい、閣下。ですが……旅行用馬車も御者も出払っております。ミス・ローズが――」

「くそっ！　それなら古い馬車で出かけるしかない

な。車軸は修理したか?」

「私にはわかりかねます、閣下」子爵の激怒の表情を目の当たりにして、慌てて続ける。「ですが、すぐに用意させます!」

「そうしてくれ! なんだ、まだあるのか?」腹立たしいことに、従者はまだぐずぐずしている。

「近侍はあなたのお出かけが何日くらいになるか知りたがるはずです。それにお供する必要があるかどうかも」

ジェームズは眉をひそめた。「一人で出かける。旅の日数はわからない」ローズが旅立ってほぼ二日。おんぼろの馬車で追いつける望みはまずない。「三週間はかかるだろう。執事を図書室に呼んでくれ。この先の約束をすべて取り消すのに彼が必要だ」

目の前の霧が晴れた気分だ。疑念や不安も、慎重さがモットーの人生もすべて吹き飛んだ。

こんな事態を招いたのは僕の曖昧さだ。愛するローズを帰国させるとは。それも僕を愛した罪で。そう、僕がローズを愛しているように彼女も僕を愛している。僕のために姉たちや友人、ここでの生活を捨てて去ったのが何よりの証拠だ。

今ならはっきりわかる。アシュボーン子爵夫人はローズ以外にありえない。何よりも確かなことだ。

はっきりしない態度を取り続けていた自分に悪態をつき、心のなかで願う。遅すぎないように。もはや選択肢を慎重に検討すべきときではない。今こそ検討ではなく行動をするべきときなのだ。

おばに短く会釈すると、ジェームズは早足で廊下へ出て、階段を一段抜かしでのぼり始めた

夜明けを迎え、ローズはピンク色に染まりつつある空を眺めた。真っ暗なこの心をあざ笑われているみたい。御者には毎朝夜明けとともに出発するよう頼んでいる。けれど過酷な馬車旅を一週間続けるう

ちに、ここまで来たのだから出発をもう少し遅くしてもいいのではないかと迷い始めている。でも早く出発するほどロンドンから遠ざかれる。日没前になるべく距離を稼ぎたい。あと二日か三日でスコットランドに到着だ。

　レティキュールに入れた、レディ・アシュボーンがくれた旅行案内書を確認する。一人旅の良家の子女が安心して泊まれる宿屋が載っている。ベッドが清潔で料理がおいしく、寝室にメイド用の足車つきの低いベッドが備えつけられている宿だ。

　この私の評判を守るために！

　皮肉っぽい笑みが浮かんだ。私の評判はもう台無しも同然で、そのせいでこの茶番劇を演じている。姉たちの評判を守るため、レディ・アシュボーンが立てた計画が成功したかは、ロンドンからベルヴェデーレ宛ての手紙が届くまでわからない。

　レディ・アシュボーンから旅のお供にサリーを連れていくよう言われたが断った。最近サリーがある従者とつき合い始めたのを知っていたからだ。

　私は二度と愛《いと》しい人に会えない。たとえ数週間でもサリーを愛しい男性から引き離したくない。

　貴族のレディとしての短い時間は終わり、戻ったらいち教師になるのだ。メイドに頼るのはおかしい。

　ベルヴェデーレに着いたら、すべてもっとうまくいきますように。ばかげた考えだとわかっていても、今はそれだけが望みだ。高くのぼった太陽の下、郊外をひた走る馬車から一面に広がる田園風景を眺める。たまに町を通り過ぎると、猫を追いかける少年や吠《ほ》え合う犬たち、ステッキをついて散歩する老人の姿を目で追った。馬車の外にあるのは現実の世界。人びとが笑ったり愛し合ったり何かを感じたりしている。馬車の内には何もない。もはや苦しみも涙も。あるのは虚《むな》しさだけだ。

「もっと急げ！」ジェームズは馬車の窓から身を乗り出し、御者を急《せ》かした。おばの命で、彼の御者頭はすでにローズを乗せて旅立っていたため、急遽《きゅうきょ》、厩《きゅう》務《む》員《いん》に年代物の馬車を運転させるしかなかった。もう十五年も使っている代物だ。

急かしても無意味なのは百も承知だ。新しい馬車に比べると、古い馬車は速度も遅く馬力もない。一時間ごとにローズに引き離されることになる。せめて彼女が毎日二、三時間のゆったりしたペースで馬車旅をしているように、と祈るほかない。もしローズも彼のように夜明けから日没近くまで旅を続けていたら、こうして少しでも速くと馬たちを急かしても徒労に終わるだろう。

旅する間も、自分の本当の望みを疑った瞬間は一度もない。ようやく本心に気づけた。この直感は正しい。ローズも同じ想《おも》いであってほしい。おばの話では、ローズは僕との結婚を断固拒否したという。なぜだ？　僕のために身を引いたのか？もちろんそうだ。ローズにはそういう優しさがある。しかしもし彼女にとって、僕とのことが戯れだったら？　まだ教師になる夢を持ち続けていたら？　そうでないことを願いながら、昼はひたすら馬車に揺られ、夜はほぼ眠れない日々を耐えるしかない。

馬車旅を始めて十日目、夕映えの空に懐かしいベルヴェデーレの煙突のシルエットが見えた瞬間、ローズは安堵《あんど》した。ようやくたどり着いた安息の地。きらびやかなロンドンから遠く離れたここでなら現実を、自分の運命を受け入れられる。

建物に入るとすぐにアグネスに抱擁された。メイドの心温まる出迎えに、わっと泣きだした。

「大丈夫です」アグネスはあやすように舌打ちした。

「家に戻ってきたんですから。もう大丈夫」

ここが私の家？　勝手知ったるベルヴェデーレは

懐かしいが、もう一つの家が恋しい。姉たちやレディ・アシュボーン、ジェームズがいる家が。

「みんなもう部屋に戻っていますが、あなたが今夜戻ってきたときのために私は夜ふかししていたんです」アグネスが言う。「校長がレディ・アシュボーンの手紙を受け取ったのは昨日で、あなたがいつ戻ってくるかわからなかったから。さあサンディ、緑の寝室に荷物を運んで」ローズのトランクを示しながら下男に言った。「昔の部屋は別の女の子たちが使っています。緑の部屋でも落ち着けるはず。さあ、夕食を食べますか？」

一時間後、夕飯を食べ終えて皿洗いを済ませてもローズは眠れず、窓から月を眺めていた。ロンドンで、彼もこれと同じ月を見ているのだろうか？　涙がこぼれ落ちた。二度と彼に会えない。ロンドンに戻るつもりはない。いくらあの地での生活が恋しくても。姉たちのどちらかが結婚して子どもができても、ミスター・マーノックを訪ねてくるはず。そのとき、私にも会いに来てくれるだろう。

旅立つ日の朝の、アンナとイジーの様子が蘇《よみがえ》る。あれほどの衝撃を受けても心配そうな顔で、私がロンドンに残る道を見つけてほしいと訴えていた。

最終的に二人を説得したのはレディ・アシュボーンだった。二つの選択肢を聞かされ、姉たちも私が立ち去るのが一番だと納得した。それから泣きながら私の荷造りを手伝い、時間潰しの本を選び、屋敷の前で馬車を見送ってくれたのだ。

一人旅には最後まで慣れなかった。馬車も宿屋も快適だったが、一人でこれほど長い時間を過ごしたことがなかった。美しい城や絶景を見るたびに、姉たちにも見せたいと思った。それと同じくらい、ジェームズに話して聞かせたいとも考えた。

彼が恋しくてたまらない！　時間が経《た》つにつれ、彼はゆっくりと私の一部になっていった。同じ屋敷に住み、ひんぱんに顔を合わせていたおかげで、いつしかその瞬間を心待ちにするようになった。

ただ現実は厳しい。彼とは一緒の人生を歩めないとわかっているのに、同じ屋敷で暮らすのはつらかった。私は子爵の妻にはふさわしくない。子爵である以上、彼は結婚する必要がある。きっと私以外の誰かと結婚するのだろう。

涙を拭い、ハンカチに手を伸ばす。過ぎた日々を振り返り、ああすればよかったのにと嘆くのは感心しない。エルギンに戻ってきた今日が、私の新たな人生――教師としての人生の始まりだ。数カ月前はそれ以上望んでいなかった。でも今では、そういう人生が慰めにしか感じられない。

明日は校長のミス・ロジーと話したあと、ミスター・マーノックを訪ねなければ。母の真実を探り出せなかったと話せば、彼はさぞがっかりするだろう。でも今では、その結果も落ち着いて受け止められる。

レディ・アシュボーンが言うように、母の本当の名前はマリアではなかったのだ。それほど本気で身元を隠そうとした。

私の問題なんて母のに比べたらどうってことない。

心のなかで再び繰り返す。母はおそらく未婚で、家族の助けも得られないまま三つ子を産んだ。夫の保護もお金もないまま、娘たちが五歳のとき、エルギンにやってきた。ミスター・マーノックの下で働けたのは神のご加護としか思えない。でも娘たちが成長する姿を見ずに、病気でこの世を去った。もっと長生きしたかったはずなのに。それに比べれば、私の試練なんてなんでもない。安心して住める家もあるし、食べ物に困ることもない。これ以上の何かを望んでも意味がない。

北へ向かう長旅の途中、ジェームズには物思いにふける時間がいくらでもあった。馬車が遅々として進まないため、窓からの景色を眺めつつ何日も過ごすしかなく、鬱々とした気分になった。確かな自信とともにこの旅を始めたのに、日に日に自信が失われていく。もしスコットランドへ戻ると言い出したのがおばではなく、ローズだったら？

〝ローズは絶対にあなたとは結婚したくないとはっきり言っていたわ〟

　おばからそう聞かされたときは耳を貸そうとしなかった。でもあの言葉が今さらのように心に重くのしかかってくる。

　ローズは熱心にキスを返してきたし、僕と一緒にいるのを楽しんでいた。何かに困惑したり何かを面白がったりする感覚もよく似ていた。でもそのどれも、彼女が僕を愛している証拠にはならない。それに彼女が教師になる夢をあきらめる理由にも。ローズがロンドンを離れたのは僕を愛しているからだと最初は思ったが、今ではそれがくだらない勘違いにしか思えなかった。

　もし〝ローズの魅力に抗《あらが》わなければ〟という自分の決意に、あれほどとらわれていなければ。慎重すぎた！　自分の本心に気づいたとき、すぐにローズと話せていたら、彼女の願いや気持ちをもう少し理解できたはずなのに。だがもしこうだったら、と考えてもなんの役にも立たない。

　〝私は絶対に結婚しない〟〝教師として子どもたちの指導に一生をかけたい〟そんなローズの固い決意を思い出すと、彼女との情熱的な口づけや視線の絡み合いを深読みしすぎたのかもしれないと不安になる。僕がローズを愛おしく思っていたからといって、彼女も同じ気持ちだとは限らない。たとえ僕を愛していたとしても、結婚に同意するとも限らない。明らかに、おばは僕と出自不明の女性との結婚を不適切だと考えている。いつ彼女の家柄にまつわる詳細が判明し、とんでもない醜聞が巻き起こるかわからないと。そんなおばの意見を、ローズももっともだと考えたはずだ。

　また長い一日が暮れようとしている。彼はため息をついた。ローズを安心させてあげたい。そのためには全力を尽くして彼女を説得しなければ。ただ問題は、彼女の意志の固さを考えると、説得できるという確信が持てないことだ。僕は彼女に会いたい。だが向こうは会いたくないかも？　そんな気持ちがせめぎ合い、困惑は深まるばかりだ。

「さあ、ジェーン」ローズは励ますように言った。幼いジェーンが間違いを怖がっていると知っているからだ。「フランスはどこか教えて」

　少女は顔を輝かせた。フランスの場所は誰もが知っている。他の生徒たちが見守るなか、地球儀の前に進み出た。「ここです、ミス・レノックス」

「正解！　それならサンクトペテルブルグの町はどこかわかる？」そのとき、開け放した窓から馬車が停《と》まる音が聞こえた。車輪の軋《きし》み音や馬たちの蹄《ひづめ》の音からすると、四頭立て馬車だろう。ベルヴェデーレではめったにないことだ。保護者の誰かが突然やってきたのか？　あるいは娘の入学を希望する新しい家族かも。

　どちらにせよ、残念ながら校長のミス・ロジーは町へ出かけていてあと一時間は戻らない。窓からちらりと見て、姿を見られないようすぐ下がった。みすぼらしいがロンドンの貴族が乗るのと同じ型の馬車だ。扉に刻された紋章がぼんやりと見えた。

「みんな、ラテン語入門の教科書を開いて二十六ページをおさらいして」そう指示して廊下へ出たところ、二人の教師とでくわした。どちらも予期せぬ訪問者に慌てている。下男のサンディが正面玄関を開けるのを見て、ミス・ファーカーが抑えた悲鳴をあげた。

ミス・モーティマーは同僚教師の様子を見て舌打ちした。「ローズ、お願い、お客様の相手をしてくれない？」ミス・ファーカーよりは少し落ち着いているミス・モーティマーは、三人のうち最も年若いローズが一番冷静に振る舞えると判断したのだろう。二人ともローズより三十歳以上も年上なのだけれど。

「ええ、もちろんです」かつて英国王妃や欧州の王子をはじめ、無数の英国貴族とも言葉を交わした自分を思い出し、ローズは同僚教師たちの不安げな様子をなるべく気にかけないようにした。校長不在の今、学校代表として最善を尽くさなければ。どんな保護者が相手でも、ベルヴェデーレの教育のすばらしさを精一杯伝えたい。

顎を上げ、礼儀正しい笑みを浮かべて前に踏み出したが、目の前に立つ男性を見るなりローズは激しく動揺した。

「ジェームズ！」

20

「ジェームズ！」

思いがけない再会に驚き、ローズは彼の名前を口走った。子爵の前では初めてのことだ。

「閣下！」すぐに礼儀正しさを取り戻し、会釈する子爵から片時も目を離さないままお辞儀をした。心の平静を失い、何もまともに考えられない。ジェームズが目の前にいる。どれほど恋しかったことか！

「ミス・レノックス、元気にしていたかい？」彼はいかめしい表情で、重々しささえ感じられる。たちまちローズの心臓は口から飛び出しそうになった。なぜ彼ははるばるスコットランドまでやってきたのだろう？

悪い知らせを伝えに来たのだろうか？

「はい、閣下。あなたはいかがですか？」

彼は短い笑い声をあげ、硬い口調で答えた。「元気だ、と答えないといけないだろうな」

曖昧な言い方が気になる。悪い兆しだ。ローズは気を引き締め、どうしても尋ねたかった質問を口にした。「閣下、何か悪いことでも？ まさか姉たちが――」

彼は首を左右に振った。「君と話したい」同僚教師二人をちらりと見る。「二人きりで」

これを聞いた教師二人が慌てて一歩進み出たため、ローズは彼女たちにアシュボーン卿《きょう》を紹介した。彼がレディ・アシュボーンの甥《おい》であり、ロンドンでは二人ともベルたちを手厚く迎えてくれたこともさりげなくつけ加えた。

「応接室へどうぞ」ローズは右手にある扉を示した。小さな応接室はアシュボーン・ハウスの壮麗な応接室には比ぶべくもないが、シンプルな上品さがある。

ロンドンにいる間、ここの違いをよく思い知らされたものだ。

子爵の目には、この簡素な応接室がさぞ慎《つつ》ましやかに映っているだろう。

彼のあとから部屋へ入ると、同僚教師たちも断固たる足取りで続いた。

となると、二人きりでは話せない。

紅茶を運ぶようアグネスを呼ぶため、下男のサンディがその場を離れると、四人全員が腰をおろした。

沈黙が落ちる。

「ロンドンからいらしたんですか？」ローズは尋ねた。ばかげた質問だ。わかっているが頭がまともに働かない。

「ああ。君より二日遅れて出発した。午後に」

「ずいぶん早く着きましたね。私は着いてからまだ三日しか経《た》っていません」またしても沈黙だ。「前にスコットランドにはいらしたことがあるんですか？」

「エジンバラだけだ。こんな北部まで旅をしたのは今回が初めてだよ。どうしても言いたいことがあってね。君だけに」子爵は、二人のやりとりを固唾をのんで見守っている同僚教師たちを一瞥《いちべつ》した。

「でも二人きりには――」ミス・ファーカーが言う。

　彼女はしごく正しい。若いレディは紳士と二人きりになってはいけない。相手がよく知っている紳士でもだ。ベルヴェデーレの規則で絶対禁止と決められている。でも驚いたことに、ミス・モーティマーはためらいなく立ち上がり、ミス・ファーカーを引きずり始めた。「閣下、廊下でお待ちしています。さあ、ミルドレッド、出ましょう！」

　その一瞬、ミス・モーティマーと子爵は意味ありげな視線を交わさなかっただろうか？　この数分間の出来事で混乱しきったローズにはわからなかった。今わかっているのは、生身のジェームズがここにいることだけ。他の人たちの言動の意味を考える余裕などない。ミス・ファーカーは大騒ぎしていたが、ミス・モーティマーは後ろ手に扉をしっかり閉めた。

　ローズはジェームズに向き直った。彼がここへ到着してから、ようやく初めてまともに愛《いと》しい男性の姿を見て、心がとろけそうになる。

　いつにもましてハンサムだ。でも、ものすごく悩んでいるような顔をしている！

「何があったのか教えてください、閣下。姉たちは元気ですか？」心配が募り、彼の目を見つめた。

　何かがおかしい。

　子爵はため息をついた。「二人とも元気だ。僕が出発した日の昼食の席では、これからの予定についてひっきりなしにしゃべっていた」

「そう聞いてほっとしました。でもまだ心配なんです、閣下」

「なぜ？」子爵がしっかりと目を合わせてくる。その瞳に荒々しさが浮かんだが、まばたきをする間に消えてしまった。取って代わったのはためらい――あるいは不安の色のように見える。

「あなたは元気がなさそうに見えます。それか、動揺しているように」思わず手を彼のほうへ伸ばしそうになったがどうにかこらえた。「閣下、私はあなたをよく知っています。今日のあなたは……悩み苦しんでいるアシュボーン卿です」

「実はそうなんだ」彼は苦笑した。「僕たちは本当にお互いのことがよくわかる。そうだろう？」

「ええ、本当に」

またしても沈黙が落ちるなか、子爵は椅子から立ち上がり、手を髪に差し入れながら大股で行きつ戻りつし始めた。ローズはただ彼を見つめ続けた。困惑が深まるばかりだ。

なぜ彼ははるばるスコットランドへ？

私に会いに来るはずがない。そんなことは望めない。だったら可能性は一つ。悪い知らせを届けに来たのだ。

彼は足を止めた。「元気にしていたのか、ミス・レノックス？」

「さっきその質問をされてから、まだ五分も経っていません」

「そうだな。だが本当に元気にやっていたのか？」

「こういう状況の割には元気です」別の可能性が頭に思い浮かび、ローズは眉根を寄せた。「母について何かわかったんですか？　それともあなたのおば様の具合が悪いとか？」でも、それを知らせに彼がわざわざやってくるはずがない。たとえレディ・アシュボーンの身に何かあっても、姉たちが手紙で知らせれば済むことだ。

「どちらも答えはノーだ」子爵は再び腰をおろした。でも今回はローズが座っている長椅子の隣だった。

「おばが君にロンドンから離れるよう言った件について話したい」

「はい」声が硬くなってしまった。

「ミス・レノックス、僕はここに来る前、ミスター・マーノックの事務所を訪ねた」

「ミスター・マーノックの？ でも、なぜです？ 許してください、閣下、今日は頭がまるで働かないんです。まさかあなたが――」

「もちろんそうだろう。前もって知らせずにやってきてすまない。だがどうしても来る必要があったんだ。肉屋の見習いの少年よりも、はるかにずっと君と一緒にいたいからだ！」

肉屋の見習いの少年？

彼はあの公園での話をしている。

でも、なんのために？「閣下、あなたが何をおっしゃりたいのかわかりません」

子爵は体をこわばらせ、うなずくと、大きく息を吸い込んだ。「ミスター・マーノックは君の後見人として、僕に求婚することを許してくれた」おもむろにローズの手を取った。「ロザベラ・レノックス、僕の妻になってくれないか？」

全身がひやりとした。衝撃のあまり、頭の先からつま先まで凍りついた。それでも子爵の言葉の意味を必死に理解しようとした。

彼がこの私に結婚を申し込んでくれた！

驚きと希望と喜びで胸がいっぱいになる。でも一瞬だけだ。「いいえ、私は結婚できません、閣下」手をそっと引っ込めた。

「なぜ？ 君の出生について、おばから言われたたわごとを気にしているのか？」

ローズはしっかりとうなずいた。「あなたがはるばるエルギンまでやってきてくださったことには心から感謝しています。でもやはり、この申し出を受けるのが正しいことだとは思えません。ご自分の花嫁に求めていらっしゃるように、あなた自身にも高貴さが求められているからです」

「確かにそうだ」彼は顎をぐっと上げた。傲慢とは言わないまでも、たっぷりの自信が感じられる仕草にローズは目を奪われた。「実際、ずっとそうであろうと心がけている。だが教えてほしい。君が反対する理由はそれだけか？」彼はもう一度ローズの手を取った。

教師は教室で手袋をしない。初めて彼の温《ぬく》もりを肌で感じ、ローズはぞくっとした。この感触を刻みつけておきたい。天に召されるその日まで、繰り返し思い出せるように。

「ローズ、君の本心はなんと言っている？」

感情がいっきにあふれそうになり、ローズは立ち上がった。もうこれ以上は無理だ。子爵と距離を置かなければ。「私の心について尋ねるのはずるいです。貴族は心なんて何も気にしていないのに」

「僕は貴族なんてちっとも気にしていない！」彼は立ち上がり、つかつかと歩み寄ると、彼女を抱きしめた。「ローズ、それなら僕を愛していないと言ってくれ。言ってくれたら、すぐにここから立ち去り、もう二度と君には会わないようにする」

もう二度と！

その言葉でローズは心臓をえぐられたような気がした。ここ数日間、一度も感じていなかった強烈な痛みだ。馬車で旅していた間に、心の傷も少しは癒えたかもしれない。とはいえ、ロンドンを離れてからずっと、生きながら悪夢を見ているようだった。

「さあ、言うんだ！」子爵が答えを要求している。

ローズは力なく首を左右に振った。

「言えません。でも――」

突然唇を重ねられ、彼女は理性を失った。同じくらい生々しい欲望と激しい情熱で応えずにはいられない。イエス！　心にその言葉が思い浮かんだ。思考というより直感に近い。今までの恐れが手から離れていく。イエス、彼のキス、温もり、情熱を受け入れたい。それに彼の求婚も。ローズはとうとうその言葉を口にした。

「本当にいいんですか？」しばらくして再び長椅子に腰をおろすと、ローズは尋ねた。子爵が頬にキスの雨を降らせ始める。

　それでも体を引いて目を合わせると、彼は低い声で答えた。「ああ。これほど強い確信を抱いたことはない」皮肉っぽい笑みを浮かべて続ける。「こと自分の人生を決める重要な決断に関して、僕ほど慎重な奴《やつ》はいない。確信がなければ動くたちじゃないんだ。自分でもびっくりするほど自信を持って言える。愛しているよ、ローズ」

　ジェームズが私を愛してくれている！

　もちろん、彼のキスや眼差《まなざ》しでそうわかる。遠いスコットランドまで追いかけてきてくれたのが何よりの証拠だ。でもこうして彼の口から聞くと、これは現実なのだと実感できる。彼を見つめ、ゆっくりと笑みを浮かべ、答えた。

「私もあなたを愛しています」

　彼はまたローズを強く引き寄せて口づけた。今度は優しく思いやりたっぷりのキスだった。キスの間に、愛情、恐れ、不安について語り合った。安らぎ、喜び、期待についてもだ。

　最終的には、彼のおばについて話し合った。レディ・アシュボーンはよかれと思って干渉したのだと。

「知ってのとおり、おばは君が大好きだ。でも僕のおじが亡くなってから、おばは必死に僕たち一族の評判を守ってきたんだ」

「もし私と結婚したら、あなたは社交界での立場を失いませんか？」

「この旅の間、そのことについてずっと考えていた。結局、僕の出した答えはこうだ。レディ・ケルグローヴなら、僕たちの結婚を喜ぶだろう。だがミセス・サックスビーなら認めようとしないだろう。さて、君にとって大切なのはどちらの意見だろうか？」

ローズは鼻を鳴らした。ジェームズがにやりとする。「もちろんレディ・ケルグローヴです。あなたと結婚できれば、ミセス・サックスビーの反対も名誉勲章みたいに思えるもの！」

「ああ、最愛の人よ！」子爵はまたキスを始めた。

そのとき扉が小さく叩《たた》かれる音でキスは中断された。ゆっくり開かれた扉からミス・モーティマーが顔を出し、片手では満足できず両手を重ね合って座る二人を見て満面の笑みを浮かべた。「ああ、嬉《うれ》しいわ！　あなたに最初におめでとうと言えるなんて！　大切なローズ！」

「ミス・モーティマー、私もまだ信じられません！」ローズが立ち上がり、彼女と抱き合う。「本当におとぎ話みたいです」そこへミス・ファーカーも加わった。

ローズがアグネスも呼ぶと、彼女は大喜びし、ありとあらゆる祝福の言葉を述べたあと、ワインのボトルを探しに行くと言い残して出ていった。アグネスは高らかにこう宣言した。ベルヴェデーレの応接室に子爵がやってくるなどそうあることではありません。しかも、うちの卒業生に求婚したのだからなおさらです。このおめでたい日に一番そぐわないのは紅茶です。だから紅茶はやめてみんなで乾杯するべきです！

21

その日、ローズはジェームズとともにミスター・マーノックの屋敷を訪ねた。ベルヴェデーレ到着前に子爵から訪問を受けていた後見人が、ローズのプロポーズ承諾を聞き、二人を祝福したのは言うまでもない。子爵のエルギン滞在中は、自分の屋敷を使ってほしいと申し出た。ローズはベルヴェデーレにそのまま残ることになった。

　その夜の夕食は夢のようだった。子爵とミスター・マーノックが打ち解けていく間も、ローズは無言のまま座り、自分の幸運をしみじみ噛《か》みしめずにはいられなかった。こんな幸せがあるだろうか！

　三人はマリア・レノックスについて話した。ロンドンでベルたちが母の出自を明らかにできなかったことを知り、ミスター・マーノックは言った。「彼女は絶対に見つかるまいと固く決心していたんだね。私もずっと、彼女が本当は何者で、何を恐れていたのかと考えている。そのせいでこういう――普通とは違う状況になったに違いない」

　〝普通とは違う状況〟とは、三姉妹が庶子として生まれた現実を意味するのだろう。ローズはため息をついた。「ママがそれほど苦しまなければいけなかったのに、自分が幸せなのが不公平に思えます」

　ミスター・マーノックは首を左右に振った。「そう聞いたらお母さんは反対するはずだ。エルギンにやってきた日からずっと、彼女は君たち三人のためにすべてを賭けていたのだから」

「ミセス・レノックスは本当に特別な女性だったんですね」子爵が感慨深げに言う。

「本当に！」ミスター・マーノックは窓の外を見た。

「ローズ、日が沈み始めた。馬車を呼ぼうか？」

「それより僕が彼女をベルヴェデーレまで歩いて送ってきてもいいですか？」子爵が申し出た。「そんなに遠くないですし。散歩はどうかな？」

　ローズはすぐにうなずいた。「ええ。穏やかな晩だし、途中であなたに見せたい場所もあるんです」

　子爵とともに小さな教会墓地に着く頃には夕暮れが迫っていた。迷いない足取りである墓石へと彼を案内する。

〝マリア・レノックス、一八〇一年没〟

　その墓は目立たず、墓碑銘は短く控えめだ。母がいかにすばらしい女性だったかも、娘たちをどんなに愛したかも、病魔に負けて旅立ったときにどれほどみんなが嘆き悲しんだかも記されていない。

「ママ」ローズは墓石に話しかけた。「こちらはジエームズ。私の夫になる人よ」

　子爵は彼女の手を握った。「ミセス・レノックス、あなたはすばらしい娘さんたちを育てましたね。ローズが妻になることに同意してくれて、僕は心から名誉に思っています」

「ママが私の結婚式に出られたらよかったのに。いまだにママのことが恋しくてたまらないの」

　子爵は空いたほうの手でハンカチを取り出し、彼女の涙をそっと拭ってくれた。思わず彼にしがみつく。この人の前なら、安心して本当の感情を出せる。

　少し落ち着くと、ローズは自分の気持ちを彼に説明しようとした。「悲しみが薄れることはありません。いつも強い悲しみを覚えています。でも母を亡くしたばかりの頃に比べたら、悲しみを感じることが少なくなった気がするんです」

「失った人たちを思うと僕も同じ気分になる」

「ご両親のこと？」

　彼はうなずいた。「それにおじもだ。明日、君に彼らの話をしよう。君と同じで僕も常に悲しみと生きている。でも僕らにはお互いがいる。君をもう二度と一人ぼっちにはしないよ、愛《いと》しい人」

「本当にそうですね。なんて幸せなのかしら。あら！」ローズは地平線を指差した。「見て！」

　空一面に紫がかった赤と緑の光が踊っている。母がローズの婚約を祝ってくれているかのようだ。

「あれはなんだ？」子爵が息をのむ。「美しい！　こんな光景は見たことも聞いたこともない」

「ママはいつも陽気な踊り手《オーロラ》と呼んでいました。冬はよく見えるけれど夏は珍しいんです。今夜見られるなんて、私たち、運がいいわ」

「科学者はあの現象をどう説明しているのかな？」

「水蒸気や磁気、地球表面のガスが原因かと言っていますが、確かなことはまだわかりません。ちゃんと説明がつくまで、私は天国で陽気な踊り手たちが踊っていると信じようと思います」

「君の母上が婚約を祝ってくれているんだね」

「ママと一緒に、あなたのご両親とおじ様も」

　それから彼と歩いて戻る間、ローズは母の存在をごく近くに感じ続けていた。もう何年もなかったことだ。母から祝福され、このうえない幸せに包まれていた。

　ローズとジェームズはミスター・マーノックと相談し、彼に特別結婚許可証を取ってもらうことに決めた。ロンドンへ戻る前にどうしても結婚したかったからだ。レディ・アシュボーンと姉たちに手紙を書き、スコットランドに招くにはあと何日もかかる。三人のうち、そんなに長く待ちたいと思う者は一人もいなかった。

　だから六月の晴れた日、ロザベラ・ヘーメラー・レノックスとジェームズ・アーサー・ヘンリー・ドラモンド、ことアシュボーン子爵はエルギン中心部にある教会で結婚した。式を執り行ったのはバカン牧師で、子爵は彼の教会の修繕計画に多額の寄付をした。花嫁のシルクのドレスはロンドンで仕立てたものだと噂《うわさ》され、幸運にも披露宴の様子を垣間見られた町の人びとは花嫁の美しさ、花婿のハンサムぶりを口々に褒めたたえた。

　披露宴は主催者ミスター・マーノックの優美な屋敷で行われ、地元の上流階級の人たち全員が出席した。花嫁の恩師たちやアグネスを含めたベルヴェデーレの職員たち、それに年長の生徒たちも全員だ。ちなみに、アグネスはずっと嬉《うれ》し涙を流し続けていた。披露宴が終わると、子爵と新たな子爵夫人はミスター・マーノックとともに個室へ移り、そこでローズは元後見人から小包を一つ手渡された。

「君の後見人でいるのは名誉なことだった。私は結婚もしていないし子どももいない。本当に三人の後見人としてやっていけるか心配だったが、君のお母さんからどうしてもと言われて同意したんだ」ミスター・マーノックはハンカチで目尻を抑えた。「君や二人のお姉さんは私の自慢の種だった。君たちのお母さんが、私の後見人としての仕事ぶりにがっかりしていないよう願うばかりだよ」彼はうなずき、ローズに手渡した小包を示した。「前にも話したが、お母さんが亡くなってから、私がずっと保管していたものだ。三人のうち、最初に私の後見の必要がなくなった娘に、これを渡すようにと言われた」

　ローズは慎重に小包を開け、夫とすばやく目を見交わした。

　私の夫！

　颯爽《さつそう》とした子爵が愛情たっぷりの目で見つめてくれている。その姿を見るたびに、信じられない気持ちと純粋な喜びが湧き上がってくる。なんとか夫から小包へ視線を戻し、手を伸ばした瞬間、心がざわざわとした。母の身元の手がかりが得られるかもしれない。

「手紙だわ！　それに……」小さな木製の箱を開けてみる。「イヤリングも！」

「しかもダイヤのだ」ジェームズはイヤリングの片方を手に取り、灯《あか》りの下に掲げた。「かなり価値があるもののようだ」

　ローズはイヤリングを見つめた。「あまり見たことのないカットだわ。お花みたい。本当にきれい」

「特徴的だね」ミスター・マーノックが言う。「前に見たことがある人なら覚えているかもしれない」

「二十年以上も経《た》っているのに？」ローズは首を左右に振った。「信じたいのは山々ですが、そうは思えません」

　もう片方のイヤリングを子爵に手渡し、手紙の封を開けた。母の美しい手紙の文字を見て切なさが込み上げてきた。少し震える声で手紙を読み始める。

〈大切な娘たち、もしこれを読んでいるなら私はすでにこの世におらず、あなたたちはもう子どもではないはずです。立派なレディに成長した姿を見られたらいいのに！　あなたたちのお父様と私は相思相愛でした。ただ彼の命を狙う者たちがいたため、私にも危険が及ぶのを恐れ、彼は私を遠くへ行かせたのです。彼と私の本当の名前を伝えられたらどんなにいいでしょう。でも、あなたたちの身の安全のことを考えたら伝えられません。年月が経った今でもです。私の美しい娘《ベル》たち。アナベル・ジョージアナ、イゾベル・ジュディス、ロザベラ・ヘーメラー、それがあなたたちの名前です〉

ローズはそこで中断し、息を吸い込んだ。ママ！

〈お互いを思いやり、私と同じく、この世を今よりもう少しよい場所にするよう努めてください。

あなたたちを遺《のこ》して逝くのは嫌だけれど、ミスター・マーノックが一緒なら安心だとわかっています。彼は私が出会ったなかで一番心優しい人だから。

他にも私たちに親切にしてくれた人がいます。あなたたちが五歳になるまで一緒に暮らしていたレディもそう。きっと覚えていないと思うけれど、私ははっきり覚えています。彼女は私が出会ったなかで一番寛大で思いやりのある人でした。そんな安息の地を離れるのは辛かったけれど、かつての危険が再び迫っていて、もう一度逃げ出すしかなかったのです。

私のためにミスター・マーノックに心からの感謝を伝えてね。私がお願いしたこと――三人の娘の後見人――は簡単な仕事ではないはず。悪意や危険、不道徳はどこにでもあるけれど、この世にはまだ善良な人たちがいる。私にはそうわかっています。

あなたたち三人を心から愛しているわ。どうか幸せになってね。ママより〉

いろいろな感情があふれ出し、ローズはしばらく何も話せなかった。ジェームズがそばにいてくれるのがありがたい。力強い腕を彼女の体に回して、慰めの言葉をささやいてくれている。ミスター・マーノックも感極まったのか、またハンカチで目を押さえている。人生で最高に幸せな今日。私はほとんどすべてを克服し、この日にたどり着いたのだ。愛、喪失、記憶、喜び、そのすべてがここにある。

「彼女も喜んでいるよ。君がこんなにすてきな男性と結婚したのだから」ミスター・マーノックは鼻をかんだ。「今日は特にお母さんが恋しいだろう。だが絶対に彼女は君の結婚を喜んでいるはずだ」

「それに、君はもう一人じゃない」ジェームズが言う。

ローズは涙を流しながらうなずいた。「ママは今日も天国で踊っています。私にはわかるんです」

「さあ」ジェームズがきびきびした口調で言った。「そろそろ出発の時間だ。夕方までにエジンバラへ着かなくてはいけない」

「今夜の宿泊先は？」ミスター・マーノックが尋ねた。

「セント・アンドリュー・スクエアにあるダムブレック・ホテルのスイートを予約しました」ジェームズが答えると、ミスター・マーノックは目を丸くした。

「ダムブレックに？　そりゃまた豪華だ！」

二十分後、二人はジェームズの旅行用馬車に乗り込んだ。古い馬車はローズのトランクを後部座席にのせ、すでに出発している。夫と妻として初めて二人きりになり、何度もキスを交わしつつも、ホテルのスイートで本当に二人きりになれる時間を心待ちにしていた。

新しい人生の始まり。ローズはこれ以上ない幸せを噛みしめていた。

22

三週間後

「ちょっと、それはどういう意味？　あなたたち、スコットランドで勝手に結婚したの？」

ローズの心は沈んだ。レディ・ケルグローヴが怒っている。それもひどく。昨日、夫と一緒にロンドンへ戻り、アンナ、イジー、レディ・アシュボーンに結婚を報告すると、三人とも祝福してくれた。特にレディ・アシュボーンは自分の取った行動を心から悔いていた。

「あのときは正しいことをしようと必死だったの」彼女はローズに打ち明けた。「内心ではジェームズがあなたと結婚すればいいと願っていてもね」

「ええ、よくわかっています」ローズはうなずいた。

「それにあのとき、私もあなたの意見に同意したんです。自分が出ていくのが一番だと思いました。でもジェームズには別の考えがあったんです」

「そう、そのとおり」彼はきっぱりと答えた。

今日最初にレディ・ケルグローヴを訪ねようと言い出したのは彼だ。彼女なら社交界の他の有力者たちに好ましい影響を与えられるはずだから、と。

だけど間違っていたのかも。高齢のレディのしかめっ面を見ながら、ローズは困惑していた。

「レディ・ケルグローヴ！」先の質問を完全に無視してジェームズが話しかける。「またお会いできて嬉《うれ》しいです。お元気でしたか、マイ・レディ？」

「ええ、どうにかね」そこでいったん口を閉じたが、老婦人は渋々ジェームズの先の質問を繰り返した。

「ええ、妻も僕もすこぶる元気です」ローズの手を取りながら、ジェームズが明るく答える。

　それを聞き、高齢のレディは笑い声をあげた。

「まったく、あなたにはかなわないわね！　さあ、座って」右側にある長椅子を手で示し、執事に命じた。「ブルックス、紅茶を用意させて」

「かしこまりました、奥様」執事は呼び鈴を鳴らしてメイドに伝えると、暖炉の右側の定位置に戻り、無表情のまま立って気配を消した。

「駆け落ち結婚ではないのね」レディ・ケルグローヴの表情は硬いままだ。

「まさか！」ローズはようやく口がきけるようになった。「私がロンドンを離れて、スコットランドの後見人を訪ねていて……」

　ジェームズがわずかに鼻を鳴らした。「そうです、僕のおばが、甥《おい》のことは忘れろと言ったせいだ！」

「私自身、彼女の意見に同意したんです！」ローズはレディ・ケルグローヴのほうを向き、覚悟を決めた。ありのままを話そう。「マイ・レディ、どうかおわかりください。自分でもアシュボーン卿《きょう》の妻にはふさわしくないと考えていたんです。私の出自が……曖昧だから」

「愚かな考えだ！」ジェームズがきっぱり言う。

「ええ、愚かにもほどがあるわね！」レディ・ケルグローヴが彼と同じ調子で言う。「ガニング姉妹の話を思い出してごらんなさい！」

「それなら――アシュボーン卿が私と結婚したことをあなたは気にされていないんですか？」

「ええ、ちっとも！　私が残念なのは、なんの相談もされなかったことだけ。逃げ出す前に私に相談してほしかった。そうしたらそんな愚かな考えを、あなたの頭のなかからすぐに追い出してあげたのに」

「ただ他の方たちがあなたに同意するかどうか」ジェームズが苦笑いを浮かべる。

　老婦人は杖《つえ》の先で床を叩《たた》いた。「言わせておけばいいのよ！　私がそんな人たちの意見を気にするとでも？　気にせず、やりすごしなさい。そのうち彼らも他の噂話《うわさばなし》にうつつを抜かすようになる」

　紅茶が運ばれてきたため会話を中断し、レディ・ケルグローヴがカップに注《つ》ぎ始めた。

「さあ、どうぞ」彼女はローズにカップと受け皿を手渡そうとした。優しい声を聞き、ひとまず安堵《あんど》したものの、老婦人はカップを離そうとしない。完全に動きを止め、こちらをまじまじと見ている。

「レディ・ケルグローヴ？」ローズは呼びかけたが全然聞こえていないようだ。夫と不安げな視線を交わし、老婦人の腕に手をかけ、カップをサイドテーブルに戻させた。それなのにレディ・ケルグローヴは無言のままローズを見つめ続けている。その顔に浮かんでいるのは、ひどく驚いたような表情だ。

　体の具合が悪いとか？　これが脳卒中？

　今まで脳卒中になった人を見たことが一度もなく、どうしたらいいのかわからない。ありがたいことに執事が近づいてきた。心配そうに眉をひそめている。

「奥様？　お加減でも悪いのですか？」

　執事を見た瞬間、老婦人の表情が戻った。「ブルックス、レディ・アシュボーンのイヤリングを見て」

　私のイヤリング？　ママのイヤリングだ！

　老婦人はこれを見たことがあるのだろうか？

　執事はローズを見つめたとたん、色を失った。

「よろしい」レディ・ケルグローヴが冷たい声で言う。「ブルックス、説明してちょうだい。なぜこのイヤリングをレディ・アシュボーンがつけているの？　もう何年も前、私の夫とあなたから、孫娘と一緒に埋葬したと聞かされたイヤリングを？　たしか夫が埋葬すべきだと言い張ったのよね？」

　彼女の孫娘？　天然痘で亡くなったと言われているマリア・バークレー？

ローズの心臓がどくんと跳ねた。かたわらではジェームズが体をこわばらせ、手を伸ばし、妻の手を握っている。

ブルックスは顔をくしゃくしゃにした。いつもの彼からは考えられないことだ。「お許しください、奥様。ケルグローヴ卿がどうしてもとおっしゃられたんです。それが一番いいのだと」

「一番いいって何が？」真っ青ではあるが、老婦人は毅然《きぜん》とした口調で尋ねた。「ブルックス？」

「旦那様は、真実を知ればあなたが傷つくとおっしゃいました。だから私に、天然痘のせいにして屋敷を閉鎖しろと命じられたんです。使用人たち全員に暇を出してから、ミス・マリアが亡くなったという噂を広め、私が墓石などの手配をしました」

「あの娘は天然痘で死んだわけじゃないのね」

「はい、奥様、本当はそうではありません」

「だったら本当は？」

「お逃げになったのです。ケルグローヴ卿がミス・マリアの手紙を火にくべられてしまったので何が書いてあったのか私にはわかりません。ただ旦那様は〝あの娘に会うことは二度とない〟とおっしゃいました。本当に申し訳ありません、奥様。旦那様は私に決して何一つ明かさないようにと約束させたのです」

「あの人はたまに独裁者みたいになることがあったから……」レディ・ケルグローヴはローズに目を向けた。「あなた、このイヤリングをどこで？」

「後見人から受け取りました。私たちの誰かが結婚するか、彼の後見から離れるか、いずれかのときまでという約束で彼が保管していたんです。母のものです」

「マリア・レノックスね」

「はい」ローズはレティキュールのなかを探った。「手紙もあります」

　老婦人は手紙を受け取り、片眼鏡に手を伸ばした。

「ああ、あの娘の字だわ！」彼女が手紙を読む間、緊張をはらんだ沈黙が流れた。ローズが考えを巡らせる。ママはレディ・ケルグローヴの孫娘だった。

　ということは、つまり――。

「なんとまあ！」ようやく声が出せるようになったが、レディ・ケルグローヴはそれ以上何も言えず、歯の隙間から息を漏らした。「結局あなたには家族がいたようね。この私という！」

「し、信じられません。現実とは思えない」

「でも現実よ。それもすばらしい現実だわ。さあ、こっちへいらっしゃい！」

　ローズは喜んでレディ・ケルグローヴが広げた両腕のなかへ飛び込んだ。

　私のひいおばあ様！

　抱き合うことで、ついにわだかまりが完全に解け、二人とも小さな泣き声をあげた。部屋にいる男たちはそれに気づかないふりをした。

「あの娘は逃げ出したのね」老婦人が涙を拭きながらつぶやく。「でもどうして？　どんな危険が迫っていたの？　どう考えても計算が合わない。確かあなたは母親が妊娠七カ月のときに生まれたと言っていたわね。となると、逃げ出した時点で妊娠していたはずがない。みごもったのは逃げてから一、二カ月後のはず。つまり、マリアはあなたたちを妊娠したから逃げたわけではないことになる。ああ、マリア、何があったの？　私にも話せないなんて、何をそんなに怖がっていたの？」

「その理由は永遠にわからないかもしれません」ジェームズが言う。「でも今日、こうして巡り会えました。僭越《せんえつ》ながら妻の姉たちを呼んでもよろしいでしょうか？」

「すばらしい提案ね！　ブルックス、すぐに――」

「はい、喜んで、奥様」

「忘れないでね、ブルックス。私、あなたを一生許さないかもしれないわよ」

「当然です、奥様」

「さあ、使いの者を送って、私がもう二人のひ孫と会いたがっていると伝えさせてちょうだい！　それと料理人に今夜の夕食はお客様たちと一緒だと伝えて」

　ローズの姉たちはジェームズのおばとともにやってきて、その夜はみんなで幸せな時間を過ごした。母の正体がわかり、アンナとイジーは大喜びだった。ジェームズのおばは、ベルたちがケルグローヴ家の血筋だとわかり、さんざん中傷していた者たちをぎゃふんと言わせられると満足そうな笑みを浮かべた。

　その日の夜遅く、ローズはアシュボーン・ハウスの寝心地のいいベッドで、夫の腕に抱かれていた。すでに二度も体を重ね、心地いい眠気に襲われている。ろうそくの灯《あか》りの下、ジェームズの彫刻のような体躯《たいく》をうっとりと眺めた。「これで……」

　夫が手のひらをローズの腕から肩、手へと滑らせ、指を絡めてきた。愛《いと》おしさがどっと込み上げ、彼女の全身を満たしていく。草原一面に行き渡る暖かい陽光のように。

「これで……？」夫に促されたが、何を言おうとしたのか思い出すのに少し時間がかかった。

「結局、私は子爵夫人にふさわしいとわかったんですね」

「さあ、どうかな」夫がからかうように言う。「マリアが結婚していた事実を示す証拠は何もない」

「でもママの旧姓はわかりました！」思わず言い返した。母の名誉のためだ。「レノックスはママの苗《みよう》字《じ》ではありませんでした。ママの旧姓はバークレイだったんですもの」

「もちろんさ。ただ君をからかっただけだ。でも君には覚えておいてほしいことがある」

「何かしら？」

「何があろうと君は僕の子爵夫人になる運命だったということだ。それに僕らが結婚したのは、君の母上の本当の名前がわかる前だったということもね」

「そうよね。あなたが私のために自分の評判を危険にさらそうとしてくれたこと、一生感謝し続けます」

「は、評判！　正気の者なら評判などいちいち気にかけたりしないさ！」ジェームズが笑みを浮かべる。

ローズはふと、ずっと前に正反対のことを言っていた夫を思い出した。「本当に？　それなら、もしサックスビー夫妻が私をあざ笑ったとしても——」

ジェームズは低いうなり声をあげた。「あざ笑えるものならあざ笑ってみろ、だ！」それから頭をかがめて、ローズに熱っぽい口づけを始めた。

ハーレクイン®

子爵と出自を知らぬ花嫁
2025年3月5日発行

著　　者　キャサリン・ティンリー
訳　　者　さとう史緒（さとう　しお）

発 行 人　鈴木幸辰
発 行 所　株式会社ハーパーコリンズ・ジャパン
東京都千代田区大手町 1-5-1
電話 04-2951-2000（注文）
0570-008091（読者ｻｰﾋﾞｽ係）

印刷・製本　大日本印刷株式会社
東京都新宿区市谷加賀町 1-1-1

装 丁 者　小倉彩子

ISBN978-4-596-72323-9 C0297

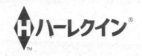

◆◆◆◆ ハーレクイン・シリーズ 3月5日刊 発売中

ハーレクイン・ロマンス
愛の激しさを知る

二人の富豪と結婚した無垢 〈独身富豪の独占愛 I〉	ケイトリン・クルーズ／児玉みずうみ 訳	R-3949
大富豪は華麗なる花嫁泥棒 《純潔のシンデレラ》	ロレイン・ホール／雪美月志音 訳	R-3950
ボスの愛人候補 《伝説の名作選》	ミランダ・リー／加納三由季 訳	R-3951
何も知らない愛人 《伝説の名作選》	キャシー・ウィリアムズ／仁嶋いずる 訳	R-3952

ハーレクイン・イマージュ
ピュアな思いに満たされる

捨てられた娘の愛の望み	エイミー・ラッタン／堺谷ますみ 訳	I-2841
ハートブレイカー 《至福の名作選》	シャーロット・ラム／長沢由美 訳	I-2842

ハーレクイン・マスターピース
世界に愛された作家たち
～永久不滅の銘作コレクション～

紳士で悪魔な大富豪 《キャロル・モーティマー・コレクション》	キャロル・モーティマー／三木たか子 訳	MP-113

ハーレクイン・ヒストリカル・スペシャル
華やかなりし時代へ誘う

子爵と出自を知らぬ花嫁	キャサリン・ティンリー／さとう史緒 訳	PHS-346
伯爵との一夜	ルイーズ・アレン／古沢絵里 訳	PHS-347

ハーレクイン・プレゼンツ作家シリーズ別冊
魅惑のテーマが光る
極上セレクション

鏡の家 《ハーレクイン・ロマンス・タイムマシン》	イヴォンヌ・ウィタル／宮崎　彩 訳	PB-404

※予告なく発売日・刊行タイトルが変更になる場合がございます。ご了承ください。

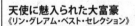

“ハーレクイン”の話題の文庫

毎月4点刊行、お手ごろ文庫！

2月刊
好評発売中！

ダイアナ・パーマー
傑作選
第2弾！

『とぎれた言葉』
ダイアナ・パーマー

モデルをしているアビーは心の傷を癒すため、故郷モンタナに帰ってきていた。そこにはかつて彼女の幼い誘惑をはねつけた、14歳年上の初恋の人ケイドが暮らしていた。

(新書 初版:D-122)

『復讐は恋の始まり』
リン・グレアム

恋人を死なせたという濡れ衣を着せられ、失意の底にいたリジー。魅力的なギリシア人実業家セバステンに誘われるまま純潔を捧げるが、彼は恋人の兄で…!?

(新書 初版:R-1890)

『花嫁の孤独』
スーザン・フォックス

イーディは5年間片想いしているプレイボーイの雇い主ホイットに突然プロポーズされた。舞いあがりかけるが、彼は跡継ぎが欲しいだけと知り、絶望の淵に落とされる。

(新書 初版:I-1808)

『ある出会い』
ヘレン・ビアンチン

事故を起こした妹を盾に、ステイシーは脅されて、2年間、大富豪レイアンドロスの妻になることになった。望まない結婚のはずなのに彼に身も心も魅了されてしまう。

(新書 初版:I-37)

※ハーレクインSP文庫は文庫コーナーでお求めください。